# OS DESEJOS DA BELA ADORMECIDA

Volume I da trilogia erótica
da *Bela Adormecida*

# ANNE RICE
Escreve como A. N. ROQUELAURE

# OS DESEJOS DA BELA
ADORMECIDA

TRADUÇÃO Amanda Orlando

Título original
THE CLAIMING OF SLEEPING BEAUTY

*Copyright* © A. N. Roquelaure, 1983
Todos os direitos reservados.

Nenhuma parte desta obra pode ser reproduzida ou transmitida por qualquer forma ou meio eletrônico ou mecânico, inclusive fotocópia, gravação ou sistema de armazenagem e recuperação de informação, sem a permissão escrita do editor.

Esta é uma obra de ficção. Nomes, personagens, lugares e incidentes são produtos da imaginação da autora, foram usados de forma fictícia, e qualquer semelhança com pessoas reais, vivas ou não, acontecimentos ou locais é mera coincidência.

Direitos para a língua portuguesa reservados
com exclusividade para o Brasil à
EDITORA ROCCO LTDA.
Av. Presidente Wilson, 231 – 8º andar
20030-021 – Rio de Janeiro – RJ
Tel.: (21) 3525-2000 – Fax: (21) 3525-2001
rocco@rocco.com.br | www.rocco.com.br

*Printed in Brazil*/Impresso no Brasil

Preparação de originais: Maira Parula

Diagramação: FA Editoração Eletrônica

CIP-Brasil. Catalogação na fonte.
Sindicato Nacional dos Editores de Livros, RJ.

---

R381d    Rice, Anne, 1941-
           Os desejos da Bela Adormecida/Anne Rice escreve como A. N. Roquelaure; tradução de Amanda Orlando. – Rio de Janeiro: Rocco, 2012.
           (Trilogia erótica da Bela Adormecida; 1)

           Tradução de: The claiming of sleeping beauty
           ISBN 978-85-325-2734-9

           1. Ficção erótica americana. I. Orlando, Amanda. II. Título. III. Série.

11-8142                                    CDD – 813
                                         CDU – 821.111(73)-3

*Para S. T. Roquelaure com amor*

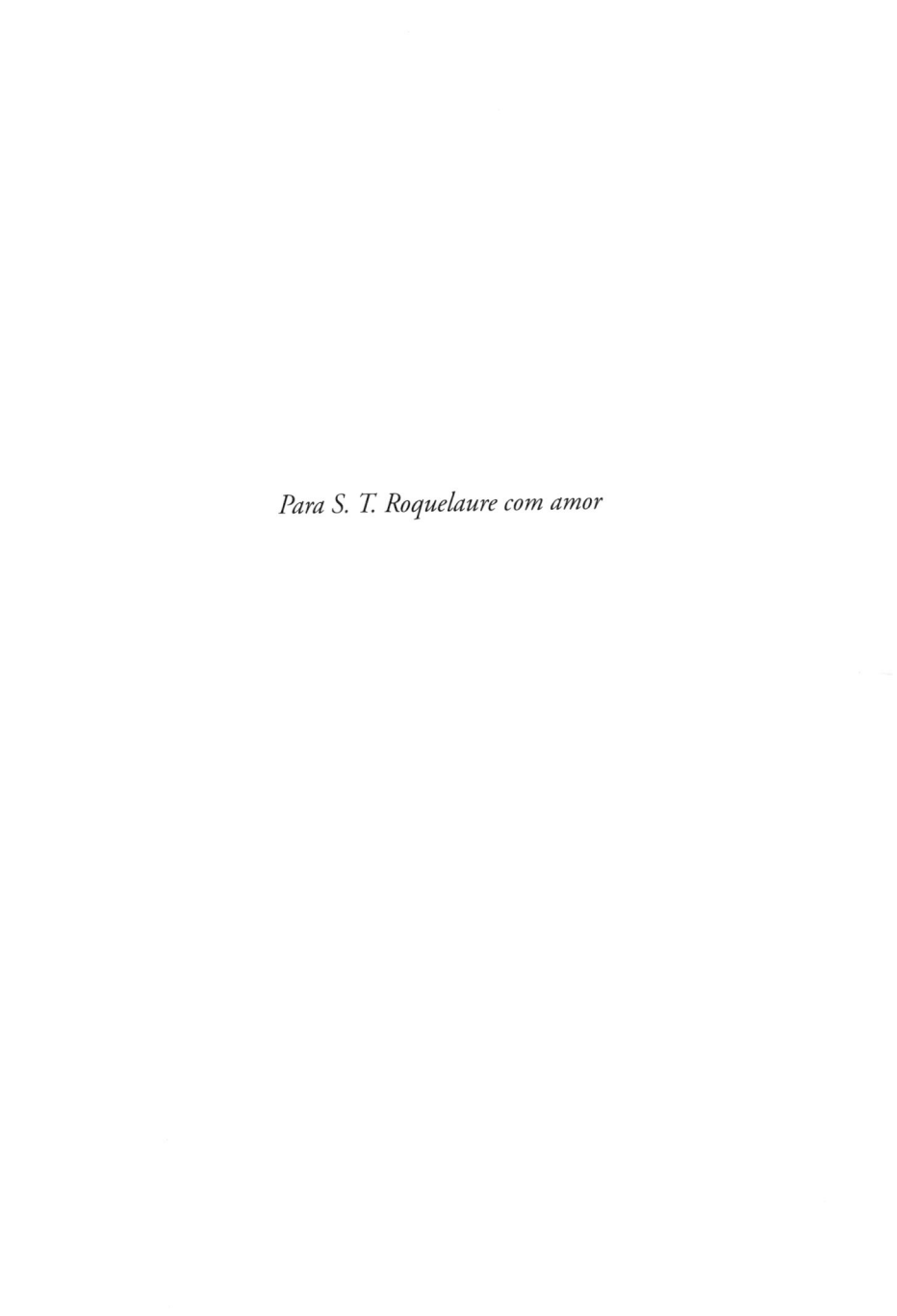

# SUMÁRIO

| | |
|---|---|
| 9 | OS DESEJOS DA BELA ADORMECIDA |
| 28 | JORNADA E CASTIGO NA ESTALAGEM |
| 46 | BELA |
| 67 | O CASTELO E O SALÃO PRINCIPAL |
| 86 | OS APOSENTOS DO PRÍNCIPE |
| 97 | PRÍNCIPE ALEXI |
| 114 | PRÍNCIPE ALEXI E FELIX |
| 118 | O SALÃO DOS ESCRAVOS |
| 134 | O SALÃO DE TREINAMENTO |
| 141 | O SALÃO DAS PUNIÇÕES |
| 154 | OBRIGAÇÕES NOS APOSENTOS DO PRÍNCIPE |
| 164 | SERVINDO À MESA |
| 176 | A SENDA DOS ARREIOS |
| 196 | OS APOSENTOS DA RAINHA |
| 216 | LADY JULIANA NOS APOSENTOS DA RAINHA |
| 228 | COM O PRÍNCIPE ALEXI |
| 242 | O PRÍNCIPE ALEXI CONTA SOBRE A SUA CAPTURA E ESCRAVIZAÇÃO |
| 282 | E A EDUCAÇÃO DO PRÍNCIPE ALEXI PROSSEGUE |
| 331 | A VILA |

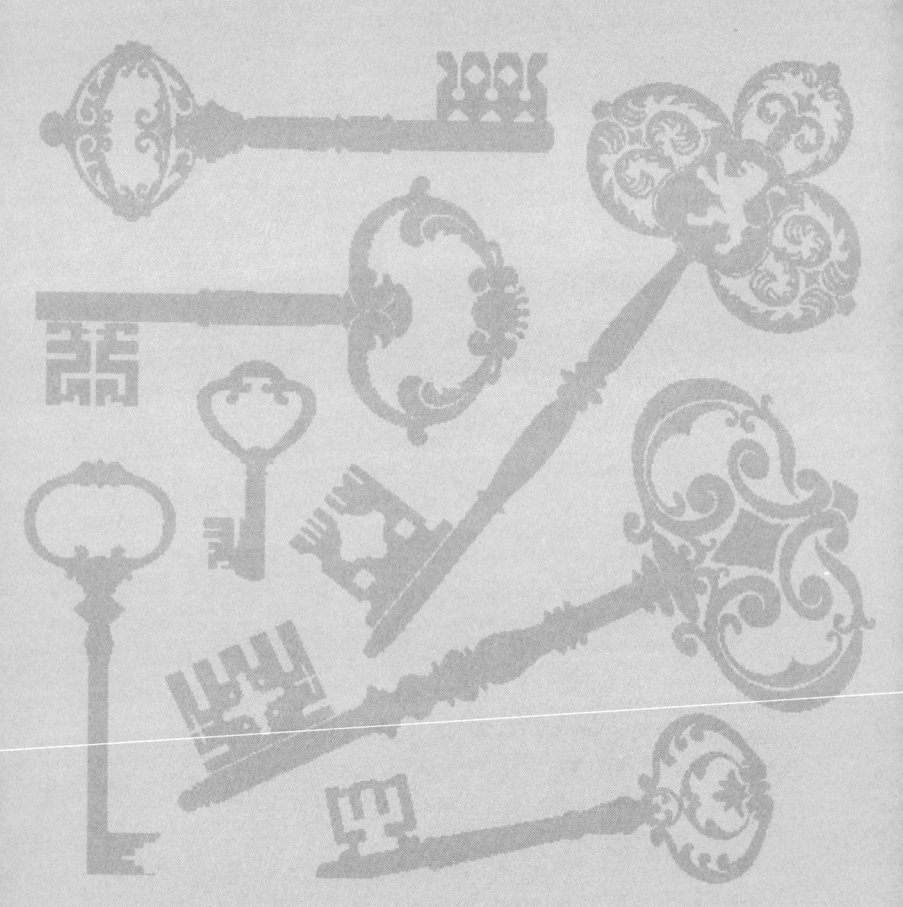

# OS DESEJOS
## DA BELA ADORMECIDA

Por toda a sua jovem vida, o príncipe ouvira a história da Bela Adormecida, enfeitiçada para dormir por cem anos junto com seus pais, o rei e a rainha, e toda a corte, após furar o dedo em uma roca de fiar.

Só que ele não acreditava nessa história até entrar no castelo.

Nem mesmo os corpos dos outros príncipes aprisionados pelos espinhos das roseiras que cobriam as paredes fizeram com que ele acreditasse. Todos aqueles jovens foram até ali porque acreditavam na lenda, mas ele precisava ver por si mesmo o que havia dentro do castelo.

Indiferente à dor causada pela morte do pai e perigosamente poderoso com a ascensão da mãe ao trono, ele cortou aquelas roseiras medonhas pela raiz e imediatamente as impediu de envolverem-no. Não era seu desejo morrer com tanto a ser conquistado.

E, abrindo caminho entre os ossos daqueles que fracassaram ao tentar desvendar o mistério, entrou sozinho no imenso salão de banquetes.

O sol já estava alto no céu e as roseiras haviam desaparecido, deixando que a luz caísse em halos empoeirados vindos das janelas elevadas.

E, ao longo da mesa de banquete, o príncipe viu os homens e as mulheres da antiga corte dormindo sobre camadas de poeira, seus rostos rosados e estáticos cobertos por teias de aranha.

Ele ofegou ao ver os criados cochilando apoiados nas paredes com as roupas tão podres que se resumiam a farrapos.

Então, a antiga lenda era verdade. E, tão destemido quanto antes, ele seguiu em busca da Bela Adormecida, que deveria estar na área central do castelo.

Encontrou-a no aposento mais alto do castelo. Passou por cima das aias e dos valetes adormecidos e, respirando a poeira e a umidade do lugar, finalmente estava diante da porta do santuário da princesa.

Seus cabelos cor de linho repousavam longos e lisos sobre o veludo verde-escuro da cama, e seu vestido, espalhado em dobras largas, revelava os seios redondos e os membros de uma mulher jovem.

Ele abriu as janelas cerradas. A luz a inundou. Ao se aproximar da princesa, soltou um leve arquejo enquanto tocava-lhe a face, os dentes através dos lábios entreabertos e suas pálpebras redondas e macias.

O rosto dela lhe parecia perfeito e a camisola bordada escorregara até o meio de suas pernas, por onde ele pôde ver a forma de seu sexo por baixo do tecido.

Ele desembainhou a espada, a mesma com que cortara todas as roseiras do lado de fora do castelo, e suavemente deslizou a lâmina entre os seios da princesa, deixando que o metal rasgasse o tecido puído com facilidade.

O vestido estava totalmente aberto até a bainha. Ele o afastou e olhou para ela. Seus mamilos eram cor-de-rosa, assim como os lábios, e os pelos entre as pernas eram mais louros e crespos do que o longo cabelo liso que lhe cobria os braços, chegando quase até os quadris, caindo por ambos os lados do corpo.

Ele cortou as mangas do vestido, levantando-a sempre muito delicadamente para libertá-la das roupas, e o peso do cabelo parecia empurrar a cabeça da princesa para baixo, repousando sobre os braços dele, e a boca da jovem abriu-se um pouco mais.

Ele pôs a espada de lado. Removeu a pesada armadura. Em seguida, levantou-a novamente, seu braço direito debaixo dos ombros dela, a mão direita sobre as pernas, o polegar sobre o púbis.

Ela não emitiu um único som. No entanto, se uma pessoa fosse capaz de gemer em silêncio, ela soltaria um gemido com vontade. A cabeça pendeu na direção dele, o príncipe sentiu a umidade quente em sua mão direita e, deitando-a novamente, colocou as mãos ao redor de ambos os seios e os sugou suavemente, um após o outro.

Eram seios roliços e firmes. Ela estava com quinze anos quando a maldição a atingiu. E ele mordeu os mamilos, movendo os seios quase que com rudeza para sentir o peso de cada um deles, e, depois, começou a estapeá-los levemente, fazendo com que se movimentassem para frente e para trás, deleitando-se com essa visão.

O desejo manifestava-se de forma quase dolorosa quando ele entrou no quarto e, naquele momento, o instigava sem piedade.

Ele montou na princesa, separando as pernas dela, deu um beliscão leve no interior de suas coxas e, apertando o peito direito com a mão esquerda, empurrou seu sexo para dentro dela.

Ele a erguia enquanto fazia isso, para unir seus lábios aos dela e, enquanto atravessava a inocência da princesa, abriu sua boca com a língua e beliscou o seio de forma brusca.

Sugou os lábios da jovem, drenando para si a vida que restara naquele corpo e sentindo seu sêmen explodir dentro dela, ouvindo-a chorar alto.

E, então, os olhos azuis se abriram.

– Bela – ele sussurrou.

Ela fechou os olhos, as sobrancelhas se juntaram, franzindo-se levemente, e o sol cintilou em sua testa larga e branca.

Ele levantou o queixo da princesa, beijou seu pescoço e, ao retirar o órgão de dentro de seu sexo apertado, ouviu-a gemer debaixo dele.

Ela estava atordoada. Ele a ergueu até que se sentasse, nua, um dos joelhos dobrado sobre a camisola de veludo rasgada sobre a cama, que era lisa e dura como uma mesa.

– Eu a despertei, minha querida – ele lhe disse. – Por cem anos, você dormiu, assim como todos aqueles que a amam. Ouça. Ouça! Você ouvirá esse castelo retornar à vida como ninguém antes foi capaz de fazer.

Um grito agudo já viera do corredor. Uma criada estava de pé diante deles com as mãos nos lábios.

E o príncipe foi até a porta e disse à mulher:

– Vá até seu mestre, o rei. Diga a ele que, como foi profetizado, o príncipe chegou para retirar a maldição deste castelo. Diga que estou com a filha dele neste momento e não deverei ser incomodado.

Ele fechou a porta, trancando-a, e virou-se para olhar Bela.

Bela cobria os seios com as mãos e seus longos cabelos lisos e dourados, pesados e repletos de uma incrível densidade acetinada, cintilavam ao redor dela, tomando toda a cama.

Ela curvou a cabeça, fazendo com que o cabelo a cobrisse.

Bela olhou para o príncipe e seus olhos pareciam desprovidos de qualquer medo ou dissimulação. Ela era como aqueles frágeis animais da floresta momentos antes de serem mortos pelas mãos dele durante a caçada: olhos arregalados, inexpressivos.

O busto de Bela se ergueu numa respiração ansiosa. E, então, ele riu, aproximando-se e jogando os cabelos dela para trás do ombro direito. Ela ergueu o olhar para ele, contemplando-o com firmeza. As maçãs do rosto de Bela foram tingidas por um forte rubor e, novamente, ele a beijou.

Ele abriu a boca de Bela com os lábios. Pegou as mãos dela com a mão esquerda e colocou-as no colo nu para que ele pudesse erguer seus seios e examiná-los melhor.

– Beleza inocente – ele sussurrou.

O príncipe sabia o que ela via ao olhar para ele. Ele era apenas três anos mais velho que ela. Dezoito anos, um homem jovem e, entretanto, não temia nada nem ninguém. Era alto, com cabelos pretos e uma constituição esguia que o tornava ágil. Gostava de pensar em si mesmo como uma espada – leve, reto, hábil e totalmente perigoso.

E ele havia colocado por terra muitos que poderiam concordar com essa ideia.

Naquele momento, o orgulho que tinha de si mesmo não era maior do que a imensa satisfação que sentia. Ele havia chegado ao interior do castelo enfeitiçado.

Ouviu batidas na porta, gritos.

Ele não se preocupou em atender. Em vez disso, deitou Bela novamente.

– Eu sou o seu príncipe – disse ele –, e é assim que você deverá se dirigir a mim, e é por isso que irá me obedecer.

Ele afastou as pernas dela novamente. Viu o sangue da inocência de Bela no lençol e isso fez com que risse levemente para si mesmo, enquanto a penetrava com suavidade mais uma vez.

Ela soltou uma série de gemidos delicados que soavam como beijos aos seus ouvidos.

– Responda-me corretamente – ele sussurrou.

– Meu príncipe – disse ela.

– Ah – ele suspirou. – Isto é adorável.

Quando ele abriu a porta, o aposento estava quase escuro. Comunicou aos criados que jantaria naquele momento e receberia o rei imediatamente.

Ordenou que Bela jantasse com ele e que permanecesse em sua companhia. E, com voz firme, disse que ela não deveria usar nem uma única peça de roupa.

– É meu desejo tê-la nua e sempre pronta para mim – disse ele.

Ele poderia ter dito que ela ficava incomparavelmente adorável com apenas seu cabelo dourado para vesti-la, o rubor de suas faces para cobri-la e suas mão tentando, em vão, esconder seu sexo e os seios, mas ele não deixou que essas ideias escapassem de seus lábios.

Em vez disso, pegou os pequenos pulsos da princesa e puxou-os para as costas dela, enquanto a mesa era levada para dentro do aposento, e, então, ordenou que se sentasse de frente para ele.

A mesa não era muito grande e ele podia alcançá-la com facilidade, tocá-la, acariciar seus seios se assim o desejasse. E, estendendo o braço, ergueu o queixo dela para que pudesse inspecioná-la sob a luz das velas trazidas pelos criados.

A mesa foi coberta por travessas de porco assado e aves selvagens, e frutas em tigelas de prata resplandescentes. Logo, o rei estava de pé no batente da porta, vestido com seus pesados trajes cerimoniais e com uma coroa de ouro sobre a cabeça. Ele fez uma mesura para o príncipe e esperou por uma autorização para entrar.

– Seu reino foi negligenciado por cem anos – disse o príncipe enquanto erguia uma taça de vinho. – Muitos de seus súditos fugiram para outros senhores; as terras de boa qualidade encontram-se incultas. Mas o senhor ainda possui sua riqueza, sua corte, seus soldados. Ainda há muito à sua frente.

– Estou em dívida para com Vossa Alteza – o rei respondeu. – Mas poderia dizer-me seu nome, o nome de sua família?

– Minha mãe, a rainha Eleanor, vive do outro lado da floresta – respondeu o príncipe. – No seu tempo, este era o reino do meu bisavô; ele era o rei Heinrick, seu poderoso aliado.

O príncipe percebeu a imediata surpresa do rei e, depois, o seu ar de confusão. Entendeu perfeitamente a situação. E, quando um rubor subiu pelo rosto do rei, disse:

– E, naquele tempo, o senhor prestou serviços no castelo de meu bisavô, não? Assim como sua esposa, se não me engano.

O rei apertou os lábios, resignado, e concordou lentamente com um movimento de cabeça.

– Você é filho de um monarca poderoso – ele sussurrou. E o príncipe percebeu que o rei não ergueria os olhos para ver sua filha, Bela, nua.

– Levarei Bela para me servir – informou o príncipe. – Ela é minha agora. – Ele pegou a longa faca de prata e, cortando o porco quente e suculento, dispôs várias fatias de carne no prato. Os criados estavam todos ao seu redor e disputavam entre si para colocar outras travessas diante dele.

Bela estava sentada com as mãos sobre os seios novamente; as faces molhadas pelas lágrimas e tremia levemente.

– Como quiser – disse o rei. – Estou em dívida para com Vossa Alteza.

– O senhor tem sua vida e seu reino agora – continuou o príncipe. – E eu tenho sua filha. Vou passar a noite aqui. E amanhã partirei para torná-la minha princesa do outro lado das montanhas.

Ele colocou algumas frutas no prato e outros nacos de comida cozida e quente. Estalou suavemente os dedos e num sussurro pediu a Bela que desse a volta na mesa e se aproximasse.

Ele pôde ver a vergonha dela diante dos criados.

Entretanto, afastou as mãos dela do sexo.

— Nunca mais se cubra assim – disse ele. Essas palavras foram ditas quase com doçura, enquanto afastava o cabelo dela do rosto.

— Sim, meu príncipe – Bela sussurrou, com uma voz baixa e adorável. – Mas isso é tão difícil.

— É claro que é. – Ele sorriu. – Mas é por mim que irá fazê-lo.

Então ele a pegou e colocou-a em seu colo, ninando-a com o braço esquerdo.

— Beije-me – ordenou, logo sentindo a boca quente da princesa contra a sua novamente. Ele sentiu o desejo surgir cedo demais para suas pretensões, mas decidiu que poderia degustar desse leve tormento.

— Pode ir agora – ele disse ao rei. – Ordene aos seus criados que meu cavalo deve estar pronto pela manhã. Não irei precisar de cavalo para Bela. Encontrará meus soldados nos portões. – O príncipe soltou uma gargalhada. – Eles ficaram com medo de entrar junto comigo. Diga a eles para estarem prontos ao amanhecer. Agora, diga adeus a sua filha Bela.

O rei lhes lançou uma olhadela rápida para indicar que aceitara as ordens do príncipe e, com uma cortesia inesgotável, recuou até a porta.

O príncipe voltou toda a sua atenção para Bela.

Erguendo um guardanapo, enxugou as lágrimas da jovem. Ela manteve as mãos obedientemente sobre as coxas, expondo o sexo, e ele observou que a princesa não tentou esconder os pequenos mamilos rijos e rosados com os braços e aprovou esse comportamento.

– Não fique assustada – ele lhe disse suavemente, colocando mais uma vez um pouco de comida nos lábios trêmulos da jovem e bolinando seus seios, fazendo com que se arrepiassem levemente. – Eu poderia ser velho e feio.

– Ah, mas então eu lamentaria por você – ela disse com voz doce e trêmula.

O príncipe riu.

– Vou puni-la por isso – ele lhe disse com ternura. – Entretanto, de vez em quando, essas pequenas impertinências tão típicas das mulheres até que são divertidas.

Um rubor profundo tomou conta do rosto de Bela. Ela mordeu um dos lábios.

– Está com fome, linda? – ele perguntou.

O príncipe percebeu que ela estava com medo de responder.

– Quando eu fizer uma pergunta, você deve dizer: "Apenas se isso agradar ao senhor, meu príncipe", e saberei que a resposta é sim. Ou: "Não, a não ser que isso agrade ao senhor, meu príncipe", e saberei que a resposta é não. Você me entendeu?

– Sim, meu príncipe – ela respondeu. – Estou com fome apenas se isso agradar ao senhor.

– Muito bem, muito bem – ele assentiu com sentimento genuíno. Depois, ergueu um pequeno cacho de uvas roxas e brilhantes, colocando-as uma a uma na boca de Bela, tirando as sementes de sua boca e descartando-as.

Ele observava com visível prazer enquanto a princesa dava um grande gole na taça de vinho que segurava próxima aos lábios dela. Ele limpou a boca de Bela e a beijou.

Os olhos de Bela estavam brilhando, mas ela parara de chorar. Ele sentiu a pele lisa de suas costas e seus seios mais uma vez.

– Esplêndido – ele sussurrou. – E, então, antes você era terrivelmente mimada e sempre lhe davam tudo aquilo que desejava?

Ela ficou confusa, corou novamente e, por fim, cheia de vergonha, assentiu:

– Sim, meu príncipe, acho que talvez...

– Não tenha medo de me responder com muitas palavras – ele instruiu –, contanto que aquilo que for dito seja respeitoso. E nunca fale, a não ser que eu me dirija a você primeiro e, em todas essas formalidades, seja cuidadosa o suficiente para perceber o que me agrada. Você é muito mimada, sempre teve tudo que quis, mas será que era voluntariosa?

– Não, meu príncipe, não creio que eu fosse assim – ela respondeu. – Eu tentava ser uma alegria para os meus pais.

– E você será uma alegria para mim, minha querida – ele disse de forma amável.

Ainda a segurando com firmeza com o braço esquerdo, ele voltou-se para o jantar.

O príncipe comeu porco, aves selvagens assadas e algumas frutas com grande apetite e tomou várias taças de vinho.

Depois, pediu aos criados que tirassem a mesa e os deixassem a sós.

Lençóis e cobertores novos foram dispostos sobre a cama. Havia travesseiros recém-afofados, rosas em um vaso e diversos candelabros.

– Agora – disse ele enquanto se levantava e a colocava diante de si –, devemos ir para a cama, pois uma longa jornada nos espera amanhã. E eu ainda tenho de puni-la pela impertinência cometida mais cedo.

Imediatamente as lágrimas começaram a brotar dos olhos de Bela e ela lhe lançou um olhar suplicante. Ela quase esticou os braços para cobrir os seios e o sexo, mas logo se lembrou de que suas mãos haviam se tornado dois pequenos punhos impotentes paradas uma de cada lado do corpo.

– Não vou lhe aplicar uma punição muito severa – ele disse com suavidade, erguendo o queixo dela. – Foi apenas uma pequena ofensa, e a sua primeira. Entretanto, Bela, para confessar a verdade, eu adoraria puni-la.

Bela estava mordendo os lábios e o príncipe percebeu que ela queria falar, que o esforço de controlar a língua e as mãos estavam sendo demais para a jovem.

– Tudo bem, linda, o que você quer dizer? – ele perguntou.

– Por favor, meu príncipe – ela implorou. – Tenho tanto medo de você.

– Você irá me considerar mais razoável do que imagina. – Ele removeu seu longo manto, jogando-o sobre uma cadeira, e trancou a porta. Então, apagou as velas, deixando apenas algumas acesas.

O príncipe poderia dormir vestido como fazia na maioria das noites, na floresta, nas hospedarias do reino ou nas casas dos humildes camponeses nas quais ele às vezes se abrigava, e isso não era nenhum inconveniente para ele.

E, enquanto o príncipe se arrastava para perto dela, pensou que deveria ser misericordioso e aplicar uma punição rápida. Sentando-se numa das pontas da cama, ele estendeu os braços para alcançá-la e, empurrando os punhos dela para dentro de sua mão esquerda, fez com que Bela deitasse o corpo nu sobre seu colo, deixando que os pés dela pendessem, indefesos, sobre o chão.

– Adorável, adorável – admirou-se. Sua mão direita se movia languidamente por cima das nádegas redondas, separando-as muito levemente.

Bela chorava alto, mas sufocava o choro na cama, com as mãos estendidas diante de si mesma pelo longo braço esquerdo do príncipe.

E, então, com a mão direita, ele espancou as nádegas e ouviu o choro da princesa se tornar mais alto. Na verdade, aqueles golpes não passavam de tapas.

Mesmo assim, deixaram uma marca vermelha na pele dela. E ele começou a espancá-la com força novamente e pôde senti-la se contorcendo contra ele, o calor e a umidade do sexo dela contra sua perna e, mais uma vez, o príncipe a espancou.

– Acho que você está chorando mais devido à humilhação do que pela dor – ele a censurou com uma voz macia.

Ela estava se controlando para não chorar muito alto.

Ele espalmou a mão direita e, sentindo o calor das nádegas avermelhadas, puxou-as para cima e desferiu outra série de tapas vigorosos e sonoros, sorrindo enquanto a observava lutar.

Ele poderia tê-la espancado com muito mais força, para o próprio prazer e sem machucá-la realmente. Mas pensou na parte positiva de tudo aquilo. Ele teria muitas noites pela frente para esses prazeres.

Então, ele a ergueu de forma que ela ficasse de pé diante dele.

– Jogue o cabelo para trás – ordenou. O rosto dela, manchado pelas lágrimas, era indescritivelmente bonito, os lábios tremiam, os olhos azuis brilhavam graças à umidade das lágrimas. Ela obedeceu imediatamente.

– Não creio que você tenha sido tão mimada assim – ele disse. – Achei-a muito obediente e sedenta por me agradar, e isso me deixa muito feliz.

Ele pôde ver o alívio no rosto dela.

– Coloque suas mãos atrás do pescoço, debaixo do cabelo. Assim. Muito bem. – O príncipe ergueu o queixo de Bela novamente. – Você possui um adorável hábito de olhar para baixo, uma demonstração de modéstia. Mas, agora, quero que olhe direto para mim.

Bela obedeceu com vergonha, infeliz. Agora, que estava olhando para ele, parecia sentir ainda mais completamente sua nudez e impotência. Suas pestanas grossas e escuras, os olhos maiores do que ela pensara.

– Você me acha bonito? – ele perguntou. – Ah, mas antes de responder, gostaria de saber o que você realmente pensa, não aquilo que acha que me agradaria ouvir ou o que seria melhor para você, entendeu?

– Sim, meu príncipe – Bela sussurrou. Ela parecia mais calma.

Ele estendeu os braços, massageou levemente o seio direito dela e afagou as axilas cobertas de penugem, sentindo a pequena curva do músculo debaixo da pequena mecha de pelos dourados e, então, acariciou os pelos cheios e úmidos entre as pernas dela de forma que Bela suspirou e tremeu.

– Agora responda à minha pergunta e descreva o que vê. Descreva-me como se você houvesse acabado de me conhecer e estivéssemos trocando confidências em seu quarto de dormir.

Mais uma vez, Bela mordeu os lábios, um gesto que ele adorava. E, então, com a voz baixa diminuída pela incerteza, ela disse:

– Você é muito bonito, meu príncipe, ninguém pode negar isso. E para alguém... para alguém...

– Continue – ordenou. Ele a puxou um pouco mais para perto, de forma que o sexo dela roçasse em um de seus joelhos, e colocou o braço direito em torno dela, acariciando-lhe os seios com a mão e deixando que os lábios tocassem seu rosto.

– E, para alguém tão jovem, é muito dominador – disse ela. – Isso não é o que se esperaria.

– Então, me diga como isso se manifesta em mim de outra forma que não sejam minhas ordens.

– Em suas maneiras, meu príncipe. – A voz dela começou a se tornar um pouco mais forte. – O seu olhar... esses olhos tão escuros... o seu rosto. Eles não deixam dúvidas sobre sua juventude.

O príncipe mordeu e beijou uma das orelhas dela. Ele imaginou por que a pequena fenda molhada entre as pernas de Bela estava tão intensamente quente. Os dedos dele não conseguiam evitar tocar aquela cavidade. Ele já a havia possuído duas vezes naquele dia e iria possuí-la de novo, mas ponderava se não deveria agir com mais calma.

– Você gostaria que eu fosse mais velho? – ele sussurrou.

– Estive pensando que assim seria mais fácil. Receber ordens de um mestre assim tão jovem é sentir o quão desamparado é esse alguém.

Parecia que as lágrimas haviam brotado e estavam começando a transbordar dos olhos dela, de forma que ele a empurrou gentilmente para trás para poder vê-las.

– Minha querida, eu despertei você de um sono de cem anos e restabeleci o reino de seu pai. Você é minha. E você não me achará um senhor assim tão ruim. Sou apenas um mestre meticuloso. Desde que seu único pensamento dia e noite, em todos os momentos, seja me agradar, as coisas serão muito fáceis para você.

E, enquanto a jovem lutava para não desviar os olhos, ele pôde ver novamente o alívio no rosto dela e perceber que estava completamente aterrorizada por ele.

– Agora – ele abriu as pernas da princesa e puxou-a para perto novamente para que ela pudesse soltar um pequeno arquejo antes que pudesse se conter –, quero mais de você do que tive antes. Você entende o que quero dizer, minha Bela Adormecida?

Ela balançou a cabeça. Nesse momento, estava apavorada.

O príncipe a ergueu sobre a cama e depois fez com que ela se deitasse.

As velas lançavam uma luz quente, quase rósea, sobre a princesa. Os cabelos caíam em ambos os lados da cama, e ela parecia prestes a protestar, as mãos lutavam para permanecer imóveis junto ao corpo.

– Minha querida, você possui um véu de dignidade que a afasta de mim, da mesma forma como seu adorável cabelo dourado que a esconde e cobre. Agora, quero que se renda a mim. Você verá. E ficará muito surpresa por ter chorado quando eu sugeri isso pela primeira vez.

O príncipe inclinou-se sobre a jovem. Ele separou suas pernas. Podia sentir a batalha em que ela se empenhava para não se cobrir ou afastar-se dele. O príncipe acariciou suas coxas. Com o polegar e outro dedo, alcançou os pelos sedosos e úmidos, sentiu aqueles lábios macios e os forçou, deixando-os completamente abertos.

Ela tremeu de forma espantosa. Com a mão esquerda, o príncipe cobriu a boca de Bela e, por trás da mão dele, ela chorou suavemente. Parecia fácil para ele cobrir a boca da jovem e isso era satisfatório por ora, pensou o príncipe. Ela poderia ser educada de forma completa no tempo certo.

Com os dedos da mão direita, encontrou aquele nódulo de carne minúsculo entre os lábios mais profundos e manipulou-o para frente e para trás, até que Bela erguesse os quadris, arqueando as costas e movendo-se contra a própria vontade. O pequeno rosto debaixo da mão dele era o retrato da aflição. Ele riu para si mesmo.

Entretanto, mesmo enquanto sorria, o príncipe sentiu o fluido quente entre as pernas de Bela pela primeira vez, o verdadeiro ruído que não viera antes junto com o sangue inocente dela.

– Isso mesmo, minha querida – disse ele. – Você não deve resistir ao seu senhor e mestre.

Ele abriu o manto e retirou seu sexo rígido e ávido, e, montando sobre o corpo dela, deixou-o descansar contra uma das coxas de Bela enquanto lhe fazia carinhos e a masturbava.

Ela se contorcia de um lado para outro, as mãos agarravam os lençóis macios que jaziam no chão próximo à cama, formando nós, todo o corpo dela parecia se tornar rosado e os seios estavam visivelmente duros como se fossem pequenas pedras. Ele não podia resistir a eles.

Ele os mordeu de brincadeira, sem machucá-la. Lambeu-os e depois lambeu também o sexo da princesa e, enquanto ela lutava, corava e soltava gemidos debaixo dele, o príncipe montou sobre o corpo de Bela devagar.

Mais uma vez, Bela arqueou as costas. Os seios estavam tingidos de vermelho. À medida que o príncipe a penetrava, sentia que ela estremecia violentamente com um prazer relutante.

Um choro terrível foi abafado pela mão do príncipe sobre os lábios dela, que estremecia tão violentamente que parecia quase erguê-lo.

E, então, ela deitou-se rígida, úmida, rosada, com os olhos fechados, respirando fundo enquanto as lágrimas corriam silenciosamente por seu rosto.

– Foi maravilhoso, minha querida – ele elogiou. — Abra os olhos.

Ela o fez com timidez.

Ela então se deitou, olhando para ele.

– Isso foi difícil para você – ele sussurrou. – Você nunca poderia nem ao menos imaginar que essas coisas lhe aconteceriam. E está vermelha de vergonha, tremendo de medo e acreditando que esse talvez possa ser um daqueles sonhos que povoaram sua mente nesses cem anos. Mas isso é real, Bela. E é apenas o começo! Você acha que a fiz minha princesa. Entretanto, eu apenas comecei. Chegará o dia em que você não verá mais nada além de mim, como se eu fosse o sol e a lua, quando significarei tudo para você, sua comida, sua bebida, o ar que respira. Então, você será realmente minha e essas primeiras lições... e prazeres... – ele sorriu – não serão nada.

O príncipe se inclinou sobre ela. Ela se deitou totalmente imóvel e o encarou.

– Agora, beije-me – ele ordenou. – E o que quero dizer é: beije-me... de verdade.

## JORNADA E CASTIGO
## NA ESTALAGEM

Na manhã seguinte, toda a corte esperava reunida no salão principal para assistir à partida do príncipe, e todos, inclusive o rei agradecido e a rainha, estavam de pé com o olhar voltado para o chão, abaixaram a cabeça até a altura da cintura como forma de reverência quando o príncipe desceu os degraus com Bela, nua, atrás dele. Ele havia ordenado que a jovem juntasse as mãos atrás do pescoço, por baixo do cabelo, e andasse a poucos passos à direita dele, para que pudesse observá-la com o canto do olho. E ela obedeceu, os pés descalços não fazendo nem o mais leve som nos degraus de pedras gastas enquanto o seguia.

– Caro príncipe – disse a rainha quando ele chegou à grande porta frontal e viu as montarias na ponte levadiça. – Temos uma dívida eterna para com o senhor, mas ela é nossa filha única.

O príncipe virou-se para olhar a mulher. A rainha ainda era bonita, apesar de ter mais que o dobro da idade de Bela, e imaginou se ela também serviria seu bisavô.

– Como ousa me questionar? – o príncipe perguntou pacientemente. – Restaurei o seu reino e sabe muito bem, se ainda se lembra de algo a respeito dos costumes de minha terra, que Bela se tornará muito mais preciosa com o serviço que prestará lá.

Então, essa revelação fez com que o rubor tomasse conta do rosto da rainha como acontecera antes com o rei, e ela fez um movimento de cabeça indicando aprovação.

– Mas certamente o senhor permitirá que Bela vista alguma roupa – a rainha sussurrou –, pelo menos até que atinja as fronteiras de seu reino.

– Todas essas cidades que se encontram no caminho que separa o meu reino do seu têm sido territórios de minha família há mais de um século. E, em cada uma delas, proclamarei a restauração e o novo domínio de seu reino. A senhora pode querer algo mais do que isso? O clima de primavera já está quente; Bela não sofrerá nenhum tipo de enfermidade se começar a me servir imediatamente.

– Desculpe-nos, Vossa Alteza – o rei apressou-se em dizer. – Mas as condições são as mesmas de nossa época? A escravidão de Bela não será eterna?

– Tudo permanece igual ainda hoje. Bela retornará no tempo certo. E ganhará imensamente em sabedoria e beleza. Agora, diga a ela para obedecer, assim como seus pais fizeram quando o senhor foi enviado para nós.

– O príncipe diz a verdade, Bela – o rei disse em voz baixa, ainda relutante em olhar para a filha. – Obedeça a ele. Obedeça à rainha Eleanor. E, se em algumas ocasiões, a servidão lhe parecer assombrosa e difícil, confie em que voltará, como ele disse, imensamente mudada para melhor.

O príncipe sorriu.

Os cavalos estavam agitados na ponte levadiça. O cavalo de batalha do príncipe, um garanhão preto, estava particularmente arredio, por isso o jovem disse adeus a todos novamente, virou-se e pôs Bela no colo.

Colocou-a sobre o ombro direito, juntando os tornozelos dela em sua cintura, e ouviu-a chorar suavemente enquanto desabava sobre as suas costas. Pôde ver os longos cabelos de Bela varrerem o chão momentos antes de montar em seu garanhão.

Todos os soldados puseram-se em posição atrás dele.

Ele cavalgou em direção à floresta.

O sol derramava raios gloriosos através das folhas verdes e pesadas, o céu estava brilhante e azul apenas para se esvaecer em uma inconstante luz esverdeada, à medida que o príncipe cavalgava à frente de seus soldados, sussurrando consigo mesmo e, vez ou outra, cantando.

O corpo flexível e quente de Bela oscilava levemente sobre os ombros do príncipe. Ele podia senti-la tremer e entendia sua agitação. As nádegas nuas ainda estavam vermelhas do espancamento que ele lhe infligira, e o príncipe também podia imaginar a visão suculenta que ela era para os homens que cavalgavam atrás dele.

Enquanto conduzia seu cavalo através de uma clareira profunda, onde as folhas caídas eram grossas, vermelhas e marrons sob as patas dos animais, o príncipe amarrou as rédeas na sela e, com a mão esquerda, sentiu a pequena pele coberta de pelos entre as pernas de Bela, inclinando o rosto contra os quadris dela e beijando-os com suavidade.

Após alguns momentos, o príncipe abaixou Bela, sentando-a em seu colo e virando o corpo dela, de forma que a jovem se apoiasse no braço esquerdo dele, e beijou o rosto vermelho, afastando os cachos de cabelo dourado. Então, sugou seus seios quase que preguiçosamente, como se sorvesse pequenos goles de cada um deles.

– Coloque a cabeça em meu ombro – disse ele. E, logo em seguida, ela inclinou-se na direção dele obedientemente.

Entretanto, quando o príncipe lançou-a para cima de seus ombros mais uma vez, Bela soltou um choramingo desesperado. Ele não permitiu que isso o detivesse. E, colocando-a no lugar com firmeza, com os tornozelos presos em seus quadris, censurou-a carinhosamente e lhe deu diversas palmadas com a mão esquerda até ouvi-la chorar.

– Você nunca deve protestar – ele repetiu. – Nem com sons, nem com gestos. Apenas suas lágrimas devem mostrar ao seu príncipe o que você sente, e nunca ache que ele não deseja saber o que se passa em sua mente. Agora, me responda com respeito.

– Sim, meu príncipe – Bela choramingou suavemente.

Ele estremeceu ao ouvir o som dessas palavras.

Quando chegaram à pequena cidade no meio da floresta, houve grande excitação, pois todos já tinham ouvido falar que o encantamento fora quebrado.

E, enquanto o príncipe cavalgava pela rua pequena e tortuosa com suas altas casas de alvenaria que bloqueavam a visão do céu, as pessoas corriam para as janelas estreitas e para as portas. Elas se aglomeraram nas travessas pavimentadas com pedras redondas.

Mais atrás, o príncipe podia ouvir seus homens contando em voz baixa para as pessoas do vilarejo quem ele era, que havia sido o senhor deles quem quebrara o encantamento. A garota que o príncipe carregava consigo era a Bela Adormecida.

Bela soluçava suavemente, seu corpo lutava contra os espasmos, mas o príncipe a segurava com firmeza.

Finalmente, com uma grande multidão o seguindo, ele chegou à estalagem e, junto com seu cavalo, cujo som das ferraduras no calçamento reverberava pelo caminho, entraram no pátio.

Seu escudeiro rapidamente ajudou-o a desmontar.

– Pararemos apenas para comer e beber – informou o príncipe. – Podemos viajar quilômetros antes do pôr do sol.

Ele colocou Bela de pé e observou com admiração quando os cabelos caíram ao redor dela. E fez com que a jovem desse duas voltas em torno de si mesma, satisfeito por vê-la manter as mãos juntas atrás do pescoço e os olhos baixos quando ele olhava para ela.

O príncipe a beijou devotadamente.

– Você sabe como eles olham para você? Você sente o quanto admiram sua beleza? Estão adorando você. – Abrindo os lábios dela novamente, sorveu-lhe outro beijo com as mãos apertando suas nádegas feridas.

Parecia que os lábios de Bela grudaram-se nos dele, como se ela estivesse com medo de que ele se separasse dela e, então, o príncipe beijou suas pálpebras.

– Agora todos irão querer dar uma olhada em Bela – o Príncipe disse ao capitão de sua guarda. – Amarre as mãos dela atrás da cabeça com uma corda e prenda-as na tabuleta da estalagem. Deixe que as pessoas tenham o suficiente dela. Mas ninguém deve tocá-la. Podem olhar o quanto quiserem, mas você deve ficar de guarda e assegurar que ninguém toque nela. Vou pedir sua comida e mandá-la para você.

– Sim, meu senhor – assentiu o capitão da guarda.

Entretanto, quando o príncipe gentilmente entregou Bela ao capitão, ela curvou-se para frente, com os lábios abertos para o príncipe, e ele recebeu o beijo dela com gratidão.

– Você é muito gentil, minha querida – disse ele. – Agora, seja humilde e muito, muito bondosa. Ficaria muito desapontado se toda essa adulação fizesse com que minha Bela se tornasse fútil. – Ele beijou-a novamente e deixou que o capitão a levasse.

O príncipe então entrou na estalagem, pediu carne com cerveja e olhou através das janelas sextavadas.

O capitão da guarda não ousou tocar em Bela, a não ser para colocar a corda em volta de seus pulsos. Ele a conduziu assim até o portão aberto do pátio e, jogando a corda sobre a haste de ferro que sustentava a tabuleta da estalagem, rapidamente prendeu as mãos de Bela acima da cabeça, fazendo com que ela ficasse quase na ponta dos pés.

Ele acenou para que a multidão recuasse e ficou de pé, encostado na parede com os braços cruzados, enquanto as pessoas empurravam umas às outras para ver Bela.

Lá estavam mulheres rechonchudas com seus aventais manchados; homens brutos de culotes e botas de couro, e os rapazes abastados da cidade, vestindo casacas de veludo, com as mãos na cintura enquanto olhavam Bela de certa distância, sem vontade de se misturarem à multidão. E havia também diversas jovens, com perucas brancas cujos penteados elaborados estavam recém-feitos, que chegaram levantando meticulosamente as bainhas dos vestidos enquanto olhavam para a menina.

No início, todos cochichavam, mas logo as pessoas começaram a falar mais livremente.

Bela virou o rosto contra o braço e deixou que o cabelo cobrisse sua face, mas, então, um soldado aproximou-se do capitão da guarda a mando do príncipe e disse:

– Sua Majestade ordenou que você vire a princesa e erga o queixo dela para que as pessoas tenham uma melhor visão.

Um murmúrio de aprovação veio da turba.

– Que encantadora – assentiu um dos rapazes.

– E é por isso que tantos homens morrem – completou um velho sapateiro.

O capitão da guarda ergueu o queixo de Bela e, segurando a corda acima dela, disse gentilmente:

– Deve se virar, princesa.

– Oh, por favor, capitão.

– Não diga uma única palavra, princesa, eu imploro. Nosso senhor é muito rigoroso. E é da vontade dele que todos a admirem.

Bela, com as faces em chamas, obedeceu, virando-se para que a multidão pudesse ver suas nádegas avermelhadas e repetindo o movimento para mostrar os seios e o sexo enquanto o capitão mantinha levemente o dedo sob o pescoço dela.

Ela parecia respirar fundo, como se tentasse permanecer muito calma. Os rapazes a chamavam de linda e diziam que seus seios eram magníficos.

– Mas essas nádegas... – sussurrou uma velha que estava ali por perto. – Pode-se ver que ela foi espancada. E eu duvido de que a pobre princesa tenha feito qualquer coisa para merecer isso.

– Não muito – disse um rapaz próximo a ela. – A não ser possuir as mais belas e atrevidamente moldadas nádegas possíveis de serem imaginadas.

Bela tremia.

Finalmente, o príncipe em pessoa saiu da estalagem pronto para partir e, ao ver a multidão tão atenta quanto antes, baixou a corda com as próprias mãos e, segurando-a como se fosse uma coleira curta sobre a cabeça de Bela, virou a jovem. Ele parecia divertir-se com as inclinações de cabeça que demonstravam a gratidão da multidão, os agradecimentos e mesuras dirigidos a ele, um príncipe muito misericordioso em sua generosidade.

– Levante o queixo, Bela, não quero ter de fazer isso com minhas próprias mãos – ele a censurou com um pequeno franzir de cenho que demonstrava desapontamento.

Bela obedeceu com o rosto tão vermelho que a sobrancelha e os cílios brilhavam sob o sol, e o príncipe a beijou.

– Venha até aqui, velho – o príncipe chamou o sapateiro. – Você já viu algo mais encantador?

– Não, majestade – o velho respondeu. As mangas da camisa dele estavam enroladas até os ombros e as pernas eram levemente arqueadas. O cabelo era grisalho, mas os olhos verdes brilhavam com um prazer especial, quase desejoso. – Ela é realmente uma princesa magnífica, digna da morte de todos aqueles que tentaram resgatá-la.

– Creio que sim. E acredito que ela também seja digna da bravura daquele que *conseguiu* resgatá-la. – O príncipe sorriu.

Todos riram educadamente. Entretanto, não conseguiam esconder o temor que o príncipe lhes provocava. As pessoas olhavam fixamente para a armadura, a espada e, acima de tudo, para o rosto jovem e o cabelo muito negro que lhe caía sobre os ombros.

O príncipe puxou o sapateiro para mais perto.

– Aqui. Eu lhe dou permissão se quiser apenas sentir os tesouros dela.

O velho sorriu para o príncipe com gratidão e quase inocência. Ele estendeu as mãos e, hesitando por um momento, tocou os seios de Bela. A princesa sentiu um calafrio e, obviamente, tentou conter algumas lágrimas.

O velho tocou o sexo dela.

Então, o príncipe puxou a coleira curta para cima, de forma que Bela precisou ficar na ponta dos pés. O corpo dela enrijeceu, parecia se tornar mais retesado e, ao mesmo tempo, mais atraente, os seios e as nádegas elevados, o queixo e o pescoço estavam perfeitamente alinhados com seu busto oscilante.

– Isso é tudo. Pode ir agora – o príncipe dispensou o sapateiro.

Obedientemente, o velho recuou, embora continuasse observando enquanto o príncipe montava em seu cavalo, instruía Bela a juntar as mãos atrás do pescoço e ordenava que ela andasse à frente dele.

Bela cruzou o jardim da estalagem, e o príncipe seguiu a cavalo atrás dela.

As pessoas abriram caminho para Bela. Elas não conseguiam tirar os olhos daquele corpo lindo e vulnerável, e espremeram-se contra os estreitos muros da cidade para acompanhar o espetáculo até a entrada da floresta.

---

Quando deixaram a cidade para trás, o príncipe disse a Bela para ir até ele. O jovem a ergueu e fez com que ela se sentasse à sua frente mais uma vez e mais uma vez a beijou e censurou.

— Você considerou essa tarefa difícil demais — ele murmurou. — Por que é tão orgulhosa? Acha-se boa demais para ser mostrada às pessoas?

— Perdão, meu príncipe — ela sussurrou.

— Não percebe que, se pensar apenas em me agradar e agradar aqueles a quem mostro seu corpo, tudo será muito mais simples para você? — Ele beijou a orelha dela, abraçando-a com força contra o peito. — Você deveria ter orgulho de seus seios e quadris bem torneados. Deveria ter perguntado para você mesma: "Estou agradando meu príncipe? As pessoas estão me achando encantadora?"

– Sim, meu príncipe – Bela respondeu com humildade.

– Você é minha, Bela – o príncipe disse com um pouco mais de severidade. – E não deve nunca se retrair ao obedecer a minhas ordens. Se eu disser que deve agradar ao mais reles vassalo no campo, você se esforçará para me obedecer de forma perfeita. Naquele momento, ele será o seu senhor porque eu assim determinei. Todos aqueles a quem eu a oferecer serão seus senhores.

– Sim, meu príncipe – repetiu ela, embora estivesse em grande aflição. Ele acariciou os seios de Bela, beliscando-os vez ou outra com firmeza, e a beijou até que pudesse sentir o corpo dela lutando contra ele e os mamilos se dilatando e enrijecendo. Parecia que ela queria falar.

– O que é, Bela?

– Agradar ao senhor, meu príncipe, agradar ao senhor... – ela sussurrou como se seus pensamentos houvessem se dispersado, transformando-se num delírio.

– Sim, me agradar, essa é a sua vida agora. Quantos neste mundo conhecem tal clareza, tal simplicidade? Você me agradará e eu deverei sempre dizer a você exatamente como me satisfazer.

– Sim, meu príncipe – ela suspirou, embora estivesse chorando novamente.

– Irei apreciá-la ainda mais graças a isso. A menina que encontrei dentro do castelo não era nada para mim comparada com o que você é agora, minha devotada princesa.

Mas o príncipe não estava inteiramente satisfeito com a maneira com que estava educando Bela. Ele disse à princesa que, quando alcançassem a próxima cidade ao cair da noite, iria despojá-la de um pouco mais de sua dignidade, no intuito de tornar as coisas mais fáceis para ela.

---

E, enquanto as pessoas da cidade comprimiam seus rostos nas vidraças da estalagem, o príncipe tinha Bela esperando em sua mesa.

Engatinhando, ela corria pelas tábuas grossas do chão para trazer da cozinha o prato do príncipe. E, apesar de ele ter permitido que ela voltasse à cozinha andando, Bela continuou de quatro para trazer a jarra de vinho. Os soldados devoraram o jantar, lançando olhares rápidos e silenciosos para ela, iluminada pela luz da lareira.

Bela limpou a mesa para o príncipe e, quando um bocado de comida escapou do prato, caindo no chão, ele ordenou que a jovem o comesse. Com lágrimas escorrendo dos olhos, ela obedeceu, e ele a acolheu ainda de joelhos em seus braços e a recompensou com vários beijos molhados e amorosos. Obedientemente, ela envolveu o pescoço dele com os braços.

Entretanto, esse bocado de comida caído no chão deu ao príncipe uma ideia. Ele ordenou que Bela fosse rapidamente até a cozinha e pegasse mais um prato. Depois, ordenou que se deitasse no assoalho aos pés dele.

O príncipe pôs comida para Bela de seu próprio prato e pediu que ela colocasse os pesados cabelos para trás dos ombros e comesse apenas com a boca.

– Você é minha gatinha. – Ele riu alegremente. – E eu a proibiria de derramar todas essas lágrimas se elas não fossem tão lindas. Você quer me agradar?

– Sim, meu príncipe – respondeu ela.

Com os pés, ele empurrou o prato para diversos passos de distância de onde Bela estava e ordenou que ela virasse as nádegas para ele enquanto continuava sua refeição. Ele as admirou, percebendo que as marcas vermelhas de seus tapas já haviam quase sarado. Com o bico da bota de couro, o príncipe empurrou os cabelos sedosos para que pudesse ver entre as pernas dela, sentindo os lábios úmidos e carnudos por baixo dos fios, e suspirou, pensando em como ela era bonita.

Ao terminar a refeição, ela empurrou com os lábios o prato de volta para a cadeira do príncipe quando ele lhe ordenou que assim o fizesse e, em seguida, ele próprio limpou os lábios dela e lhe deu alguns goles de vinho de sua taça.

Ele observou seu longo e belo pescoço enquanto ela engolia e beijou suas pálpebras.

– Agora, ouça-me, quero que você aprenda com isso. Todos aqui podem vê-la e perceber todos os seus encantos, você está consciente desse fato. Mesmo assim, quero que tenha uma consciência plena disso. Atrás de você, as pessoas do vilarejo estão admirando-a da mesma forma com que fizeram quando a conduzi pela cidade. Isso deve fazer com que se sinta orgulhosa, não vaidosa, mas orgulhosa, com orgulho por ter me agradado, por ter atraído a admiração deles.

– Sim, meu príncipe – concordou Bela quando ele fez uma pausa.

– Agora, pense bem, você está completamente nua e indefesa, e é toda minha.

– Sim, meu príncipe – ela choramingou baixinho.

– Esta é sua vida agora, você não deve pensar em mais nada além disso e nunca mais deve se arrepender. Quero que sua dignidade seja descascada de dentro de você como as muitas camadas de uma cebola. Não quero dizer que deva perder sua graça. O principal é que você deve entregar-se a mim.

– Sim, meu príncipe – ela concordou.

O príncipe ergueu o olhar na direção do estalajadeiro, que estava de pé na porta da cozinha acompanhado pela esposa e pela filha. Eles se aproximaram todos de uma vez. Entretanto, o príncipe olhou apenas para a garota. Ela era uma jovem muito bonita à sua própria maneira, apesar de não se comparar a Bela. Tinha cabelos pretos e rosto redondo, uma cintura muito fina e se vestia da mesma forma com que muitas camponesas, com uma blusa larga, decotada e franzida, e uma saia curta e rodada que revelava tornozelos pequenos e elegantes. Possuía um rosto inocente. A moça observava Bela maravilhada, os grandes olhos castanhos contemplavam, ansiosos, o príncipe e, depois, moviam-se timidamente de volta para Bela, que estava ajoelhada aos pés dele à luz da lareira.

– Agora, como eu lhe disse – o príncipe comunicou a Bela com suavidade –, todos aqui a admiram e deleitam-se com você, com a visão de seu corpo, suas nádegas pequenas e carnudas, as pernas adoráveis, esses seios que não consigo parar de beijar. Mas não há ninguém aqui, nem mesmo o mais humilde, que seja melhor do que você, minha princesa, se eu ordenar que você o sirva.

Bela ficou apavorada. Concordou com um aceno de cabeça enquanto respondia:

– Sim, meu príncipe. – E, então, num impulso, ela se ajoelhou e beijou uma das botas dele, mas logo pareceu aterrorizada.

– Não, isso é muito bom, minha querida. – O Príncipe acariciou o pescoço de Bela, tranquilizando-a. – Isso é muito bom. Se eu lhe permitir a realização de um gesto para deixar que seu coração se expresse de forma espontânea, será esse. Você pode sempre demonstrar seu respeito por mim dessa maneira, por sua livre vontade.

Novamente Bela pressionou os lábios contra o couro. Mas estava tremendo.

– Essas pessoas do vilarejo estão ávidas por você, ávidas por mais de seu encanto – o príncipe continuou. – E acho que merecem um gostinho do que irá deliciá-los.

Bela beijou as botas do príncipe novamente e deixou que seus lábios repousassem ali.

– Ah, não ache que eu devo realmente deixar que eles tenham o suficiente de seus encantos. Oh, não – continuou o príncipe ponderadamente. – No entanto, você deve aproveitar essa oportunidade tanto para recompensar a atenção devotada que eles lhe oferecem quanto para aprender que a punição virá sempre que eu desejar aplicá-la. Você não precisa ser desobediente para merecê-la. Eu a punirei quando isso me agradar. Às vezes, essa será a única razão para isso.

Bela não pôde evitar um choramingo.

O príncipe sorriu e chamou a filha do estalajadeiro com um gesto. Mas a jovem estava tão apavorada com sua presença que não deu um único passo adiante, precisando que o pai a empurrasse.

– Minha querida – disse o príncipe gentilmente –, na cozinha você possui algum instrumento de madeira achatado para mexer o conteúdo das panelas quentes que estão no fogão?

Houve um leve movimento pela sala enquanto os soldados se entreolhavam. As pessoas do lado de fora se comprimiam junto às janelas. A jovem concordou com um movimento de cabeça e rapidamente retornou com uma colher de pau com um bom cabo, que, graças aos muitos anos de uso, adquirira uma forma plana e lisa.

– Excelente – elogiou o príncipe.

Bela chorava, desamparada.

O príncipe rapidamente deu ordens para que a filha do estalajadeiro se sentasse na extremidade da alta lareira que ficava na mesma altura do espaldar de sua cadeira e ordenou que Bela, engatinhando, fosse até ela.

– Minha querida – ele disse à filha do estalajadeiro –, essas boas pessoas merecem um pequeno espetáculo. A vida delas é difícil e árida. Meus homens também o merecem. E minha princesa pode suportar a punição.

Bela ajoelhou-se, chorando, diante da garota que, vendo o que estava prestes a fazer, parecia fascinada.

– Deite-se no colo dela, Bela – ordenou o príncipe. – Mãos atrás do pescoço e levante seu adorável cabelo para tirá-lo do caminho. Ande! – A voz dele soou quase ríspida.

Magoada pelo tom de voz do príncipe, Bela quase fugiu de sua obediência e todos ao redor viram seu rosto molhado de lágrimas.

– Mantenha o queixo levantado, assim, isso, maravilha. Agora, minha querida – o príncipe olhou para a garota que segurava Bela no colo e a colher de pau em uma das mãos –, quero ver se você consegue empunhar esse instrumento com tanta força quanto um homem. Acha que consegue fazer isso?

Ele não pôde evitar um sorriso diante do deleite e do desejo de agradar demonstrados pela garota. Ela concordou com um movimento de cabeça, murmurando uma resposta respeitosa e, quando o príncipe deu o comando, a filha do estalajadeiro golpeou a colher de pau com toda a força nas nádegas nuas de Bela. A princesa não conseguiu permanecer em silêncio. Esforçou-se para manter-se quieta, mas não era capaz de ficar muda e, por fim, até mesmo choramingos e grunhidos escaparam de seus lábios.

A garota da estalagem a espancava com cada vez mais força e o príncipe deleitou-se com isso, desfrutando a situação muito mais do que quando ele próprio espancara Bela.

O fato é que podia ver tudo muito melhor, ver os seios de Bela arfando, as lágrimas escorrendo por sua face e as pequenas nádegas retesadas como se, permanecendo imóvel, Bela pudesse de alguma forma escapar ou desviar dos golpes fortes da garota.

Finalmente, quando as nádegas estavam muito vermelhas, mas ainda não se encontravam feridas, o príncipe ordenou que a garota parasse.

Ele podia ver seus soldados fascinados, assim como todo o povo do vilarejo, e, então, estalou os dedos e pediu que Bela o acompanhasse.

– Agora, jantem, todos vocês, conversem uns com os outros, façam o que preferirem – ordenou ele rapidamente.

Por um momento, ninguém obedeceu. Então, os soldados viraram-se uns para os outros e aqueles que estavam do lado de fora, vendo Bela se retirar engatinhando, junto aos pés do príncipe, com os cabelos caindo como um véu sobre sua face rosada e as nádegas feridas e doloridas pressionadas contra os tornozelos, murmuravam e conversavam diante da janela.

O príncipe deu a Bela outro gole de vinho. Ele não tinha certeza de que estava completamente satisfeito com ela. Pensava em muitas coisas.

Chamou a filha do estalajadeiro, disse que havia sido muito prestimosa, deu-lhe uma moeda de ouro e pegou a colher de pau de suas mãos.

Por fim, chegou a hora de subirem. Conduzindo Bela à sua frente, o Príncipe lhe deu alguns tapas gentis, ainda que vigorosos, para apressá-la escada acima até os aposentos onde dormiriam.

# Bela

Bela estava de pé à beira da cama, com as mãos junto ao pescoço, as nádegas latejando com uma dor quente que parecia muito melhor agora, como se fosse quase um prazer se comparada aos outros espancamentos que vinha recebendo ultimamente.

Naquele momento, Bela havia parado de chorar. Ela somente puxou os cobertores para o príncipe com os dentes, as mãos juntas nas costas, e, com os dentes mais uma vez, levou as botas dele para um dos cantos do quarto.

E esperou por mais ordens, tentando observá-lo, embora seus olhos estivessem tristes, ainda que o príncipe não percebesse.

Ele aferrolhou a porta e sentou-se em um dos lados da cama.

O cabelo preto dele estava solto, descendo em caracóis pelos ombros e cintilando sob a luz da vela de sebo. Para Bela, o rosto dele era bonito, talvez porque, em vez de marcado por traços grosseiros, era delicadamente moldado. Ela não sabia ao certo.

Até mesmo as mãos dele a fascinavam. Os dedos eram tão longos, tão delicados.

Bela estava terrivelmente aliviada por estar sozinha com o príncipe. Os momentos anteriores na estalagem haviam sido uma verdadeira agonia para ela e, apesar de ele ter trazido a colher de pau e poder espancá-la com muito mais força do que a garota, Bela sentia-se tão agradecida por estar sozinha com ele que não conseguia temê-lo. Mesmo assim, ainda receava não lhe ter agradado.

Bela revirou a mente em busca de um erro. Ela obedecera a todos os comandos do príncipe e ele entendia como isso foi difícil para a jovem. Ele sabia o que significava para ela estar nua em pelo e ser exibida a todos, estar indefesa, tornar-se pública, e essa entrega da qual ele falara poderia surgir através de atos e gestos muito antes de partirem da mente dela. Mas, independentemente do quanto se esforçasse para se desculpar, não conseguia evitar o pensamento de que poderia ter tentado com mais afinco.

Ele queria que ela chorasse mais ao ser espancada? Bela não tinha certeza. A simples lembrança da garota batendo nela diante de todos fê-la chorar novamente, e ela sabia que o príncipe iria ver as lágrimas, ele poderia se perguntar por quê, naquele momento em que ele ordenara que ficasse de pé ao lado da beirada da cama, ela estava chorando.

Mas o príncipe parecia perdido em pensamentos profundos.

Esta é a minha vida, ela dizia para si mesma, tentando se acalmar. Ele me despertou e me deseja. Meus pais foram trazidos de volta, o reino pertence a eles novamente e, o mais importante, a vida lhes foi concedida mais uma vez e eu pertenço ao príncipe. Bela sentiu um grande relaxamento quando pensou em tudo isso e sentiu uma agitação em seu corpo que parecia fazer com que suas nádegas feridas e latejantes ficassem subitamente quentes. A dor fez com que ela se tornasse tão vergonhosamente consciente dessa parte do corpo! Mas, então, ela apertou os olhos para conter as lágrimas doces e lentas, olhou para baixo, em direção aos seios intumescidos e aos mamilos pequenos e rígidos, e sentiu aquela mesma consciência ali também, simplesmente como se o príncipe houvesse estapeado seus seios, algo que ele havia algum tempo não fazia, e Bela sentiu-se levemente confusa.

Minha vida, Bela tentava entender. E lembrou-se de que, naquela tarde, no calor da floresta quando andava à frente do cavalo do príncipe, sentiu seu longo cabelo tocando as nádegas, roçando nelas enquanto andava, e se perguntava se pareceria bonita aos olhos dele, desejando que o príncipe a pegasse, beijasse e cuidasse dela. Obviamente, não ousou olhar para trás. Não poderia nem ao menos imaginar o que ele faria se ela fosse tola o suficiente para fazer aquilo, mas o sol lançou seus raios diante deles e Bela pôde ver o perfil do príncipe, sentindo tanto prazer que ficou envergonhada, suas pernas pareciam enfraquecer e essa foi a sensação mais estranha que já sentira, que nunca havia conhecido em sua vida anterior, a não ser, talvez, em seus sonhos.

Bela foi desperta de seus devaneios aos pés da cama do príncipe por uma ordem proclamada em voz baixa, porém firme.

– Venha até aqui, minha querida. – O príncipe fez um sinal para que ela se ajoelhasse diante dele. – Essa camisa deve ser aberta pela frente, e você aprenderá a fazer isso com os lábios e os dentes, e eu serei paciente com você.

Bela pensou que seria torturada com a colher de pau. E, muito aliviada, obedeceu quase que depressa demais, puxando o laço espesso que fechava a camisa no pescoço. Sentiu a pele dele, quente e lisa. Pele de homem. Tão diferente, pensou. E, com rapidez, afrouxou o segundo e o terceiro laços. Travou uma verdadeira luta com o quarto, que ficava na cintura do príncipe, mas ele não se moveu e, então, quando Bela terminou, fez uma reverência, abaixando a cabeça, as mãos como antes, atrás do pescoço, e esperou.

– Abra meus culotes – ele lhe disse.

As faces de Bela pegaram fogo, ela pôde sentir. Mas, novamente, não hesitou. Puxou o tecido pelo gancho até que ele escorregasse e liberasse a aba dianteira do culote. E, nesse momento, Bela pôde ver o sexo do príncipe ali, protuberante e dolorosamente preso. Subitamente, quis beijá-lo, mas não ousou fazê-lo e ficou chocada diante desse impulso.

Ele o ergueu, libertando-o. Bela lembrou-se dele entre suas pernas, preenchendo-a, rude e grande demais para sua abertura vaginal, e do prazer terrível que a inundou e debilitou, e sabia que estava corando rapidamente.

– Agora, vá até a mesinha no canto e me traga a bacia com água – ele ordenou.

Ela quase disparou pelo quarto. Em diversas ocasiões na estalagem, ele pediu para que ela andasse depressa e, no início, pensou que Bela odiasse esse comportamento, mas, naquele momento, ela o fazia por instinto. A jovem trouxe a bacia com ambas as mãos e colocou-a no chão. Havia um pedaço de tecido na água.

– Torça bem o pano e me banhe depressa.

Bela fez o que lhe foi pedido, olhando espantada para o sexo dele, o tamanho, a rigidez e a ponta com uma minúscula abertura. Ela foi tão machucada por ele no dia anterior, mas, ainda assim, aquele prazer a paralisava. Nunca imaginara que estaria diante de tal segredo.

– Agora, sabe o que desejo de você? – perguntou o príncipe gentilmente. Com uma das mãos, acariciou ternamente a face de Bela, empurrando o cabelo dela para trás do ombro. Ela desejava olhar para ele. Ansiava muito que ele lhe ordenasse para olhar direto nos seus olhos. Esse gesto a aterrorizava, mas, depois dos primeiros instantes, aquilo tornou-se algo extraordinário para ela, a expressão do príncipe, aquele rosto tão elegante e delicado, e os olhos negros que não pareciam aceitar nenhum compromisso.

– Não, meu príncipe, mas o que quer que seja... – ela começou.

– Sim, querida... você está sendo muito boa. Quero que você o coloque na boca e o lamba com a língua e os lábios.

Bela ficou chocada. Nunca pensara em nada parecido. De repente, lembrou-se dolorosamente de quem era, uma princesa, e recordou-se de toda a sua jovem vida antes de cair no sono e quase soltou um pequeno choramingo. Mas era o seu príncipe que estava lhe dando ordens, não uma pessoa horrível a quem ela poderia ter sido dada como esposa. Fechou os olhos e colocou-o na boca, sentindo seu imenso tamanho, sua rigidez.

O órgão tocou o fundo da garganta de Bela e ela subia e descia enquanto o príncipe a guiava.

O gosto era quase delicioso. Parecia que um líquido salgado escorria da boca de Bela em gotículas e, então, ela parou, pois o príncipe disse que já era suficiente.

Ela abriu os olhos.

– Muito bem, Bela, muito bem – elogiou o príncipe.

E, de repente, Bela seria capaz de dizer que ele sofria com a própria necessidade. Isso fez com que se sentisse orgulhosa, e havia nela, até mesmo em seu desamparo, uma sensação de poder.

Entretanto, o príncipe se levantou e a conduziu para que ficasse de pé. E Bela percebeu, enquanto esticava as pernas, que um prazer debilitante tomava conta dela. Por um momento, sentiu que não conseguiria suportar, mas desobedecer-lhe era impensável. Rapidamente se ergueu, ereta, com as mãos atrás do pescoço, e lutou para impedir que os quadris realizassem algum movimento humilhante. Será que ele podia perceber isso? Ela mordeu os lábios novamente e sentiu que estavam feridos.

– Você se saiu maravilhosamente bem hoje, aprendeu muito – elogiou o príncipe com ternura. A voz dele podia ser bastante suave e firme ao mesmo tempo. Isso fez com que Bela se sentisse quase entorpecida; aquele prazer derretia-se dentro dela.

Mas, então, ela viu que o príncipe erguia os braços para apanhar a colher de pau atrás dele. Bela soltou um pequeno arquejo antes que pudesse se conter e sentiu uma das mãos dele em seus braços, separando os pulsos do pescoço e virando-a. Bela queria gritar: "O que eu fiz?"

Mas a voz do príncipe veio baixa, murmurando no ouvido dela:

— E eu mesmo aprendi uma importante lição, aprendi que a dor amolece você, torna as coisas mais fáceis. Você está muito mais maleável após o espancamento que lhe proporcionei na estalagem do que era antes disso.

Ela queria balançar a cabeça, mas não ousou fazê-lo. A lembrança de todos aqueles que assistiram ao seu espancamento a atormentava. Viraram seu corpo para que todos que estavam nas janelas pudessem ver suas nádegas e o meio de suas pernas, os soldados puderam ver seu rosto, e isso fora excruciante. Bem, ele era o príncipe de Bela agora. Se ela pelo menos pudesse lhe dizer que, por ele, faria de tudo, mas que aquelas outras pessoas eram uma punição tão profunda...

Bela sabia que isso era errado. Não era o que o príncipe desejava que ela pensasse, o que ele estava tentando ensinar a ela. Mas, naquele instante, a jovem não conseguia afastar esse pensamento.

O príncipe estava ao lado dela. Segurou o queixo de Bela com a mão esquerda e lhe ordenou que dobrasse os braços atrás das costas, o que foi difícil para ela. Isso era pior do que ficar com as mãos atrás do pescoço. Essa posição arqueava seu corpo, forçava o peito para frente e fazia com que tivesse a sensação de que os seios e o rosto estavam dolorosamente nus. Ela gemeu levemente quando ele levantou seus cabelos e colocou uma grande mecha sobre seu ombro direito, longe de onde ele estava.

Os cabelos cobriam o braço de Bela, mas ele os jogou para longe dos mamilos e beliscou ambos com força, utilizando o dedo médio e o polegar, erguendo os seios dela e deixando-os cair naturalmente.

O rosto de Bela estava se tornando decididamente mais vivo. Mas ela sabia que aquilo que viria a seguir seria pior.

– Abra as pernas, mesmo que apenas um pouco. Você deve permanecer bem plantada para resistir aos golpes da colher de pau.

Bela queria protestar e, apesar de pressionar os lábios com força, seus soluços soaram altos demais até para ela mesma.

– Bela, Bela – ele cantarolou –, você deseja me agradar?

– Sim, meu príncipe. – Ela chorava, os lábios tremiam incontrolavelmente.

– Então, por que derrama lágrimas se ainda nem mesmo sentiu a colher de pau? E suas nádegas estão apenas um pouco feridas, pois a filha do estalajadeiro não era muito forte.

Ela chorou com amargura, como se quisesse dizer, do seu jeito doce e sem palavras, que tudo aquilo era verdade, mas era muito difícil.

Então, o príncipe segurou o queixo de Bela com firmeza, apertando todo o corpo dela. A jovem finalmente sentiu o primeiro golpe da colher de pau.

Foi uma explosão de dor imensa na superfície quente de sua carne e o segundo golpe veio muito mais rápido que ela imaginara ser possível e, então, vieram o terceiro e o quarto. Apesar de seu autocontrole, ela chorava alto.

Ele parou e beijou gentilmente todo o rosto dela.

– Bela, Bela, agora, lhe darei permissão para falar... Diga aquilo que você gostaria que eu soubesse...

– Quero agradar ao meu príncipe – ela esforçou-se –, mas isso machuca muito e eu tenho tentado agradá-lo com tanto empenho.

– Mas, minha querida, você me agrada ao suportar essa dor. Hoje cedo expliquei-lhe que a punição não seria sempre aplicada como represália a uma transgressão. Às vezes, os castigos serão apenas para o meu prazer.

– Sim, meu príncipe.

– Devo contar-lhe um pequeno segredo a respeito da dor. Você é como uma corda de arco muito tensionada. E a dor a afrouxa, tornando-a tão macia quanto eu quiser que você seja. Isso se consegue com centenas de pequenas ordens e repreensões, e você não deve resistir a elas. Entende o que estou dizendo? Você deve se entregar. A cada golpe da colher de pau, deve pensar no movimento seguinte e no que virá logo em seguida, e que é o seu príncipe quem está fazendo isso com você, infligindo-lhe essa dor.

– Sim, meu príncipe – ela concordou suavemente.

Ele ergueu o queixo dela novamente sem maiores cerimônias e espancou-a com severidade nas nádegas diversas vezes. Bela sentiu que elas ficavam cada vez mais quentes graças à dor, os estalos da colher de pau soando estridentes e, de alguma forma, despedaçando Bela, como se o som em si fosse tão terrível quanto a dor. Ela não conseguia entender isso.

Quando o príncipe parou outra vez, ela estava sem ar e quase sufocada em suas lágrimas, como se a humilhação da torrente de golpes houvesse sido muito pior do que uma dor maior poderia ser.

Mas o príncipe envolveu-a nos braços. E a aspereza de suas roupas, seu peito rígido e nu, e a força de seus ombros fizeram com que ela sentisse um prazer tão reconfortante que seus suspiros se tornaram cada vez mais suaves, ávidos e lânguidos contra o corpo dele.

Os culotes ásperos do príncipe estavam contra o sexo de Bela e ela flagrou-se pressionando seu corpo contra o dele apenas para ser guiada gentilmente para trás, como se ele estivesse repreendendo-a silenciosamente.

– Beije-me – ordenou o príncipe e uma onda de prazer atravessou-a quando ele fechou a boca de encontro à sua, e Bela quase não conseguiu permanecer de pé, deixando que seu peso caísse contra ele.

O príncipe virou o corpo dela em direção à cama.

– Isso é suficiente por hoje – ele disse com suavidade. – Teremos uma árdua jornada amanhã.

E ordenou que Bela se deitasse.

Subitamente, ocorreu a Bela que ele não iria possuí-la. Ela o ouviu cruzar a porta e aquele prazer entre suas pernas tornou-se, de repente, uma agonia. Mas tudo que podia fazer era chorar baixinho no travesseiro. Tentou evitar que seu sexo tocasse nos lençóis, pois temia que isso fizesse com que não resistisse a algum movimento indevido. E sentiu que o príncipe a observava. É claro que ele queria que Bela sentisse prazer. Mas sem a permissão dele?

Ela se deitou rígida, temerosa, chorando.

Um momento depois, Bela ouviu vozes atrás de si.

– Banhe-a e coloque um unguento sedativo em suas nádegas – o príncipe estava dizendo –, e você pode falar com a princesa se quiser, e ela, com você. Você deve tratá-la com extremo respeito – concluiu ele antes que Bela ouvisse seus passos se afastarem.

Bela permaneceu deitada com muito medo de olhar para trás. A porta foi novamente fechada. Ela ouviu passos. Ouviu o pano na bacia d'água.

– Sou eu, querida princesa – disse uma voz de mulher, e Bela percebeu que era uma jovem, alguém de sua idade. Só poderia ser a filha do estalajadeiro.

Bela enterrou o rosto no travesseiro. Isso é insuportável, ela pensou e, de repente, odiou o príncipe do fundo de seu coração, mas já fora humilhada demais para ter esse tipo de pensamento. Sentiu o peso da garota na cama ao seu lado e apenas o toque do tecido áspero do avental roçando suas nádegas feridas fazia com que elas doessem com intensidade ainda maior.

Bela sentiu como se suas nádegas fossem imensas, apesar de saber que não eram, ou emitissem alguma luz terrível junto com sua vermelhidão. A garota podia sentir o calor; aquela garota que, entre todas as outras, tentara agradar ao príncipe com tanto afinco ao espancar Bela com muito mais força do que ele havia notado.

O tecido molhado tocou os ombros de Bela, os braços, o pescoço. Tocou suas costas e, então, as coxas, pernas e pés. A garota evitava cuidadosamente o sexo e os ferimentos.

Mas, então, depois que a menina torceu o pano, tocou levemente as nádegas de Bela.

– Oh, sei que isso dói, querida princesa – ela confiou. – Desculpe, mas o que posso fazer se o príncipe me deu ordens? – O toque do trapo era áspero sobre as feridas, e Bela percebeu que, dessa vez, as pancadas do príncipe haviam deixado marcas. Ela suspirou e, apesar de detestar aquela garota com uma violência de sentimentos que nunca sentira por nenhuma outra pessoa em sua breve vida, o pano, todavia, lhe causava uma sensação muito agradável.

O tecido úmido a refrescava; era como a massagem suave de alguém que lhe fazia cócegas. E Bela foi se acalmando à medida que a menina continuava a banhá-la em movimentos circulares e gentis.

– Querida princesa – disse a garota –, sei como sofre, mas ele é muito bonito e os desejos dele sempre serão ordens, não há nada que possamos fazer a respeito. Por favor, fale comigo, por favor, diga que não me despreza.

– Não a desprezo. – A voz de Bela era baixa e desanimada. – Como poderia culpá-la ou desprezá-la?

– Eu tive de fazer aquilo. E que espetáculo! Princesa, preciso lhe dizer algo. Você pode ficar irritada comigo, mas talvez isso lhe sirva de consolo.

Bela fechou os olhos e pressionou o rosto no travesseiro. Não queria ouvir aquilo. Mas gostava da voz da garota, com seu respeito e gentileza. A garota não tinha a intenção de machucá-la. Ela podia sentir essa reverência nela, aquela humilhação que

Bela conhecia tão bem em todos os criados que a cercaram por toda a vida. Não havia diferença, nem mesmo nessa moça que a colocara sobre os joelhos e a espancara na presença de homens rudes e camponeses. Bela visualizou a garota da forma como se recordava dela, parada na porta da cozinha: o cabelo escuro e encaracolado formando pequenos anéis ao redor de seu rostinho redondo, e aqueles olhos grandes cheios de apreensão. Como o príncipe deve ter parecido violento! A garota deveria estar apavorada quando o viu. Ele poderia pedir para que ela se despisse e fosse humilhada. Bela sorriu para si mesma ao pensar nisso. Sentiu alguma ternura pela menina e por suas mãos gentis que agora banhavam a carne quente e dolorida com tanto cuidado.

– Está bem – concordou Bela. – O que você quer me dizer?

– Apenas que você é tão adorável, querida princesa, tão bonita. Mesmo enquanto estava lá, quantos que já viram tal beleza poderiam infligir tal provação a sua adorada? E você é tão bonita, princesa. – A garota repetiu essa palavra, "bonita", diversas vezes, claramente procurando por outras palavras, palavras melhores que ela não conhecia. – Você é tão... tão graciosa, princesa. Suportou tudo tão bem, com tanta obediência por Sua Alteza, o príncipe.

Bela não disse nada. Ficou pensando naquela situação novamente, no significado que aquilo tudo deveria ter para a garota. Mas isso deu a Bela uma noção de si mesma tão assustadora que ela parou de pensar no assunto. A garota a vira tão de perto, vira a vermelhidão de sua pele enquanto era punida, sentiu que ela se contorcia descontroladamente.

Bela poderia ter chorado mais uma vez, mas não queria fazê-lo.

Pela primeira vez, através de uma fina camada de unguento, Bela sentiu os dedos nus da garota em sua pele. Eles massageavam as marcas deixadas pelo espancamento.

– Oooh! – a princesa gemeu.

– Desculpe – disse a garota. – Estou tentando ser delicada.

– Não, você deve continuar. Esfregue bem – suspirou Bela. – Na verdade, a sensação é boa. Talvez seja o momento em que você tira os dedos. – Como explicar aquilo? As nádegas inundadas por essa dor, coçando, as marcas do espancamento rígidas como pequenos ferimentos, partículas de dor, e aqueles dedos beliscando-as e as soltando logo em seguida.

– Todos a adoram, princesa – a garota sussurrou. – Todos viram sua beleza, sem nada para disfarçá-la ou esconder seus defeitos, e você não possui nenhum. E eles estão desfalecendo por sua causa, princesa.

– É verdade? Ou está falando isso só para me consolar? – perguntou Bela.

– Oh, é isso mesmo – disse a garota. – Ah, a princesa deveria ter visto as mulheres ricas que estavam lá fora, no pátio da estalagem, essa noite, todas fingindo não estar com inveja, mas todas elas sabiam, diante de seu corpo nu, que não chegavam aos seus pés, princesa. E, é claro, o príncipe estava tão bonito, tão elegante e tão...

– Ah, sim – suspirou Bela.

A garota, então, cobriu as nádegas da Princesa com uma camada ainda mais grossa de unguento. Ela também espalhou o creme pelas coxas de Bela, com os dedos parando pouco antes dos pelos entre as pernas da jovem e, mais uma vez, como um anúncio violento e vergonhoso, Bela sentiu aquele prazer retornar. E com aquela menina!

Oh, se o príncipe souber disso, ela subitamente pensou. Bela não poderia imaginar que ele ficasse satisfeito e, de repente, lhe ocorreu que ele poderia puni-la em qualquer ocasião em que ela sentisse esse prazer sem que fosse ele quem o estivesse proporcionando. Bela tentou afastar esse pensamento de sua mente. E desejou saber onde o príncipe se encontrava naquele momento.

– Amanhã – disse a garota –, quando você continuar seu caminho para o castelo do príncipe, aqueles que querem vê-la estarão todos na margem da estrada. A notícia está se espalhando por todo o reino...

Bela sentiu um pequeno estremecimento ao ouvir essas palavras.

– Você está certa disso? – perguntou com temor. Isso era demais para se pensar assim de imediato. Bela se lembrava daquele momento tranquilo na floresta durante a tarde. Estava sozinha à frente do príncipe e, de alguma forma, conseguira esquecer os soldados que os seguiam. E a notícia foi dada de forma súbita demais para que conseguisse pensar nas pessoas na margem de toda a estrada esperando para vê-la! Lembrou-se das ruas apinhadas do vilarejo, aqueles momentos inevitáveis quando suas coxas ou seios chegavam até mesmo a esbarrar em um braço ou no tecido de uma saia e sentiu a respiração vacilar.

Mas ele quer isso de mim, ela pensou. Não deseja que apenas ele me veja, mas que todos possam me ver.

"Sua visão dá tanto prazer às pessoas", dissera o príncipe naquela noite enquanto entravam na cidadezinha. Ele a cutucou para que seguisse na frente, e ela chorou enquanto via todos aqueles sapatos e botas ao seu redor, para os quais não ousava erguer o olhar.

– Mas você é tão adorável, princesa, e eles vão contar aos netos sobre o que viram – disse a menina da estalagem. – Eles não podem esperar para deleitar a vista com sua imagem e você não irá desapontá-los, independentemente do que tenham ouvido. Imagine isso, nunca desapontar ninguém... – A voz da garota extinguiu-se como se ela estivesse pensando. – Oh, quem dera pudesse segui-la para assistir.

– Mas você não entende... – Bela sussurrou, de repente incapaz de se conter. – Você não percebe...

– Sim, eu entendo – disse a garota. – É claro que percebo... Vejo as princesas quando elas passam em suas vestes magníficas, cobertas de joias, e sei como você deve estar se sentindo ao ser exposta para o mundo como se fosse uma flor, os olhos de todos eles como dedos movendo-se em sua direção, mas você é tão... tão esplêndida, princesa, e tão especial. E é a princesa dele. O príncipe clamou por você, todos sabem que você está em poder dele e deve fazer aquilo que ele lhe ordenar. Isso não é uma vergonha para você, princesa. Como poderia ser, com um príncipe tão majestoso comandando-a? Oh, você acha que não existem mulheres que dariam tudo para estar em seu lugar, mas que simplesmente não possuem sua beleza?

Bela ficou impressionada com isso e pensou no assunto. Mulheres desistindo de tudo, tomando o seu lugar. Isso não lhe ocorrera. Ela se lembrou daquele momento na floresta.

Mas, então, Bela se recordou do espancamento na estalagem e todos aqueles que assistiram a ele. Lembrou-se de estar soluçando, desamparada, e odiar as nádegas apontadas para cima, as pernas abertas e aquela colher de pau que lhe golpeava sem cessar. No fim, a dor era o de menos.

Bela pensou na multidão na estrada. Tentou imaginar a cena. Isso iria acontecer com ela no dia seguinte.

Podia sentir a humilhação assoberbante, a dor, todas aquelas pessoas estariam lá para testemunhar seu rebaixamento, amplificá-lo.

A porta se abriu.

O príncipe entrou no quarto e a garota da estalagem ficou de pé com um pulo e fez uma reverência em direção a ele.

– Vossa Alteza – disse a menina, perdendo a respiração.

– Você fez seu trabalho muito bem – elogiou o príncipe.

– Foi uma grande honra, Alteza.

O príncipe foi até a cama e pegou o pulso direito de Bela, puxou-a para cima, colocando-a fora da cama, e fez com que ela ficasse de pé ao lado dele. Obediente, Bela olhou para baixo e, sem saber o que fazer com mãos, rapidamente as colocou atrás do pescoço.

Ela quase podia sentir a satisfação do príncipe.

– Excelente, minha querida – disse ele. – Sua princesa não é adorável? – ele perguntou à garota da estalagem.

– Ah, sim, Vossa Alteza.

– Você conversou com ela e consolou-a enquanto a banhava?

– Ah, sim, Alteza, disse à princesa o quanto todos a admiravam e o quanto querem...

– Sim, vê-la – completou o príncipe.

Houve uma pausa. Bela cogitou se ambos olhavam para ela e, de repente, sentiu-se nua diante do olhar dos dois. Parecia que era capaz de suportar somente um deles, mas os dois encarando seus seios e seu sexo era demais para Bela.

O príncipe, entretanto, a abraçou como se percebesse que ela precisava ser abraçada e apertou suavemente a carne machucada, provocando outra leve onda de prazer tímido através do seu corpo. Ela sabia que seu rosto estava vermelho novamente. Sempre corava com muita facilidade. E não haveria outra forma de dizer o que as mãos dele lhe causavam? Choraria mais uma vez se não conseguisse ocultar esse prazer crescente.

– De joelhos, minha querida – ordenou o príncipe com um pequeno estalar de dedos.

Bela obedeceu de imediato, vendo as tábuas sem polimento do assoalho diante de si. Podia ver as botas pretas do príncipe e, depois, os sapatos de couro cru da garota.

– Agora, aproxime-se de sua serva e beije os sapatos dela. Mostre como você está grata pela devoção que ela lhe ofereceu.

Bela não conseguia parar de pensar nisso. Mas sentiu suas lágrimas brotarem novamente enquanto obedecia, depositando cada beijo no couro gasto dos sapatos da menina com a maior graça possível. Então, ela ouviu a garota murmurar agradecimentos para o príncipe.

– Vossa Alteza – disse a menina –, sou eu que quero beijar minha princesa, eu lhe imploro.

O príncipe deve ter assentido, pois a garota caiu de joelhos e, acariciando os cabelos de Bela, beijou sua face voltada para cima com grande reverência.

— Agora, veja as colunas nos pés da cama — o príncipe disse à garota. Bela obviamente sabia que a cama possuía colunas altas que sustentavam um dossel.

— Amarre sua senhora nessas colunas com as mãos e pernas bem separadas para que eu possa vê-la quando estiver deitado — ordenou o príncipe. — Amarre-a com essas faixas de cetim para não lhe machucar a pele, mas amarre com muita firmeza para que possa dormir nessa posição e o peso do corpo não faça com que fique caindo.

Bela estava atordoada.

Mergulhou em um delírio enquanto era erguida para ficar voltada para o colchão. Bela obedeceu docilmente quando a garota lhe disse para abrir as pernas. Sentiu o cetim apertar o tornozelo direito e, depois, o esquerdo foi atado com firmeza e a menina, de pé na cama diante dela, amarrou cada uma das mãos da princesa em uma das colunas.

Ela estava com os braços e as pernas esticados como se estivesse pronta para ser açoitada. A princesa olhou para baixo, para a cama, e, com terror, percebeu que o príncipe podia ver o quanto estava sofrendo; podia ver a vergonha que sentia da umidade entre as pernas, aqueles fluidos que não podia conter nem disfarçar e, virando o rosto na direção do braço, choramingou.

Entretanto, o pior de tudo foi o fato de ele não ter a intenção de possuí-la. O príncipe ordenou que fosse amarrada ali, fora do alcance dele, de forma que, enquanto ele dormisse, Bela o olhasse.

A garota foi então dispensada, depositando secretamente um beijo na coxa de Bela antes de sair. E Bela, chorando baixinho, percebeu que estava sozinha com o príncipe. Ela não ousou olhar para ele.

– Minha linda obediente – o príncipe suspirou.

E, para o horror de Bela, enquanto ele se aproximava, o cabo rígido da terrível colher de pau foi introduzido em seu local úmido e secreto, tão cruelmente exposto por suas pernas abertas.

Ela tentou fingir que aquilo não estava acontecendo. Entretanto, podia sentir aquele fluido revelador e tinha certeza de que o príncipe sabia daquele prazer que tanto a atormentava.

– Tenho lhe ensinado muitas coisas e estou bastante satisfeito com você – disse ele –, e, a partir de agora, você irá conhecer um novo tipo de sofrimento, um novo sacrifício para o seu senhor e mestre. Eu poderia abrandar o forte desejo que arde entre suas pernas, mas devo deixar que sofra, conheça o significado dessa palavra e que apenas o seu príncipe pode lhe dar o alívio pelo qual tanto anseia.

Ela não conseguiu controlar um gemido, apesar de abafá-lo com o braço. Bela temia que, em algum momento, movesse os quadris, impotente, uma súplica humilhante.

O príncipe soprou as velas.

O quarto ficou escuro.

Ela inclinou a cabeça contra o braço e sentiu-se segura nas fitas de cetim que a prendiam. Mas aquele tormento, aquele tormento... e não havia nada que pudesse fazer para aliviá-lo.

Ela rezou para que o intumescimento entre suas pernas desaparecesse, enquanto a pulsação em suas nádegas tornou-se mais suave, até sumir por completo. E, enquanto caía no sono, pensou com tranquilidade, de forma quase sonhadora, na multidão que esperava por ela nas estradas que levavam ao castelo do príncipe.

# O CASTELO E
# O SALÃO PRINCIPAL

Bela estava sem fôlego e ruborizada quando a comitiva real deixou a estalagem; mas não por conta da multidão enfileirada nas ruas do vilarejo, nem por aqueles que ela veria mais à frente, seguindo à margem da estrada enquanto a comitiva atravessava os campos de trigo.

O príncipe enviara mensageiros antes de partirem e, enquanto o cabelo de Bela era enfeitado com flores brancas, ele lhe disse que, se se apressassem, chegariam ao castelo à tarde.

– Estaremos em meu reino – ele anunciou, orgulhoso – assim que alcançarmos o outro lado das montanhas.

Bela não conseguiu entender bem a sensação que isso lhe provocou.

Percebendo a estranha confusão da jovem, o príncipe lhe deu um longo beijo na boca antes de montar em seu cavalo e disse com uma voz tão suave que só os mais próximos a eles conseguiram ouvir:

– Quando entrar em meu reino, você será inteiramente minha, de forma mais completa do que nunca. Será minha até segunda ordem e achará mais fácil esquecer de tudo que aconteceu antes para devotar sua vida apenas a mim.

E, então, eles deixaram o vilarejo, com o príncipe cavalgando seu magnífico cavalo logo atrás de Bela enquanto ela caminhava rápido pelas pedras arredondadas e quentes da estrada.

O sol estava mais forte do que antes e a multidão era gigantesca. Todos os camponeses foram até a estrada, e as pessoas a apontavam e olhavam, se esticando na ponta dos pés, fazendo de tudo para vê-la melhor, enquanto Bela sentia os seixos suaves debaixo dos pés e, vez por outra, tufos de grama acetinada ou flores-do-campo.

Bela caminhava com a cabeça erguida como o príncipe ordenara, mas os olhos estavam semicerrados. Ela sentia o ar fresco em seu corpo nu e não conseguia parar de pensar no castelo do príncipe.

Às vezes, um sussurro vindo da multidão fazia com que ela súbita e dolorosamente tomasse consciência de sua nudez e, em uma ou duas ocasiões, uma mão chegou a erguer-se para tocar suas coxas antes que o príncipe imediatamente estalasse o chicote.

Por fim, entraram em um trecho escuro cercado por bosques que os conduziria pelas montanhas e onde apenas grupos de camponeses ocasionais vez ou outra espiavam através dos carvalhos de galhos grossos. Uma bruma se erguia a partir do chão, fazendo com que Bela se sentisse sonolenta e mole mesmo enquanto andava. Os seios lhe pareciam pesados e macios, e sua nudez, estranhamente natural.

Seu coração, entretanto, tornou-se um peso minúsculo quando a luz do sol emanou do céu para revelar um extenso vale verdejante.

Brados altos vieram dos soldados atrás de Bela e ela percebeu que o príncipe estava realmente em casa. Lá adiante, além do verde transbordante, a princesa viu um grande precipício projetando-se contra o vale onde ficava localizado o castelo.

A edificação era muito maior do que o palácio de Bela, uma sequência infindável de torres escuras. Parecia que o lugar poderia abrigar um mundo inteiro, e os portões estavam escancarados como uma boca antes da ponte levadiça.

Então, vindos de todos os lugares, os súditos do príncipe, meros pontos na distância que se tornavam cada vez maiores, corriam pela estrada que serpenteava para baixo e logo em seguida se elevava novamente diante deles.

Os cavaleiros desceram a ponte levadiça e cavalgaram na direção da comitiva ao som de trombetas, com os estandartes tremulando em suas costas.

O ar estava mais quente ali, como se aquele lugar fosse protegido da brisa do mar. Também não era escuro como as florestas e os vilarejos estreitos pelos quais haviam passado. E Bela pôde ver que, em todos os lugares, os camponeses vestiam-se com cores mais claras e brilhantes.

Mas eles estavam se aproximando cada vez mais do castelo e, a distância, Bela não via os vassalos cuja admiração ela recebera ao longo do caminho, mas sim uma imensa multidão de damas e cavalheiros magnificamente vestidos.

Ela deve ter emitido um pequeno lamento e baixado a cabeça, pois o príncipe ficou ao seu lado. Bela sentiu o braço dele puxá-la para perto do cavalo e ele sussurrou:

– Agora, Bela, você sabe o que espero de você.

Eles já haviam, no entanto, quase atingido o precipício que dava acesso à ponte e Bela pôde ver que a situação era exatamente como temia, homens e mulheres da mesma classe que ela, todos vestidos em veludo branco adornado com ouro ou cores alegres e festivas. A princesa não ousou olhar, sentiu as faces corarem novamente e, pela primeira vez, ficou tentada a se lançar à misericórdia do príncipe e implorar que ele a ocultasse.

Aquilo era completamente diferente de ser exibida a pessoas rústicas que a louvavam e fariam dela uma lenda. Bela já podia ouvir os comentários insolentes e risadas. Aquilo seria intolerável para ela.

Mas, quando o príncipe desmontou, ordenou que Bela engatinhasse e disse-lhe, suavemente, que era assim que ela deveria entrar no castelo.

Bela ficou petrificada, com o rosto queimando, mas sentiu que deveria obedecer rápido, vislumbrando as botas do príncipe à sua esquerda enquanto se esforçava para acompanhá-lo ao cruzarem a ponte levadiça.

Ela foi conduzida através de um imenso corredor escuro, sem ousar levantar os olhos, embora pudesse ver vestes ricas e botas reluzentes ao seu redor. Cavalheiros e damas faziam reverências para o príncipe em ambos os lados. Houve sussurros de saudações e beijos sendo jogados, e ela estava nua, engatinhando como se não fosse nada além de um pobre animal.

Eles atingiram a porta do salão principal, uma sala muito mais ampla e sombria que qualquer um dos aposentos do castelo de Bela. Um fogo imenso queimava na lareira, embora o sol quente entrasse através das janelas altas e estreitas. Aparentemente, os cavalheiros e damas passaram por ela, espalhando-se silenciosamente ao longo das paredes e postando-se em torno de longas mesas de madeira. Pratos e taças já estavam postos. O ar estava pesado com o aroma do jantar.

E, então, Bela viu a rainha.

Ela estava sentada no fundo do salão sobre uma plataforma elevada. A cabeça coberta por véus era circundada por uma coroa dourada e as mangas compridas de seu vestido verde eram adornadas por pérolas e bordadas com fios de ouro.

Bela foi conduzida à frente por um leve tapinha do príncipe. A rainha pôs-se de pé e abraçou o filho quando ele se colocou diante do trono.

– Um tributo, mãe, das terras do outro lado das montanhas, e o mais adorável que recebemos em muito tempo, se a memória não me falha. Minha primeira escrava amorosa e estou muito orgulhoso por tê-la conquistado.

– E deve estar mesmo – concordou a rainha, numa voz que soava ao mesmo tempo jovial e fria. Bela não ousou olhar para ela. Mas foi a voz do príncipe que a aterrorizou mais. "Minha primeira escrava amorosa." Ela lembrou-se das intrigantes ponderações dele com seus pais, a menção do serviço que eles prestaram no mesmo reino e sentiu o pulso acelerar.

– Primorosa, absolutamente primorosa – continuou a rainha –, mas toda a corte deve vê-la. Lorde Gregory... – Ela fez um gesto vago.

Uma série de murmúrios brotou da corte reunida no salão. E Bela viu um homem alto de cabelos grisalhos aproximando-se, embora não pudesse observá-lo com clareza. Ele usava botas compridas de couro macio, viradas no joelho para revelar um forro feito com a mais fina pele branca.

– Mostre a menina...

– Mas, mãe... – o príncipe protestou.

– Tolice, todo o povo a viu. Nós devemos vê-la também – insistiu a rainha.

– A jovem deve ser amordaçada, Vossa Alteza? – perguntou o homem alto e estranho de botas forradas de pele.

– Não, não será necessário. Apesar de a punição ser certa caso ela fale ou proteste.

– E o cabelo? Ela está coberta por todo esse cabelo... – disse o homem antes de erguer Bela, que imediatamente teve as mãos amarradas acima da cabeça. Quando se pôs de pé, a princesa sentiu-se desesperadamente exposta e não pôde evitar o choro. Temeu a reprovação do príncipe e, naquela posição, podia vislumbrar a rainha ainda melhor, embora não quisesse encará-la. Cabelos pretos surgiam por baixo do véu transparente, caindo em pequenas ondas por seus ombros, e os olhos eram tão negros quanto os do príncipe.

– Deixe o cabelo dela como está – ordenou o príncipe quase com ciúme.

Oh, ele irá me proteger, Bela pensou. Mas, então, ouviu o príncipe dar uma ordem ao homem:

– Coloque-a sobre a mesa para que todos possam vê-la.

A mesa era retangular e ficava no centro do salão. Fazia com que Bela se lembrasse de um altar. Ela foi forçada a se ajoelhar sobre a mesa de frente para a plataforma, onde o príncipe tomou assento em um trono ao lado do da mãe.

E, rapidamente, o homem de cabelos grisalhos posicionou um grande bloco de madeira lisa sob a barriga da princesa. Ela podia repousar seu peso nele, e foi o que fez, enquanto o homem forçava seus joelhos para que ficassem completamente separados e, depois, esticou suas pernas para que os joelhos não tocassem a mesa. Em seguida, os tornozelos e os pulsos foram amarrados com tiras de couro. Ela manteve o rosto oculto da melhor forma que conseguiu, aos prantos.

– Deve ficar em silêncio – disse o homem com voz gélida –, ou acabarei concluindo que não consegue obedecer. Não interprete mal a tolerância da rainha. Ela não está amordaçando você só porque isso diverte a corte, ou para vê-la lutar contra a própria obstinação.

E, então, para a vergonha de Bela, ele ergueu seu queixo e colocou-o sobre um longo e grosso descanso de madeira. Ela não podia mais baixar a cabeça. Era capaz de baixar os olhos apenas. E viu o salão à sua volta.

Contemplou os cavalheiros e as damas erguendo-se das mesas de banquete. Viu uma lareira imensa. E, então, viu o homem, de rosto fino e anguloso, e olhos cinza que eram tão frios quanto sua voz, mas que, no momento, pareciam até demonstrar ternura.

Um longo estremecimento atravessou o corpo de Bela quando contemplou a si mesma: escancarada, ainda em cima da mesa, de forma que todos podiam inspecionar até mesmo seu rosto se assim o quisessem, e ela tentou conter os soluços, pressionando os lábios. Até mesmo seus cabelos não ofereciam nenhuma cobertura, pois caíam de maneira uniforme em ambos os lados de seu corpo, sem ocultar nenhuma parte dele.

– Minha jovem, minha pequena – sussurrou o homem de cabelo grisalho. – Você está apavorada demais e isso é inútil. – Parecia haver um pouco de calor na voz dele. – O que é o medo, afinal? É indecisão. Você procura por alguma maneira de resistir, escapar. Não há nenhuma. Não tensione seus membros. É inútil.

Bela mordeu o lábio e sentiu as lágrimas escorrendo por seu rosto, mas sentiu-se mais calma com as palavras do homem. Ele alisou seus cabelos, afastando-os da testa de Bela. As mãos dele eram leves e frias, como se estivesse verificando se ela estava com febre.

– Agora, fique quieta. Todos estão vindo para vê-la.

Os olhos de Bela concentraram-se em outra direção, mas ainda podia ver os tronos distantes onde o príncipe e a mãe conversavam quase que com naturalidade. Mas Bela percebeu que toda a corte se erguera e seguia na direção da plataforma. Os cavalheiros e as damas faziam reverências à rainha e ao príncipe antes de se virar e ir na sua direção.

Bela se contorceu. Parecia que o próprio ar tocava suas nádegas nuas e os pelos entre suas pernas, e ela lutava para baixar o rosto recatadamente, mas o firme descanso de queixo feito de madeira não cederia e tudo que ela pôde fazer foi baixar os olhos novamente.

Os primeiros cavalheiros e damas estavam muito próximos, e ela podia ouvir o farfalhar das roupas e ver lampejos de suas joias de ouro.

Esses ornamentos capturavam a luz da lareira e das tochas distantes, e a imagem pálida do príncipe e da rainha pareceu oscilar.

Ela deixou escapar um gemido.

– Silêncio, minha querida graciosa – disse o homem grisalho. E, subitamente, foi um grande conforto que ele estivesse tão perto dela.

– Agora, olhe para cima e vire para a esquerda – ele continuou, e Bela pôde ver os lábios dele se abrindo num sorriso. – Você está vendo?

Por um instante, Bela observou o que certamente era uma impossibilidade, mas, antes que pudesse olhar de novo, ou enxugar as lágrimas, uma grande dama colocou-se entre ela e aquela visão distante e, com um sobressalto, sentiu as mãos da mulher em seu corpo.

Sentiu os dedos frios recolhendo seus seios pesados e torcendo-os quase dolorosamente. Ela tremeu, tentando desesperadamente não protestar. Outras pessoas se reuniram ao redor dela e, por trás, Bela sentiu duas mãos lentamente separando ainda mais suas pernas. E, então, alguém tocou o seu rosto, e outra mão beliscou sua panturrilha quase com crueldade.

Parecia que seu corpo estava todo concentrado em seus locais vergonhosos e secretos. Sentiu uma palpitação nos mamilos e a sensação causada por aquelas mãos era gelada, como se Bela estivesse pegando fogo. Sentiu dedos examinando suas nádegas e invadindo até mesmo seus menores e mais recônditos orifícios.

Ela não pôde evitar um gemido, mas manteve os lábios bem fechados e as lágrimas escorriam por suas faces.

Por um momento, Bela não pensou em mais nada além do que vislumbrara um instante atrás, antes de a procissão de damas e cavalheiros interceptar sua visão.

No alto, ao longo da parede do salão principal, em um nicho na pedra, ela vislumbrou uma série de mulheres nuas.

Aquilo não parecia possível, mas Bela viu. Todas eram jovens como a própria princesa e estavam de pé com as mãos atrás do pescoço, como o príncipe a ensinara a fazer, e os olhos voltados para baixo, e Bela pôde ver o brilho do fogo nos anéis de pelos pubianos entre cada par de pernas, e os mamilos intumescidos e rosados.

Ela não conseguia acreditar naquilo. Não queria contemplar nenhuma daquelas visões, e, ainda assim, aquilo era tão... mais uma vez, tão assombroso. Estaria ainda mais apavorada ou será que estaria grata por não ser a única a suportar aquela humilhação inenarrável?

Mas Bela não suportava nem ao menos pensar nisso, escandalizada como estava pelas mãos que passeavam por todo o seu corpo. Ela soltou um lamento cortante ao sentir que eles tocavam até mesmo o seu sexo e alisavam seus pelos e, então, para horror da princesa, enquanto seu rosto ardia, ela fechou bem os olhos e sentiu dois dedos compridos penetrando seu sexo e alargando-o.

Ela ainda estava machucada pelas estocadas do príncipe e, apesar de os dedos serem gentis, a princesa sentiu aquele sofrimento novamente.

Porém, a parte mais insuportável foi ser aberta daquela forma e ouvir as vozes macias que passaram a falar dela.

– Inocente, muito inocente – disse um deles, enquanto outro comentou que Bela possuía coxas muito esguias e que sua pele era elástica.

Esse comentário provocou risos mais uma vez. Eram risadas luminosas, ressonantes, como se tudo aquilo não passasse de um grande divertimento, e Bela percebeu subitamente que tentava, com todas as forças, fechar as pernas, mas isso era praticamente impossível.

Os dedos se foram e, então, alguém bateu levemente em seu sexo, apertando-o com força e fechando os pequenos lábios escondidos. Bela contorceu-se novamente, apenas para ouvir a risada vinda do homem ao lado dela.

– Princesinha – disse ele gentilmente em seu ouvido, inclinando-se de forma que ela pôde sentir o manto de veludo dele roçar seu braço nu –, não pode esconder de ninguém seus encantos.

Ela gemeu como se tentasse implorar algo, mas os dedos do homem tocaram os lábios de Bela.

– Agora, se eu tiver de selar seus lábios, o príncipe ficará muito irritado. Você precisa resignar-se. Precisa aceitar. Essa é a lição mais difícil, comparada a ela, a dor realmente não é nada.

E Bela pôde sentir que ele levantava o braço, de forma que soube que a mão que agora tocava seus seios era a dele. Ele aprisionou um dos mamilos e apertava-o de forma ritmada.

Ao mesmo tempo, alguém acariciou suas coxas e o sexo, e, para vergonha de Bela, ela sentiu, mesmo em meio a toda essa degradação, aquele prazer maldito.

– Isso mesmo – ele a confortou. – Você não deve resistir, mas sim tomar posse de seus encantos, deixar a mente habitar o corpo. Você está nua, desamparada e todos irão desfrutá-la. Não há nada que possa fazer. A propósito, devo dizer que as contrações de seu corpo apenas a tornam ainda mais primorosa. Isso seria adorável se não fosse um ato de tanta rebeldia. Agora, olhe novamente, você está vendo aquilo que estou mostrando para você?

Bela soltou um som suave de consentimento e temerosamente ergueu os olhos mais uma vez. A cena era a mesma que vira antes, a fila de jovens que olhavam para baixo com os corpos expostos tão vulneráveis quanto o dela.

Mas o que foi aquilo que ela sentiu? Por que deveria ser subjugada a tantos sentimentos confusos? Pensara em si mesma como a única a ser exposta e humilhada, um grande prêmio para o príncipe, a quem não podia mais ver. E ela não estava ali disposta bem no centro do salão?

Mas, então, quem eram aquelas prisioneiras? Seria ela apenas mais uma? Seria esse o significado da estranha conversa entre o príncipe e seus pais? Não, eles não poderiam ter se escravizado daquela forma. Bela sentiu uma bizarra combinação de ciúme e conforto.

Esse era o ritual, o tratamento. Outros haviam sofrido antes. Tratava-se de uma prática constante e ela era, entre todas, a mais desamparada. Bela sentiu-se comovida ao pensar nisso.

Mas o homem ao lado de Bela, o de olhos cinza, estava falando:

– Agora, sua segunda lição. Você viu as princesas que servem aqui como tributos. Agora, olhe para a direita e veja os príncipes.

Bela olhou para o outro lado do salão, tentando enxergar o melhor que pôde através das figuras que se movimentavam à sua volta, e lá, em outro nicho no alto, sob a fantasmagórica luz da lareira, havia uma fila de homens nus, de pé, todos na mesma posição.

As cabeças estavam baixas, as mãos atrás do pescoço e todos eles eram muito belos de se olhar, cada um bonito à sua própria maneira como as jovens do outro lado, mas a grande diferença repousava no sexo deles, pois os órgãos estavam eretos e totalmente rígidos, e Bela não conseguia tirar os olhos deles, pois, para a princesa, eles pareciam ainda mais vulneráveis e subservientes.

Ela sabia que fizera um pequeno ruído mais uma vez, pois sentiu os dedos do homem em seus lábios e percebeu instintivamente que a corte a deixaria em paz.

Apenas duas mãos permaneceram, e Bela sentiu que estavam tocando a pele macia ao redor de seu ânus. Ficou tão apavorada com essa atitude, pois quase ninguém a havia tocado ali antes, que involuntariamente lutou contra essa invasão, apenas para que o lorde de olhos cinza tocasse o rosto dela gentilmente mais uma vez.

Houve uma grande comoção na sala. Bela só pôde perceber o aroma da comida sendo preparada, o som da louça sendo trazida e, depois, ela viu que muitos dos cavalheiros e das damas estavam sentados às mesas, e houve o som de muitas vozes e taças sendo erguidas, e, em algum lugar, um grupo de músicos começou a tocar uma música ritmada em volume baixo. Havia clarins, pandeiros e instrumentos de corda, e Bela viu que a longa fila de homens e mulheres nus em cada um dos lados estava se movendo.

O que são eles?, Bela queria perguntar. Com que propósito? Mas, então, ela viu o primeiro deles surgir em meio à multidão. Ele carregava um cântaro de prata com o qual enchia as taças nas mesas, sempre fazendo uma reverência com a cabeça quando passava pela rainha e pelo príncipe. Bela, esquecendo-se de si mesma por um momento, observou-o com grande enlevo.

Os jovens tinham cabelos curtos, cacheados e macios, cortados na altura dos ombros e caprichosamente penteados, emoldurando seus rostos magros. E nunca erguiam os olhos, apesar de alguns parecerem se mover com um visível desconforto graças à rigidez de seus pênis. Como conseguia perceber esse desconforto, Bela não tinha certeza; era a maneira, a forma de resistir à tensão e ao desejo, sem expressar nada disso.

E, quando viu a primeira das garotas de cabelo comprido inclinar-se sobre a mesa com seu cântaro, imaginou se ela também sentia o mesmo prazer suavemente agonizante. Bela teve essa mesma sensação apenas ao olhar para aqueles escravos e sentiu um alívio silencioso por não estar sendo observada.

Ou, pelo menos, foi isso o que ela pensou.

Pois Bela podia sentir a inquietação na sala. Alguns estavam se levantando e andando, talvez até mesmo dançassem ao som da música. Bela não sabia. E outros foram se reunir com a rainha, com as taças nas mãos, parecendo regalar o príncipe com suas histórias.

O príncipe.

Bela capturou um claro relance dele e o jovem soberano sorriu para ela. O príncipe estava tão suntuoso com seu cabelo brilhante e cheio, suas botas brancas e compridas esticadas no tapete azul diante dele. O príncipe assentia com movimentos de cabeça e sorria para aqueles que se dirigiam a ele, mas, vez ou outra, seus olhos se desviavam na direção de Bela.

Mas havia muito para ver e, então, a princesa sentiu alguém muito próximo a ela, tocando-a novamente, e percebeu que uma fila de dançarinos estava se formando ao seu lado.

Havia muita agitação no ar. O vinho era servido sem parcimônia. Ouviam-se gargalhadas.

E, então, quase que de repente, ela viu ao longe, à sua esquerda, um garoto nu derrubando seu cântaro de vinho, o líquido vermelho correu pelo chão enquanto os outros se apressavam para limpá-lo.

Imediatamente, o cavalheiro ao lado de Bela bateu palmas e ela viu três pajens ricamente vestidos, da mesma idade que os meninos nus, correrem, agarrarem o garoto e erguerem-no pelos tornozelos com rapidez.

Esse ato ocasionou uma rodada de aplausos estridentes da parte daqueles cavalheiros e damas que estavam mais próximos ao garoto e, quase que simultaneamente, uma grande palmatória, uma peça muito bonita feita de ouro esmaltado e incrustada de pedras preciosas, surgiu e o infrator foi violentamente espancado enquanto todos observavam com grande fascinação.

Bela sentiu um tremor no peito. Se ela seria assim tão humilhada, punida tão imediata e vergonhosamente por uma falta de jeito, não sabia como iria suportar. Aquilo era muito diferente de ser exibida. Numa exposição pública, pelo menos, ela ainda possuía alguma graça.

Entretanto, Bela não era capaz de suportar a ideia de ser erguida pelos tornozelos como o garoto. Podia ver apenas as costas dele e a palmatória atingindo repetidas vezes as nádegas, que se tornavam vermelhas. Ele juntou as mãos obedientemente atrás do pescoço e, enquanto abaixava-se para engatinhar, o jovem pajem que segurava a palmatória conduziu-o com rapidez sob uma série de ovações estridentes dirigidas à rainha, para quem o jovem infrator, com as nádegas muito vermelhas, fez uma reverência abaixando a cabeça e beijando seus sapatos.

A rainha estava envolvida numa conversa trivial com o príncipe. Ela era uma mulher madura, já de certa idade, entretanto era óbvio que o príncipe herdara sua beleza. Ela voltou os olhos, quase com indiferença, em direção ao príncipe e acenou para que o jovem escravo se erguesse um pouco. Ela acariciou o cabelo dele para trás afetuosamente.

Mas, então, da mesma forma indiferente, nunca tirando os olhos do príncipe, lançou um rápido franzir de sobrancelha para o pajem, indicando que o garoto deveria ser castigado novamente.

Os cavalheiros e as damas que estavam mais próximos aplaudiram com gestos de repreensão zombeteiros e se divertiram muito enquanto o pajem pousava os pés no segundo degrau da plataforma diante do trono e levantava o escravo desobediente até que ficasse mais uma vez sobre seus joelhos e, diante dos olhos de todos os presentes, o espancou sonoramente.

Uma longa fila de dançarinos obscureceu a visão de Bela por um momento, mas ela capturou repetidos vislumbres daquele menino tão desafortunado e pôde ver que a cada golpe da palmatória tornava-se mais difícil para ele suportar aquela situação. O garoto tentava lutar um pouco, apesar de tudo, e também era bastante óbvio que o pajem estava adorando a tarefa. Seu rosto jovem estava corado, ele mordia levemente o lábio e aparentemente descia a palmatória com uma força desnecessária. Bela sentiu que o odiava.

Ela podia ouvir as risadas do cavalheiro ao seu lado. Naquele momento, havia uma pequena multidão despreocupada ao seu redor, homens e mulheres que bebiam e conversavam ociosamente. Os dançarinos moviam-se numa longa corrente, com movimentos graciosos e leves.

– Então, você pode ver que não é a única criaturinha desamparada deste mundo? – disse o cavalheiro de olhos cinza. – E não fica contente em ser o tributo concedido a seus soberanos? Você é o primeiro tributo concedido ao príncipe e acho que a responsabilidade de servir como exemplo deve ser assustadora. O jovem escravo que você viu, príncipe Alexi, é o preferido da rainha, ou não seria tratado de forma tão branda.

Bela percebeu que o espancamento terminara. Mais uma vez, o escravo engatinhava e beijava os pés da rainha enquanto o pajem aguardava, pronto para qualquer nova ordem.

As nádegas do escravo estavam muito vermelhas. Príncipe Alexi, Bela pensou. Um nome adorável e ele também possuía sangue real e era bem-nascido. Da mesma forma que, obviamente, todos eles. Esse era um pensamento maravilhoso. Como seria se não fosse daquela forma e ela fosse a única princesa?

Bela fixou os olhos nas nádegas dele. Havia marcas visíveis e manchas muito mais vermelhas do que o resto da pele. Quando o jovem príncipe escravizado beijou os pés da rainha, Bela pôde ver também o saco escrotal entre as pernas dele, escuro, repleto de pelos, misterioso.

Bela ficou chocada com a forma como ele, apesar de ser um garoto, parecia assustadoramente vulnerável, de uma forma que Bela nunca havia considerado.

Mas o rapaz foi liberado. Ou perdoado. Ele se pôs de pé e afastou o cabelo encaracolado castanho-avermelhado dos olhos e da face, e Bela pôde ver o rosto manchado por lágrimas que também estava rubro; apesar de o jovem manter um ar de espantosa dignidade.

Ele pegou o cântaro que lhe foi entregue sem reclamar e moveu-se graciosamente entre os convidados que estavam de pé, enchendo suas taças.

O rapaz estava a apenas alguns passos de Bela e dirigia-se ainda para mais perto. Ela podia ouvir as vozes dos homens e mulheres debochando dele.

– Outro espancamento e você ficará miseravelmente imprestável – comentou uma dama muito alta que usava um longo vestido de baile verde e trazia diamantes nos dedos. Ela beliscou a bochecha do garoto e, com os olhos baixos, ele sorriu.

O pênis estava tão rígido e ereto quanto antes, erguendo-se grosso e inerte de um ninho de pelos escuros e crespos entre as pernas. Bela não conseguia parar de olhar.

À medida que ele se aproximava, Bela prendia a respiração.

– Venha até aqui, príncipe Alexi – chamou o cavalheiro de olhos cinza. Ele estalou os dedos e, então, pegando um lenço branco, fez com que o jovem o umedecesse com vinho.

O rapaz estava tão próximo que Bela poderia tocá-lo. E o cavalheiro pegou o lenço úmido e pressionou-o contra os lábios de Bela. A sensação era boa, refrescante e atormentadora.

Mas ela não conseguia evitar que seus olhos se voltassem para o obediente príncipe-menino que estava de pé, esperando, e Bela o flagrou olhando para ela.

E, apesar de seu rosto ainda estar levemente rosado e haver lágrimas nas faces, o príncipe sorriu para ela.

# OS APOSENTOS DO PRÍNCIPE

Bela despertou para um novo terror.
Anoitecia. O banquete acabara. Os cavalheiros e as damas que permaneceram faziam muito barulho e se movimentavam freneticamente na febre do fim de tarde, entretanto Bela estava sendo libertada e não sabia o que aconteceria consigo.

Vários outros escravos foram ruidosamente espancados durante o curso do banquete e parecia que, finalmente, nenhuma agressão estava sendo solicitada, uma mera decisão de um cavalheiro ou de alguma dama. Um pedido foi então concedido pela rainha – e um infeliz foi empurrado contra os joelhos do pajem, a cabeça curvada, os pés pendurados sem encostar no chão, pronto para ser atingido pela palmatória de ouro.

Em duas ocasiões, as vítimas foram mulheres jovens.

Uma delas irrompeu em soluços silenciosos. No entanto, havia em suas maneiras algo que fez com que Bela tivesse uma pequena suspeita. Depois de espancada, a jovem correu para os pés da rainha, e Bela torceu para que ela fosse novamente espancada até que seus soluços fossem verdadeiros, até que toda aquela pressa fosse real, e descobriu-se vagamente deleitada quando a rainha lançou uma ordem para que isso acontecesse.

---

Agora desperta, Bela pensou sonhadoramente em tudo que aconteceu, sentindo um medo penetrante e um pouco de excitação.

Será que ela seria mandada para algum lugar com todos aqueles escravos? Ou seria o príncipe quem a levaria?

Atordoada com tanta confusão, percebeu que o príncipe havia se levantado e dado uma ordem para que o cavalheiro de olhos cinza a levasse até ele.

Ela foi desamarrada e permaneceu rígida. Mas o cavalheiro tinha uma daquelas palmatórias douradas, a qual testou ruidosamente na palma de uma das mãos, e, sem conceder a Bela tempo nem mesmo para estender os músculos doloridos, ele ordenou que ficasse de joelhos e se aproximasse.

Como ela hesitasse, o cavalheiro repetiu a ordem com aspereza, mas não a golpeou.

Bela correu para alcançar o príncipe, que acabara de chegar às escadas.

E logo ela passou a segui-lo de um lado a outro de um longo corredor.

– Bela. – Ele parou. – Abra as portas!

Erguendo-se, ela rapidamente abriu as portas e fez força para que se separassem do batente. Em seguida, seguiu o príncipe para dentro do quarto de dormir.

O fogo já ardia na lareira, as cortinas das janelas estavam fechadas e a cama, pronta. Bela tremia de excitação.

– Meu príncipe, devo começar logo com o treinamento? – perguntou o cavalheiro de olhos cinza.

– Não, milorde. Creio que eu mesmo me encarregarei disso nos primeiros dias, possivelmente até por mais tempo, apesar de você poder, obviamente, assim que uma ocasião surgir, instruí-la, ensinar-lhe boas maneiras, as regras gerais que concernem a todos os escravos e todas as outras lições. Como pode ver, ela não baixou os olhos como deveria. É curiosa demais. – E, ao pronunciar essas palavras, o príncipe sorriu, posto que Bela, por mais que quisesse olhar para ele, baixou o olhar sem demora.

Ela se ajoelhou, obediente, agradecida por seus cabelos a esconderem. E, então, pensou no que o príncipe dissera. Ela não estava aprendendo muito, se era isso realmente o que ele desejava.

Ela imaginou se o príncipe Alexi envergonhava-se da própria nudez. Ele tinha olhos grandes e castanhos, uma boca bonita, mas era magro demais para assemelhar-se a um querubim. Bela se perguntou onde ele estaria naquele momento e se estaria recebendo mais punições por sua falta de jeito.

– Tem razão, Vossa Alteza – disse o cavalheiro –, entretanto creio que o senhor percebe que a firmeza no início do aprendizado é uma indulgência para com o escravo, especialmente quando o escravo em questão é uma princesa orgulhosa e mimada.

Bela corou ao ouvir isso.

O príncipe soltou uma risada baixa e suave.

— Minha Bela é como um diamante bruto e quero lapidá-la para que se transforme na mais bela joia. Terei o prazer de ensinar-lhe. Tenho minhas dúvidas se você é tão atento aos erros que ela comete quanto eu.

— Vossa Alteza? — O cavalheiro pareceu ter se empertigado ligeiramente.

— Você mesmo não foi tão rígido com ela durante o banquete, não a proibindo de se deleitar com a visão do jovem príncipe Alexi. Creio que Bela apreciou essa punição tanto quanto seus senhores e senhoras.

Bela corou, sentindo o calor tomar conta das faces. Ela nunca imaginaria que o príncipe a observava naquele momento.

— Vossa Alteza, ela estava apenas aprendendo o que se espera dela, ou foi isso o que pensei... — o cavalheiro respondeu muito humildemente. — O que ocorreu foi que desviei a atenção dela para os outros escravos, de forma que Bela pudesse tirar proveito do exemplo demonstrado pela obediência deles.

— Ah, bem — concordou o príncipe, num tom cansado, porém educado. — Talvez eu esteja apenas demasiadamente enamorado por ela. Afinal de contas, ela não foi enviada a mim como um tributo. Eu próprio a conquistei e reivindiquei sua posse. Talvez procure por alguma razão para puni-la. Você está dispensado. Venha buscá-la pela manhã, se assim o desejar, e então veremos o que acontece.

O cavalheiro, obviamente preocupado com a possibilidade de não ter sido bem-sucedido, deixou rápido o quarto.

Bela então viu-se a sós com o príncipe, que estava sentado em silêncio próximo ao fogo, olhando para ela. Bela experimentava um estado de grande agitação; sabia que estava corada como sempre e que seus seios pesavam um pouco. Ela subitamente aproximou-se dele e encostou os lábios nas botas do príncipe, que pareceram mover-se como se apreciassem o beijo dela, erguendo-se levemente enquanto ela as beijava repetidas vezes.

Ela suspirava. Oh, se pelo menos ele lhe desse permissão para falar. E, quando pensou em sua fascinação diante do príncipe castigado, corou ainda mais.

Mas seu príncipe havia se levantado. Ele pegou os pulsos de Bela e ergueu-a, puxando as mãos dela para as costas de forma que pudesse prendê-las com firmeza. Ele bateu com força em ambos os seios de Bela até que ela gritasse, sentindo o balanço da carne pesada e o intumescimento dos mamilos em suas mãos.

– Estou irritado com você? Ou não estou? – o príncipe perguntou suavemente.

Bela gemeu, implorando para o príncipe. E ele a colocou sobre os joelhos, da mesma forma com que ela vira o jovem príncipe sobre os joelhos do pajem e, com as mãos nuas, lhe desferiu uma dolorosa torrente de golpes que fez com que ela, num instante, começasse a chorar alto.

– A quem você pertence? – ele inquiriu em um tom baixo, mas irado.

– Ao senhor, meu príncipe, completamente! – ela gritou. Isso era horrível e, então, incapaz de se controlar, disse: – Por favor, por favor, meu príncipe, sem raiva, não...

Entretanto, no mesmo instante, a mão esquerda do Príncipe cobriu sua boca e Bela sentiu outra terrível torrente de espancamentos impetuosos até sua carne arder e ela não conseguir mais segurar o choro.

Ela podia sentir os dedos do príncipe contra os seus lábios. Mas ele dificilmente ficaria satisfeito com isso. Ele a tinha a seus pés então e, pegando-a pelos pulsos, a conduziu até um dos cantos do quarto, entre o fogo resplandecente e as janelas acortinadas. Lá, havia um banco alto feito de madeira entalhada, onde ele se sentou enquanto a colocava de pé a seu lado. Ela chorava baixinho, mas não ousou implorar mais uma vez, independentemente do que acontecesse. Ele estava irritado, ameaçadoramente irritado e, apesar de Bela suportar qualquer dor em nome do prazer do príncipe, vê-lo assim era insuportável para ela. Ela deveria agradá-lo, deveria fazer com que ele se tornasse dócil novamente e, então, nenhuma dor seria demais.

O príncipe a virou, e Bela ficou de pé, encarando-o enquanto ele a inspecionava. Ela não ousou fitá-lo nos olhos e, então, o príncipe afastou seu manto e, repousando uma das mãos na fivela de ouro do cinto, disse:

– Afrouxe-o.

Imediatamente ela obedeceu, usando os dentes, sem receber nenhuma ordem sobre como deveria fazê-lo. Ela torcia e rezava para agradar-lhe. Bela puxou o couro, sua respiração oscilava entre suave e acelerada, e, em seguida, puxou a correia para trás, de forma que o cinto ficasse frouxo.

– Agora, tire-o – ordenou o príncipe – e passe-o para mim.

Ela obedeceu sem demora, ainda que soubesse o que viria depois. O cinto era grosso, largo, feito de couro. Talvez não fosse pior que uma palmatória.

Então, ele mandou que Bela levantasse as mãos e os olhos, e ela viu um gancho de metal que pendia de uma corrente presa no teto bem acima de sua cabeça.

– Você pode ver que aqui não faltam instrumentos para os escravinhos desobedientes – o príncipe disse naquele tom de voz gentil que costumava usar na maior parte das ocasiões. – Agora, agarre aquele gancho. Ele irá colocá-la na ponta dos pés e nem em sonhos você pensará em soltá-lo, está entendendo?

– Sim, meu príncipe – ela disse suavemente.

Ela segurou o gancho, que parecia esticá-la, e o príncipe empurrou o banco para trás, sentando-se e passando uma impressão de conforto. Ele tinha muito espaço disponível, o suficiente para balançar a correia, que transformara num laço. O príncipe ficou em silêncio por um momento.

Bela se amaldiçoou por ter em algum momento admirado o jovem príncipe Alexi. E ainda se envergonhava pelo fato de o nome dele estar se formando em sua mente e, quando sentiu o primeiro golpe do cinto em suas coxas, soltou um grito de pavor, mas sentiu-se grata por isso.

Ela merecia aquilo e nunca mais cometeria um erro tão terrível, independentemente do quão belos ou atraentes fossem os escravos, e seu atrevimento ao olhar para eles fora imperdoável.

O imenso e pesado cinto de couro atingiu-a com um som estridente e aterrorizante, e a carne de suas coxas, talvez mais macia do que a das nádegas, mesmo machucadas como estavam, parecia ficar em brasa com os golpes. A boca de Bela estava aberta, ela não conseguia manter-se quieta e, de repente, o príncipe ordenou que erguesse os joelhos e marchasse no mesmo lugar.

– Rápido, rápido, isso, mantenha o ritmo – disse ele com raiva, e Bela, impressionada, se esforçava para obedecer, marchando depressa, os seios balançando com o esforço, o coração acelerado. – Mais alto, mais depressa – o príncipe ordenou.

Bela marchou de acordo com as ordens dele, os pés batendo no chão de pedra, os joelhos erguidos nas alturas, uma dor excruciante nos seios que pesavam enquanto eram balançados e, mais uma vez, o cinto a golpeou, fazendo com que seu corpo oscilasse.

O príncipe parecia furioso.

Os golpes vieram cada vez mais depressa, tão rápidos quanto os movimentos das pernas de Bela, e logo ela começou a se contorcer e lutar para se livrar deles. A princesa chorava alto, incapaz de conter-se, porém, o pior de tudo era a raiva que ele demonstrava. Se aquilo fosse apenas para o prazer do príncipe, se pelo menos ela o estivesse satisfazendo... Bela chorava e enterrava o rosto nos braços. As plantas dos pés queimavam e ela sentia que as coxas estavam doendo, machucadas e cobertas por bolhas, quando, então, o príncipe resolveu descontar sua cólera nas nádegas de Bela.

Os tapas vieram tão depressa que ela não fazia ideia de quantos foram. A única coisa que sabia era que aquele espancamento estava sendo muito mais intenso do que qualquer outro que ele já havia lhe aplicado antes, parecia que ele ficava cada vez mais nervoso, a mão esquerda empurrando o queixo dela para cima, fechando sua boca para que não pudesse chorar. Ao mesmo tempo, ele ordenava que a jovem marchasse mais depressa e erguesse os joelhos mais para o alto.

– Você pertence a mim! – disse ele sem nem ao menos parar com as ruidosas cintadas. – E irá aprender a me agradar em todos os sentidos e nunca conseguirá me satisfazer pousando os olhos nos escravos de minha mãe. Isso está claro? Você consegue entender?

– Sim, meu príncipe – ela lutou para dizer.

Mas ele parecia não saber mais o que fazer para puni-la. E obrigou Bela a parar de repente, erguendo-a até praticamente a metade da altura da corda e colocando-a sentada no banco onde estivera sentado. Pendendo do gancho onde antes fora ordenada a se segurar como quem defende a própria vida, ela agora era impulsionada contra o assento de madeira do banco, que era pressionado contra seu sexo nu, com as pernas abertas presas desamparadamente atrás dela.

Foi então que o príncipe despejou a pior enxurrada de golpes contra ela, espancamentos que fizeram com que as panturrilhas de Bela tremessem e ardessem como acontecera antes com as coxas. Entretanto, independentemente do quanto ele se ocupasse com as pernas dela, sempre retornava para as nádegas, castigando-as da maneira mais severa possível, de forma que Bela se engasgava com os soluços e tinha a impressão de que aquilo não teria fim.

Quase que subitamente, ele parou.

– Solte o gancho – o príncipe ordenou antes de erguê-la sobre os ombros, carregá-la pelo aposento e arremessá-la na cama.

Ela caiu sobre o travesseiro e imediatamente sentiu um formigamento e uma aspereza nas coxas e nas nádegas, ambas encontravam-se feridas e inchadas. Ela só precisou virar levemente a cabeça para ver as pedras preciosas resplandecendo na colcha. E Bela soube como aquelas joias a torturariam logo que o príncipe montasse nela.

Mas Bela o desejava com desespero. E, quando viu que ele se erguia sobre ela, não sentiu aquela dor pulsante no corpo, mas sim uma enchente de fluidos entre as pernas e deixou escapar um novo gemido enquanto se abria para ele.

Ela não conseguia evitar que seus quadris se erguessem, rezando para que isso não o desagradasse.

O príncipe ajoelhou-se sobre ela, removendo o pênis ereto dos culotes. Colocou-a sentada em seu colo e a empalou.

Ela gritou. A cabeça pendendo para trás. Havia algo imenso, vigoroso e duro dentro de seu orifício dolorido e trêmulo. Entretanto, Bela sentia que ele se banhava em seus próprios fluidos e, enquanto o príncipe forçava o pênis ainda mais para o fundo e a empurrava na direção do órgão, este parecia roçar algum núcleo misterioso dentro dela, conduzindo ao êxtase que inundava seu corpo, fazendo com que ela soltasse gemidos guturais mesmo contra a própria vontade. As estocadas do príncipe tornaram-se cada vez mais rápidas e, de repente, ele também soltou um grito suave e a manteve junto a si, os seios doloridos de Bela pressionados contra o seu peito, os lábios tocando o pescoço da jovem. O corpo do príncipe relaxou devagar.

– Bela, Bela – ele sussurrou. – Você me conquistou tanto quanto eu a conquistei. Nunca mais desperte meu ciúme. Não sei o que faria se você repetisse esse comportamento.

– Meu príncipe. – Bela suspirou e beijou-o na boca e, ao ver o sofrimento no rosto dele, ela o cobriu de beijos. – Sou sua escrava, meu príncipe.

Mas ele apenas suspirou e pressionou o rosto contra o pescoço dela, parecendo desolado.

– Eu o amo – ela sussurrou para o príncipe e, em seguida, ele a deitou na cama, saiu de cima dela, pegou a taça de vinho na mesinha de cabeceira e, observando o fogo na lareira, pareceu pensar por um longo tempo.

# PRÍNCIPE ALEXI

Bela teve um sonho entediante. Ela vagava pelo castelo onde vivera por toda a vida sem nada para fazer e, vez por outra, parava num banco diante de uma janela bem alta para observar as figuras minúsculas daqueles que caminhavam pelos campos lá embaixo, juntando a grama recém-cortada em medas. O céu estava sem nuvens e ela não gostava daquela vastidão monótona.

Parecia que Bela não acharia nada para fazer que já não tivesse feito mil vezes antes, mas, de repente, chegava aos seus ouvidos um som que não conseguia identificar.

Ela seguiu o som e, através de uma porta, viu uma mulher velha, feia e curvada, manejando um estranho instrumento. Era uma grande roda giratória com um fio de linha que se enrolava sobre um fuso.

– O que é isso? – Bela perguntou com grande interesse.

– Aproxime-se e veja por você mesma – disse a velha, que possuía uma voz surpreendente, pois seu timbre era jovem e forte, muito diferente de sua aparência.

Assim que Bela tocou naquela maravilhosa roda giratória, ela pareceu mergulhar num imenso desfalecimento e, ao seu redor, tudo que conseguia ouvir era o mundo chorando.

– ... durma, durma por cem anos!

E ela queria gritar: "Isso é insuportável, pior que a morte", pois aquilo significava um tédio ainda mais profundo do que aquele contra o qual lutava desde de que era capaz de se lembrar, a interminável peregrinação pelos aposentos...

Mas ela acordou.

E não estava em casa.

Estava deitada na cama de seu príncipe e sentiu as alfinetadas da colcha coberta de joias debaixo de seu corpo.

O cômodo estava repleto de sombras inquietas criadas pelo fogo, e Bela viu o brilho das colunas entalhadas da cama e o cortinado que caía sobre o seu corpo em cores ricas. Sentiu-se animada e corada de desejo e levantou-se, ávida para esquecer o peso e a textura daquele sonho. Só então Bela percebeu que o príncipe não estava ao seu lado.

Mas ele ainda estava no quarto, perto da lareira, um dos ombros apoiado em uma pedra encimada por um grande elmo com espadas cruzadas. Ele ainda vestia o manto de veludo vermelho brilhante e as botas de couro dobrado com bicos finos. No rosto dele, uma expressão misteriosa.

A pulsação entre as pernas dela aumentou. Bela se mexeu e lançou alguns olhares de soslaio, de forma que o príncipe despertou de seus pensamentos e aproximou-se dela. Na escuridão, ela não conseguia ver a expressão do rosto dele.

– Tudo bem, há apenas uma única resposta – ele comunicou a Bela. – Você deve se acostumar com todos os recintos do castelo e eu devo me acostumar a vê-la adaptada a eles.

Ele puxou a corda do sino ao lado da cama. E, erguendo Bela, sentou-a na beira do colchão, de modo que as pernas dela ficassem dobradas sobre o corpo.

Um pajem entrou no quarto, tão inocente quanto o menino que punira o príncipe Alexi com tanta diligência e, como todos os outros serviçais, era extremamente alto, com braços poderosos. Bela tinha certeza de que todos eram escolhidos graças a esses dotes. Não tinha dúvida de que o jovem poderia erguê-la pelos tornozelos se lhe fosse ordenado, mas o rosto dele mostrava-se sereno, sem ao menos uma leve sombra de maldade.

– Onde está o príncipe Alexi? – o príncipe perguntou. Ele parecia raivoso e resoluto e andava de um lado para outro enquanto falava.

– Oh, ele está com problemas aterradores esta noite, Vossa Alteza. A rainha está muito preocupada com a inépcia do príncipe Alexi. O senhor sabe que ele deve ser o exemplo da rainha para os outros. Sua mãe ordenou que ele ficasse amarrado no jardim, numa posição bastante desconfortável.

– Sim, bem, farei com que ele se sinta ainda mais desconfortável. Obtenha a permissão de minha mãe e traga-o até mim. Faça com que Felix o acompanhe.

Bela ouviu tudo isso com um espanto silencioso. Tentou manter uma expressão tão serena quanto a do pajem. Entretanto, estava mais do que alarmada. Ela não deveria ver o príncipe

Alexi novamente, ela não se imaginava capaz de esconder seus sentimentos do príncipe. Se pudesse simplesmente distraí-lo...

Mas, quando Bela tentou soltar um sussurro, o príncipe ordenou que ficasse quieta de uma vez por todas e que permanecesse sentada onde estava, com os olhos baixos.

Seus cabelos caíram ao redor do seu corpo, fazendo cócegas nos braços nus e nas coxas, e quase com prazer ela percebeu que não havia como evitar essa sensação.

Felix surgiu quase que imediatamente e, como Bela suspeitara, ele era o pajem que mais cedo espancara o príncipe Alexi com tanto vigor. Ele trazia a palmatória de ouro presa ao cinto, e o objeto pendeu para o lado quando ele abaixou-se para fazer uma mesura ao príncipe.

Todos aqueles que aqui servem são escolhidos graças a seus atributos físicos, Bela pensou, olhando para Felix. Ele também era belo, os cabelos louros emoldurando com graça seu rosto jovem, apesar de ele ser mais comum do que o dos príncipes cativos.

– E o príncipe Alexi? – o príncipe exigiu. Seu rosto demonstrava raiva, os olhos exibiam um brilho quase diabólico, e Bela começou a ficar amedrontada novamente.

– Estamos preparando o príncipe para o senhor, Vossa Alteza – respondeu Felix.

– E por que isso precisa demorar tanto? Há quanto tempo ele serve nesta casa para que ainda demonstre tanta falta de respeito?

Imediatamente, o príncipe Alexi foi trazido para o quarto.

Bela tentou não o admirar. Ele estava nu como antes. Isso era óbvio e ela não esperava nada diferente. À luz do fogo, ela pôde ver que o rosto dele estava vermelho e o cabelo castanho-avermelhado caía nos olhos, que estavam baixos, como se ele não ousasse erguê-los em direção ao príncipe. Ambos tinham certamente a mesma idade e mais ou menos o mesmo peso, entretanto, lá estava o príncipe Alexi, mais sombrio, muito indefeso e submisso diante do príncipe, que andava de um lado para outro diante da lareira, o rosto gélido, impiedoso e levemente agitado. O membro do príncipe Alexi estava rígido. Ele cruzou as mãos atrás do pescoço.

– Então não estava pronto para mim – o príncipe sussurrou. Ele aproximou-se, inspecionando o príncipe Alexi. Olhou para o órgão rijo e, em seguida, com uma das mãos, deu-lhe um tapa com violência. Mesmo contra a própria vontade, o príncipe Alexi recuou. – Talvez você precise de um pouco mais de treinamento para estar... sempre... pronto – murmurou o príncipe. Essas palavras saíram de sua boca de forma lenta e com uma cortesia estudada.

Ele ergueu o queixo do príncipe Alexi e olhou nos olhos dele. Bela flagrou-se observando-os sem o menor sinal de timidez.

– Minhas desculpas, Vossa Alteza – disse o príncipe Alexi. A voz soava num timbre calmo, sem nenhum traço de revolta ou vergonha.

Os lábios do príncipe se abriram devagar, formando um sorriso. Os olhos do príncipe Alexi estavam maiores e ambos possuíam a mesma calma da voz. Bela se perguntava se eles não seriam capazes de drenar a raiva do príncipe, mas isso seria impossível.

O príncipe golpeou o órgão do príncipe Alexi e deu-lhe outro tapa, seguido de vários.

O príncipe submisso olhou para baixo novamente e nada além da graça e da dignidade que Bela testemunhara mais cedo podia ser percebido em sua figura.

Devo comportar-me assim, ela pensou. Devo possuir esses modos, essa força, suportar tudo isso com a mesma dignidade. Bela ainda encontrava-se maravilhada. Era obrigação do príncipe cativo demonstrar, em todas as ocasiões, seu desejo, sua fascinação, enquanto ela não conseguia conter o estremecimento entre as pernas ao ver o príncipe beliscar os mamilos rígidos do peito do príncipe Alexi e erguer o queixo dele para inspecionar seu rosto novamente.

Perto dali, o escudeiro Felix assistia a tudo com prazer evidente. Ele cruzara os braços, as pernas estavam abertas, completamente separadas pelo banco, e os olhos moviam-se, famintos, sobre o corpo do príncipe Alexi.

– Há quanto tempo você serve a minha mãe? – o príncipe inquiriu.

– Dois anos, Vossa Alteza – disse suavemente o príncipe subjugado. Bela estava muito impressionada. Dois anos! Parecia-lhe que nem toda a vida que levara antes fora tão longa, mas ela ficou mais enlevada pelo som da voz dele do que pelas palavras pronunciadas. A voz fez com que ele parecesse mais palpável e visível.

O corpo dele era mais volumoso que o do príncipe e os pelos castanho-escuros entre suas pernas eram belos. Bela podia ver o saco escrotal, que não passava de uma sombra.

– Você foi mandado para nós pelo seu pai como tributo.

– Assim vossa mãe ordenou, Vossa Alteza.

– E para servir por quantos anos?

– Por quantos agradarem a Vossa Alteza e minha senhora, a rainha – o príncipe Alexi respondeu.

– E você tem quantos anos? Dezenove? E serve de exemplo para os outros tributos?

O príncipe Alexi corou.

O príncipe o virou na direção de Bela com um golpe rude no ombro e o levou até a cama.

Bela empertigou-se, sentindo o rosto vermelho e quente.

– E é o favorito de minha mãe? – o príncipe perguntou.

– Não esta noite, Alteza – respondeu o príncipe Alexi com um remoto traço de sorriso.

O príncipe apreciou essa informação com uma leve risada.

– Não, você não se comportou muito bem hoje, não é?

– Tudo que posso fazer é implorar por perdão, Alteza – disse o príncipe Alexi.

– Você pode fazer mais do que isso – o príncipe sussurrou no ouvido dele enquanto o puxava para perto de Bela. – Você pode sofrer por isso. E pode dar à minha Bela uma lição de boa vontade e submissão perfeitas.

Em seguida, o príncipe voltou o olhar para Bela, examinando-a minuciosamente. Ela olhou para baixo, apavorada com a possibilidade de desagradar-lhe.

– Olhe para o príncipe Alexi – ele ordenou a Bela e, quando ela ergueu os olhos, viu o príncipe cativo a apenas alguns centímetros de onde estava. O cabelo desgrenhado do jovem escondia parcialmente o rosto e a pele parecia deliciosamente macia aos olhos dela. Bela tremia.

Exatamente como Bela receava, o príncipe ergueu o queixo do príncipe Alexi novamente e, quando o prisioneiro olhou para ela com seus imensos olhos castanhos, ele sorriu tão discreta e serenamente para ela por um instante que o príncipe talvez não houvesse percebido. Bela bebeu nos olhos dele, pois não tinha escolha e esperava que o príncipe não visse nada além de sofrimento.

– Beije minha nova escrava e faça com que ela se sinta bem-vinda a esta casa. Beije os lábios e os seios. – O príncipe retirou as mãos do jovem Alexi de trás do pescoço e elas caíram silenciosa e obedientemente junto ao corpo.

Bela ofegou. O príncipe Alexi estava sorrindo para ela mais uma vez, de forma secreta, pois a sombra dele caiu sobre ela e a princesa sentiu os lábios dele muito próximos aos seus. O choque causado pelo beijo atravessou o corpo de Bela. Ela podia sentir aquele tormento entre as pernas formar um nó apertado. E, quando a boca do jovem tocou seu seio esquerdo e, em seguida, o direito, ela mordeu o lábio inferior com tanta força que provavelmente causou algum sangramento. O cabelo do príncipe Alexi tocou sua face e os seios enquanto ele cumpria a ordem. Quando terminou, Alexi se pôs de pé novamente com a mesma serenidade distraída.

Antes que pudesse se conter, Bela pôs as mãos no rosto dele. Entretanto, o príncipe separou-os imediatamente.

– Observe bem, Bela. Estude esse exemplo de escravo obediente. Acostume-se a ele para que passe a vê-lo apenas como um modelo a ser seguido. – E, rudemente, o príncipe virou o jovem Alexi para que Bela pudesse ver as marcas vermelhas nas nádegas dele.

O príncipe Alexi recebera uma punição muito pior do que a de Bela. Estava cheio de marcas roxas e havia muitos vergões nas coxas e panturrilhas. O príncipe inspecionava tudo quase com indiferença.

– Você não irá olhar em outra direção novamente – o príncipe disse para Bela. – Está entendendo?

– Sim, meu príncipe – Bela respondeu de imediato, ansiosa demais para mostrar sua obediência e, em meio à sua dolorosa aflição, um estranho sentimento de resignação tomou conta dela. Ela precisava olhar para o corpo jovem e delicadamente musculoso do príncipe Alexi; necessitava contemplar suas nádegas retesadas e lindamente moldadas. Se ela simplesmente pudesse esconder seu fascínio, aparentando apenas submissão.

O príncipe, porém, não estava mais olhando para ela. Ele prendera ambos os pulsos do príncipe Alexi em sua mão esquerda e tomara do escudeiro Felix não a palmatória de ouro, mas um longo bastão revestido de couro, aparentemente muito pesado, com o qual atingiu Alexi com diversos golpes sonoros e rápidos nas panturrilhas.

Ele empurrou seu prisioneiro até o centro do quarto. Posicionou um dos pés no banco como fizera antes e empurrou o príncipe Alexi sobre seus joelhos como fizera com Bela. O príncipe Alexi estava de costas para a jovem, que pôde ver não apenas suas nádegas como também o saco escrotal entre as pernas e o bastão de couro desferindo seus golpes, espalhando linhas entrecruzadas e vermelhas pelo corpo do príncipe Alexi, que, por sua vez, não criava resistência. Mal emitia sons. Os pés estavam plantados no chão e nada em seus gestos sugeria qualquer tentativa de escapar da mira do bastão como Bela faria em seu lugar.

Ainda que observasse impressionada, imaginando como o príncipe Alexi era capaz de possuir tanto controle e resistência, Bela podia ver os sinais de tensão. Ainda que levemente, as nádegas dele subiam e desciam, as pernas tremiam e, então, ela ouviu um som muito baixo escapar dele, um gemido sussurrado que o jovem obviamente tentava esconder com os lábios cerrados. O príncipe o golpeava, a pele assumia um tom de vermelho cada vez mais escuro a cada açoite violento do bastão e, então, quando o desejo do príncipe pareceu atingir seu auge, ele ordenou que Alexi ficasse de quatro diante dele.

Bela pôde ver o rosto do príncipe Alexi. Estava coberto de lágrimas, mas sua tranquilidade não havia sido quebrada. Ele ajoelhou-se diante do príncipe, aguardando.

O príncipe ergueu sua bota pontuda e investiu contra a parte inferior do corpo do príncipe Alexi, tocando a ponta do pênis do jovem.

Então, pegou o jovem pelos cabelos e ergueu a cabeça dele.
– Abra – ordenou com suavidade.

Imediatamente, o príncipe Alexi encostou os lábios no fecho dos culotes do príncipe. Com uma habilidade que impressionou Bela, soltou os colchetes que ocultavam o sexo intumescido do príncipe e o revelou. O órgão estava dilatado e endurecido, e o príncipe Alexi o libertou do tecido e beijou-o com ternura. Mas ainda sentia muita dor e, quando o príncipe empurrou o órgão em direção à boca do príncipe Alexi, ele não estava preparado para isso. Perdeu ligeiramente o equilíbrio, ficando sobre os joelhos, e teve de agarrar-se ao príncipe com cuidado para evitar que seu corpo tombasse. Mesmo assim, imediatamente sugou o órgão, com longos movimentos para frente e para trás que impressionaram Bela, os olhos fechados, as mãos adejando junto ao corpo, prontas para receber o comando do príncipe.

O príncipe fez com que o jovem parasse de forma um tanto brusca. Estava claro que ele não queria que sua paixão fosse levada até o clímax. Nada assim tão simples deveria ocorrer.

– Vá até o baú no canto – ele disse para o príncipe Alexi – e me traga o anel que está lá dentro.

O príncipe Alexi obedeceu indo de gatinhas até o baú. Porém, obviamente, o príncipe não estava satisfeito. Ele estalou os dedos e, de pronto, o escudeiro Felix conduziu o jovem utilizando a palmatória. Levou-o até o baú e continuou atormentando-o com seus golpes enquanto ele abria a arca e, com os dentes, retirava um grande anel de couro, que levou de volta até o príncipe.

Só então o príncipe ordenou que o escudeiro Felix retornasse para o canto onde estava antes. O príncipe Alexi estava trêmulo e sem ar.

– Coloque-o – ordenou o príncipe.

O príncipe Alexi não segurava o anel pelo couro, mas sim por um pequeno pedaço de ouro preso à peça. E, ainda o segurando com os dentes, fez com que o anel deslizasse pelo pênis do príncipe, sem soltá-lo.

– Você me serve, deve ir para onde eu for – disse o príncipe começando a caminhar devagar pelo aposento, com as mãos na cintura enquanto olhava para baixo, observando Alexi debater-se em seus joelhos, os dentes presos ao anel de couro para segui-lo.

Era como se o príncipe Alexi estivesse beijando o príncipe ou preso a ele. O jovem cambaleava para trás, as mãos afastadas como se temesse tocar o príncipe de forma desrespeitosa.

O príncipe continuou a andar com suas passadas usuais, sem levar em consideração a dificuldade de seu escravo. Ele se aproximou da cama e depois virou-se, seguindo para perto do fogo novamente, com o escravo realizando um grande esforço à sua frente.

Subitamente, ele virou o corpo para a esquerda num movimento brusco para encarar Bela e o príncipe segurou-se nele por um momento e, ao fazê-lo, pressionou a testa contra as coxas do príncipe, que acariciou negligentemente seu cabelo. O gesto pareceu quase afetuoso.

– Você não suporta essa posição humilhante, não é? – ele sussurrou. Mas, antes que o príncipe Alexi tivesse a oportunidade de responder, ele golpeou-o com um enérgico tapa no rosto que fez com que o jovem cambaleasse para trás e se afastasse dele. Ele então empurrou o príncipe Alexi para baixo até que ficasse de quatro. – Ele deve engatinhar pelo quarto – disse o príncipe para o escudeiro Felix com um estalar de dedos.

Como sempre, o escudeiro ficou feliz com sua missão. Bela o odiava! Ele conduziu o príncipe Alexi pelo chão até a parede mais afastada e o trouxe de volta até a porta.

– Mais rápido – ordenou o príncipe de forma cortante.

O príncipe Alexi movia-se o mais rápido que era capaz. Bela não conseguia suportar a raiva no tom do príncipe e ergueu as mãos para cobrir a boca. Entretanto, o príncipe queria mais velocidade. A palmatória desceu inúmeras vezes sobre as nádegas do jovem e as ordens não cessaram até que ele corresse no intuito de obedecer, e Bela pôde ver a terrível aflição pela qual ele passava, perdendo toda a graça e dignidade. Só então ela entendeu aquele pequeno escárnio do príncipe. A calma e a graça do príncipe Alexi haviam sido, obviamente, seu consolo.

Mas será que ele realmente os havia perdido? Ou ele estava simplesmente concedendo-os ao príncipe com toda a calma do mundo? Bela não podia responder a essa pergunta. Ela se encolhia a cada golpe da palmatória e, a cada vez em que o príncipe Alexi se virava de costas para cruzar o quarto, ela vislumbrava as nádegas torturadas por inteiro.

Então, quase que subitamente, o escudeiro Felix parou.

– Está vertendo sangue, Alteza – comunicou ele.

O príncipe Alexi ajoelhou-se com a cabeça baixa, arfando.

O príncipe olhou para ele e, então, fez um sinal com a cabeça.

Ele estalou os dedos para que o príncipe Alexi se levantasse e, mais uma vez, ergueu o queixo do jovem e contemplou o rosto manchado pelas lágrimas.

– Seu castigo será adiado para a noite graças à virtude dessa pele tão delicada – disse ele.

Ele se virou na direção de Bela novamente. As mãos do príncipe Alexi estavam atrás do pescoço e o rosto, vermelho e molhado, parecia inacreditavelmente belo aos olhos dela. Aquela face estava tomada por emoções não verbalizadas e, enquanto ele era conduzido para perto de Bela, ela podia sentir o coração acelerar. Se ele me beijar de novo, sou capaz de morrer, pensou. Nunca devo esconder meus sentimentos do príncipe.

E, se a regra é que eu possa ser espancada até que o sangue verta... Ela não tinha nenhuma ideia real do que aquilo poderia significar, exceto que seria muito pior do que a dor que já sentira. Entretanto, até isso seria preferível a o príncipe descobrir o quanto ela ainda continuava fascinada pelo príncipe Alexi. Por que ele faz isso?, ela pensou com desespero.

Mas o príncipe empurrou o príncipe Alexi para frente.

– Coloque o rosto no colo de Bela e os braços ao redor dela.

Bela arfou e se sentou. O príncipe Alexi obedeceu imediatamente. Ela olhou para baixo para ver o cabelo castanho-avermelhado do jovem cobrindo o seu sexo enquanto sentia os lábios dele em suas coxas e os braços ao redor de seu corpo. O corpo dele era quente e pulsante; ela podia sentir a batida do coração do príncipe e, mesmo sem querer, ergueu as mãos para envolver os quadris do jovem.

O príncipe chutou as pernas do príncipe Alexi para que se separassem completamente e, segurando rudemente a cabeça de Bela com a mão esquerda para que pudesse beijá-la se assim o quisesse, conduziu seu órgão em direção ao ânus do príncipe Alexi.

O príncipe Alexi gemeu diante da brutalidade e da rapidez da penetração. Bela sentiu uma pressão contra o seu corpo à medida que o jovem príncipe era empurrado pelas estocadas cada vez mais velozes. O príncipe a soltou e ela chorava. Bela agarrou-se com força ao príncipe Alexi e, então, o príncipe deu sua estocada final soltando um gemido, as mãos apertando as costas do príncipe Alexi, e permaneceu imóvel, deixando que o prazer atravessasse todo o seu corpo.

Bela tentou manter-se quieta.

O príncipe Alexi soltou-a, mas não sem antes beijar secretamente o espaço entre as pernas dela, bem na crina formada por seus pelos pubianos e, enquanto era afastado, seus olhos negros se estreitaram num sorriso secreto lançado para Bela.

– Prenda-o na estátua – o príncipe ordenou ao pajem. – E cuide para que ninguém o alivie. Mantenha-o em tormento. A cada quinze minutos, faça com que se lembre de suas obrigações para com seu príncipe, mas não o alivie.

O príncipe Alexi foi retirado do quarto.

Bela ficou olhando para a porta aberta.

Mas não havia acabado. O príncipe agarrou-a pelos cabelos, ordenando que ela o seguisse.

– De quatro, minha querida. Será sempre dessa maneira que você se movimentará pelo castelo – ele explicou –, a não ser que eu ordene o contrário.

Ela correu para acompanhá-lo, seguindo-o até o alto da escada depois que saíram do quarto.

Na metade da escadaria, havia um patamar amplo, de onde se podia avistar o salão principal.

E, nesse patamar, havia uma estátua de pedra que deixou Bela horrorizada. Tratava-se de algum tipo de deus pagão com um falo ereto.

E era esse mesmo falo que fora introduzido no príncipe Alexi. As pernas dele haviam sido separadas no pedestal da estátua. A cabeça pendia para trás, repousando no ombro de pedra. Ele soltou outro gemido quando o falo o empalou e permaneceu imóvel quando o escudeiro Felix amarrou suas mãos atrás do pescoço.

O braço direito da estátua estava erguido, os dedos de pedra formavam um círculo, como se algum dia houvessem segurado uma faca ou outro instrumento. E, então, o escudeiro posicionou cuidadosamente a cabeça do príncipe Alexi no ombro da estátua, debaixo daquela mão. E, através do punho semifechado, ele posicionou um falo de couro, fixando-o de forma que se encaixasse na boca do jovem.

Parecia que a estátua estava estuprando o jovem pelo ânus e pela boca, e ele estava amarrado a ela. O órgão do jovem encontrava-se tão rígido quanto antes, estendido, enquanto o falo da estátua estava dentro dele.

– Talvez você agora esteja um pouco mais habituada ao seu príncipe Alexi – disse o príncipe com suavidade.

Mas isso é terrível demais, Bela pensou. Ele passará a noite inteira nesse sofrimento. As costas do príncipe Alexi estavam dolorosamente curvadas, as pernas, amarradas de forma que ficassem totalmente separadas e a luz da lua vinda da janela atrás dele formava uma longa linha pelo seu pescoço, passando pelo peito liso e a barriga plana.

O príncipe puxou gentilmente o cabelo de Bela, que mantinha preso em sua mão direita, e conduziu-a de volta à cama, deitando-a e lhe dizendo que deveria dormir, que logo ele iria juntar-se a ela.

# PRÍNCIPE ALEXI E FELIX

Já estava quase amanhecendo. O príncipe mergulhara em um sono profundo. E Bela, que havia aguardado até ouvir a respiração pesada que indicava que ele dormia, escorregou para fora da cama. De gatinhas, agindo em segredo, sem desobedecer a nenhuma ordem, rastejou até o corredor. Ela ficou contemplando a porta por um longo tempo, percebendo que ela nunca ficava totalmente fechada e que poderia realizar sua pequena fuga sem fazer barulho, bastava apenas reunir a coragem necessária.

Ela rastejou até o alto das escadas.

A luz cobria o príncipe Alexi e ela pôde ver que o órgão do jovem estava tão rígido quanto antes. Felix falava com ele suavemente. Bela não conseguia ouvir o que o escudeiro dizia, mas estava furiosa por vê-lo acordado. Tinha esperança de que Felix também houvesse adormecido.

E, enquanto observava, sem que o escudeiro percebesse, viu-o ficar diante do príncipe Alexi e torturar o órgão do jovem mais uma vez com uma sequência de tapas que soaram muito estridentes na escadaria vazia. O príncipe cativo soltou um pequeno gemido, e Bela pôde ver seu peito soerguer-se quando tentava respirar.

O escudeiro Felix andava de um lado para outro, inquieto. Então, olhou para o príncipe Alexi e virou a cabeça como se houvesse escutado algo. Bela prendeu a respiração. Estava apavorada com a possibilidade de ser pega.

O escudeiro Felix abaixou-se próximo ao príncipe Alexi e, envolvendo os quadris do jovem com os braços, cobriu o órgão dele com a boca e começou a chupá-lo.

Bela ficou possessa, tomada pela frustração. Aquilo era exatamente o que ela gostaria de ter feito. Imaginava-se enfrentando todos os perigos para fazê-lo. E, naquele momento, era forçada a observar Felix atormentar o pobre príncipe. Entretanto, para surpresa de Bela, o escudeiro não estava apenas torturando o príncipe Alexi. Ele parecia estar realmente sentindo prazer. Chupava o órgão em um ritmo regular, e Bela percebeu pelos suspiros do príncipe Alexi que o jovem não conseguia esconder que chegava ao clímax da paixão.

O corpo de Alexi, violado e cruelmente amarrado, tremia soltando um gemido prolongado após o outro e, então, ficou imóvel, enquanto Felix virava-se e sumia na escuridão.

Bela teve a impressão de que ele falara algo para o príncipe Alexi. Ela encostou a cabeça na balaustrada de pedra.

Algum tempo depois, Felix disse ao príncipe Alexi que deveria acordar e, mais uma vez, golpeou o órgão com tapas dolorosos. E, como o pênis do jovem parecia relutante, a expressão do escudeiro tornou-se temerosa e ameaçadora. Mas o príncipe

Alexi estava mergulhado em sono profundo, apoiado nas cordas que tanta dor lhe causavam, e Bela estava satisfeita por isso.

Ela se virou e silenciosamente começou a seguir seu caminho de volta até a porta do quarto, quando percebeu que alguém estava próximo a ela.

Bela ficou tão apavorada que quase gritou, um erro que a teria certamente destruído. Entretanto, cobriu a boca e, erguendo os olhos, distinguiu nas sombras distantes a figura de lorde Gregory observando-a. Aquele era o cavalheiro de cabelos grisalhos que queria tanto discipliná-la da maneira correta, que a chamara de mimada.

Mesmo assim, ele não se mexeu. Permaneceu imóvel olhando para a princesa.

E, quando Bela parou de tremer, correu o mais rápido que pôde até a cama do príncipe e escorregou para baixo das cobertas ao lado dele.

Ele ainda não havia acordado.

Bela se deitou no escuro esperando que lorde Gregory viesse, mas isso não aconteceu, e ela logo percebeu que o cavalheiro nunca nem ao menos sonharia em acordar o príncipe, e logo ela já estava quase cochilando.

Ela pensou no príncipe Alexi de mil maneiras diferentes, se lembrando da vermelhidão de sua pele após os golpes da palmatória, dos belos olhos castanhos e de seu corpo forte, ainda que compacto. Pensava nos cabelos brilhantes tocando o corpo dela, no beijo secreto que ele dera nas suas coxas e em como, após aquela terrível humilhação, ele conseguira sorrir de um jeito tão sereno e afetuoso.

O tormento entre suas pernas não estava pior do que antes, mas também não havia melhorado. Ela se controlou para não tocar a vagina com os dedos, para que não fosse descoberta. Seria muito vergonhoso pensar em tais coisas e ela tinha certeza de que o príncipe nunca permitiria aquilo.

# O SALÃO DOS ESCRAVOS

Já era tarde alta quando Bela acordou e percebeu que o príncipe e lorde Gregory estavam em meio a uma discussão. Imediatamente, ficou com medo. Mas, enquanto permanecia deitada imóvel, se deu conta de que era óbvio que lorde Gregory não havia contado ao príncipe a respeito do que vira. Em vez disso, ele estava apenas argumentando que Bela deveria ser levada ao salão dos escravos e ser treinada da maneira devida.

– É evidente que Vossa Alteza está enamorado por ela – disse lorde Gregory –, mas deve se lembrar, obviamente, de sua própria censura aos outros cavalheiros, especialmente a seu primo, lorde Stefan, por seu amor excessivo por seus escravos.

– Não se trata de amor excessivo – o príncipe respondeu com severidade, mas, então, fez uma pausa, como se lorde Gregory houvesse tocado em uma ferida. – Talvez você deva levá-la ao salão dos escravos – ele murmurou –, nem que seja apenas por um dia.

Logo que lorde Gregory a retirou do quarto, pegou a palmatória que estava presa em seu cinto e desferiu diversos golpes cruéis em Bela enquanto a jovem apressava-se em ficar de quatro diante dele.

– Mantenha a cabeça e os olhos baixos – ordenou ele com frieza – e erga os joelhos com graça. As costas devem formar uma linha reta o tempo todo e você não deve olhar para os lados, está claro?

– Sim, meu senhor – Bela respondeu timidamente. Ela podia ver uma grande extensão de pedra diante de si e, apesar dos golpes da palmatória não serem muito fortes, percebeu que faziam com que se sentisse muito mal. Eles não vinham do príncipe. E só então Bela se deu conta de que estava em poder de lorde Gregory. Talvez ela tenha tido a ilusão de que o cavalheiro não pudesse espancá-la, que isso não lhe fosse permitido, mas era óbvio que não era esse caso e a jovem percebeu que ele poderia contar ao príncipe a respeito de sua desobediência, mesmo que isso não fosse verdade, e ela poderia não receber permissão para se defender.

– Ande depressa – ele ordenou. – Você deve sempre manter um passo acelerado para demonstrar que está ávida para agradar aos seus senhores e às suas senhoras. – Lorde Gregory lhe desferiu mais um daqueles golpes curtos que subitamente pareceram ainda piores do que os mais fortes.

Eles chegaram a uma porta estreita. Bela percebeu que estava sobre uma longa rampa curva. Aquela era uma solução muito astuta, visto que ela não seria capaz de descer uma escada de quatro, no entanto poderia se movimentar através de uma rampa sem nenhuma dificuldade. E foi o que fez, com as botas de couro pontudas de lorde Gregory logo atrás dela.

Em diversas ocasiões, ele utilizou a palmatória, de forma que, quando atingiram a porta de uma ampla sala no andar inferior, as nádegas de Bela queimavam um pouco.

Porém, o que mais a preocupava era o fato de haver gente ali.

Ela não vira ninguém no caminho, mas sentiu-se torturantemente tímida quando percebeu que havia muitas pessoas naquele aposento, movimentando-se e conversando umas com as outras.

Então, foi ordenado que ela se erguesse, ficando novamente de pé, e mantivesse as mãos unidas atrás do pescoço.

– Esta será sempre a sua posição quando lhe for ordenado que descanse – lorde Gregory comunicou-lhe. – E mantenha o olhar voltado para o chão.

E, mesmo enquanto Bela obedecia a essa ordem, podia ver como era a sala. Havia nichos abertos nas paredes, cobrindo três lados do cômodo e, neles, em colchões de palha, dormiam vários escravos, tanto homens quanto mulheres.

Ela não viu o príncipe Alexi.

Viu uma bela jovem de cabelos pretos com nádegas pequenas e muito arredondadas que parecia estar em sono profundo e um jovem louro com os braços aparentemente amarrados nas costas, embora ela não pudesse ver muito bem, e outros, todos em um estado sonolento, quando não cochilando.

E, diante de Bela, havia várias mesas enfileiradas e, entre elas, ânforas de água fresca que exalavam uma fragrância deliciosa.

– É aqui que você será sempre banhada e limpa – explicou lorde Gregory com a mesma voz fria. – E, quando o príncipe já houver dormido o suficiente com você, como se fosse o amor dele, você deverá dormir aqui também, e em qualquer ocasião em que o príncipe não tiver ordens específicas para você. O nome de seu tratador é Leon. Ele cuidará de todos os detalhes e você deve demonstrar para com ele o mesmo respeito e obediência que deve a qualquer outra pessoa.

Bela viu diante de si a figura delgada de um jovem ao lado de lorde Gregory. E, enquanto ele se aproximava, lorde Gregory golpeou os dedos dela e ordenou que demonstrasse respeito.

Imediatamente, Bela beijou as botas do tratador.

– Até ao inferior criado da cozinha você deve esse respeito – informou lorde Gregory. – E, sempre que eu perceber a mais leve arrogância de sua parte, deverei puni-la com severidade. Não estou... como devo dizer... impressionado com você, ao contrário de nosso príncipe.

– Sim, meu senhor – Bela respondeu respeitosamente, apesar de estar com muita raiva. Mesmo assim, sentiu que não demonstrara nenhuma arrogância.

Entretanto, a voz de Leon acalmou-a imediatamente.

– Venha, minha querida – ele disse, dando um tapinha com ambas as mãos nas próprias coxas, indicando que Bela deveria segui-lo, e lorde Gregory aparentemente desapareceu enquanto Leon a conduzia por uma alcova cujas paredes eram de tijolo e onde havia uma imensa banheira de madeira cheia. O odor das ervas era muito forte.

Leon fez um gesto para que Bela se erguesse novamente e, pegando suas mãos, colocou-as acima da cabeça dela e pediu para que ela entrasse na banheira.

Ela logo ultrapassou as bordas e sentiu a deliciosa água quente próxima a seu sexo. Leon prendeu o cabelo dela em um coque atrás da cabeça e fixou-o com diversos grampos. Ela podia vê-lo claramente agora. Era mais velho que os pajens e os olhos castanhos eram muito atraentes graças à gentileza que demonstravam. Ele pediu que ela mantivesse as mãos atrás do pescoço e disse que lhe daria um banho completo e que ela apreciaria muito.

– Você está muito cansada? – ele perguntou.

– Não muito, meu...

– Você deve me chamar de meu senhor – ele disse com um sorriso. – Até mesmo o mais inferior criado da cozinha é seu senhor, Bela, e você deve sempre responder com respeito.

– Sim, meu senhor – ela sussurrou.

Ele já estava banhando Bela e a sensação da água quente escorrendo por seu corpo era realmente muito boa. Ele ensaboou o pescoço e os braços dela.

– Você acabou de acordar?

– Sim, meu senhor.

– Percebi, mas você deve estar cansada da longa viagem. Nos primeiros dias, os escravos ficam excessivamente excitados. Não sentem a exaustão, mas logo em seguida começam a dormir por muitas horas. Você sentirá isso em breve e seus braços e pernas também doerão. E essa dor não será causada pelos castigos. O que quero dizer é que esse mal-estar será ocasionado apenas pela fadiga. Quando isso acontecer, irei massageá-la e acalmá-la.

A voz dele era tão tranquila que Bela imediatamente sentiu-se animada com sua presença. As mangas estavam enroladas até os cotovelos e havia pelos dourados em seus braços. Os dedos eram muito firmes enquanto lavava as orelhas e o rosto dela, tomando muito cuidado para que o sabão não caísse em seus olhos.

– E você tem recebido punições muito severas, não é?

Bela corou.

Ele sorriu suavemente.

– Muito bem, minha querida, você já está aprendendo. Nunca responda a perguntas como essa. Se o fizer, isso pode ser entendido como uma queixa. Em qualquer ocasião em que lhe for perguntado se você tem recebido muitas punições, sofrido em excesso ou algo do gênero, seja esperta o suficiente para corar.

Enquanto falava com voz afetuosa, ele começou a lavar os seios dela com a mesma calma com que limpara todo o restante de seu corpo e o rubor de Bela tornou-se mais doloroso. Podia sentir os mamilos endurecerem e ela tinha certeza, apesar de não conseguir enxergar nada além da água repleta de sabão diante dela, de que o criado percebia isso e suas mãos tornaram-se um pouco mais lentas e ele empurrou gentilmente a parte interior de suas coxas.

– Abra as pernas, querida.

Ela obedeceu, ajoelhando-se com as pernas separadas, que se distanciaram ainda mais quando o tratador as empurrou. Ele ficou imóvel por algum tempo e, então, secando uma das mãos na toalha que trazia na cintura, tocou o sexo de Bela e ela sentiu um estremecimento.

O sexo estava úmido e inchado de desejo e, para horror de Bela, as mãos dele tocaram a pequena saliência rígida onde grande parte do desejo estava acumulado. Ela se retraiu involuntariamente.

– Ah... – Ele retirou os dedos e virou-se para chamar lorde Gregory.

– Trata-se de uma flor adorável – comentou o criado. – O senhor reparou?

Bela ficou ruborizada. Os olhos transbordaram de lágrimas. Precisou reunir todo o seu controle para não abaixar as mãos para cobrir o sexo enquanto sentia que Leon separava suas pernas ainda mais e gentilmente tocava a umidade entre as coxas.

Lorde Gregory soltou uma leve risada.

– Sim, ela é realmente uma princesa extraordinária – respondeu ele. – Seria impossível alguém observá-la com mais cuidado do que eu.

Bela soltou um pequeno soluço abafado de vergonha, mas, mesmo assim, o desejo penetrante entre suas pernas não cessava e o rosto estava em chamas enquanto lorde Gregory falava com ela.

– A maioria de nossas princesinhas ficam assustadas demais nos primeiros dias para demonstrar tamanha boa vontade em servir, Bela – disse ele no mesmo tom frio. – Elas precisam ser despertadas e educadas. Mas posso ver que você sente muito desejo e está realmente enamorada por seus novos mestres e por tudo aquilo que querem ensinar-lhe.

Bela lutou contra as lágrimas. Aquilo era de fato mais humilhante do que qualquer outra coisa que já acontecera a ela.

E, então, lorde Gregory pegou o queixo dela como o príncipe pegara o queixo do príncipe Alexi e forçou-a a olhar para ele.

– Bela, essa é uma grande virtude que você possui. Não há motivo para ficar envergonhada. Isso significa apenas que você ainda precisa aprender outra forma de disciplina. Está atenta aos desejos de seu mestre como deveria, mas deve aprender a controlar esse desejo exatamente da mesma forma como você viu os outros escravos controlarem.

– Sim, meu senhor – Bela sussurrou.

Leon retirou-se e, um momento depois, retornou com uma pequena bandeja branca onde estavam dispostos diversos objetos pequenos que Bela não conseguia ver.

Entretanto, para o horror da princesa, lorde Gregory separou as pernas dela e fixou em seu pequeno botão intumescido de carne atormentada um pouco de gesso para cobri-lo. Ele modelou o gesso com os próprios dedos e rapidamente, como se não desejasse que Bela desfrutasse aquela sensação.

Mais do que aliviada por sentir esse último prazer, Bela começou a tremer e corar com a libertação final daquele tormento. Ela estava totalmente mortificada.

Mas, aí, aquele pequeno pedaço de gesso começou a preocupá-la. O que significava aquilo?

Pareceu que lorde Gregory lera seus pensamentos.

– Isso irá prevenir que você satisfaça facilmente o seu desejo recém-descoberto e indisciplinado, Bela. Não aliviará nada. Irá apenas evitar, digamos, um alívio *acidental*, até que você adquira o devido controle de si mesma. Não pensei que começaria essas explicações assim detalhadas tão cedo, mas devo dizer que você nunca terá permissão para experimentar o prazer completo, exceto se for para realizar os caprichos de seu senhor ou senhora.

Você nunca, nunca, deve ser pega tocando suas partes íntimas com as próprias mãos nem tentando aliviar mais secretamente seu visível... sofrimento.

Palavras muito bem escolhidas, Bela pensou, diante de toda essa frieza para comigo.

Mas ele logo se retirou e Leon continuou com o banho.

– Não fique tão assustada e tímida – disse ele. – Você não percebe a grande vantagem que há nisso? Ser ensinada a sentir tal prazer é muito difícil e bem mais humilhante. E sua paixão lhe confere uma beleza que você não atingiria de outra maneira.

Bela chorou baixinho. O pequeno pedaço de gesso entre suas pernas fazia com que se sentisse ainda mais consciente das sensações contidas naquela região, ainda que as mãos e a voz de Leon a tranquilizassem.

Finalmente ele pediu que Bela se deitasse na banheira para que pudesse lavar seu longo e belo cabelo. Ela deixou que a água quase a cobrisse e pensou por um momento que aquela sensação lhe parecia extremamente boa.

---

Logo após ser limpa e seca, Bela foi deitada em uma das camas próximas e acomodada com o rosto para cima de forma que Leon pudesse esfregar óleo aromático em sua pele.

A sensação era deliciosa.

– Agora – disse ele enquanto massageava os ombros de Bela –, certamente deve haver muitas perguntas que você gostaria de me fazer. Pode fazê-las se quiser. Não é bom que fique confusa desnecessariamente. Já há o suficiente para temer, portanto você não necessita de medos imaginários.

– Então... eu posso... falar com você? – Bela perguntou.

– Sim. Sou seu criado. De certa maneira, pertenço a você. Cada escravo, independentemente de sua classe social e do fato de agradar ou não a seus senhores, possui um criado que é devotado a esse escravo, às suas necessidades e desejos assim como também é dever do criado prepará-lo para seu senhor. Obviamente, haverá ocasiões em que eu terei de puni-la, não porque isso me dê prazer, apesar de eu não conseguir me imaginar castigando uma escrava tão bonita quanto você, mas porque seu senhor pode ordenar esse castigo. Ele pode dar ordens para que você seja punida por desobediência ou meramente para que seja preparada para ele com algumas bofetadas. Entretanto, eu estarei fazendo isso apenas por obrigação...

– Mas você... você sente prazer com isso? – Bela perguntou timidamente.

– É difícil resistir a uma beleza como a sua. – Ele esfregava o óleo na parte de trás dos braços de Bela e nos seus ombros. – Mas meu dever é acima de tudo servi-la e cuidar de você. – Ele largou o óleo e esfregou rapidamente os cabelos da princesa mais uma vez, ajeitando o travesseiro sob a cabeça dela.

Era tão bom ficar ali deitada, com as mãos de Leon trabalhando em seu corpo.

– Mas, como eu disse antes, você poderá me fazer perguntas quando eu lhe der permissão. Lembre-se, só quando eu lhe der permissão, e eu acabei de lhe dar.

— Não sei o que perguntar — ela sussurrou. — Há tantas dúvidas...

— Bem, certamente você deve saber que todas as punições aqui são para o prazer de seus senhores e senhoras...

— Sim.

— E que nada que for feito pode machucá-la. Você nunca será queimada, cortada nem *ferida*.

— Ah, isso é um grande alívio — disse Bela, apesar de, na verdade, já ter entendido esse limite sem que precisassem lhe contar. — Mas e os outros escravos? Eles estão aqui por motivos variados?

— A maioria foi enviada como tributo — Leon respondeu. — Nossa rainha é muito poderosa e comanda muitos aliados. E, é claro, todos que servem como tributo são muito bem alimentados, bem guardados e bem tratados, exatamente da mesma forma com que você está sendo.

— E... o que acontece com eles? — Bela perguntou. — Quero dizer, todos eles são jovens e...

— Eles retornam para seus reinos quando a rainha assim o deseja e, sem dúvida, tornam-se muito melhores após prestar serviço aqui. Eles deixam de ser tão vaidosos, adquirem autocontrole e, na maioria dos casos, uma visão de mundo diferente, que permite que atinjam um grande entendimento.

Bela não conseguia imaginar o que aquilo significava. Leon massageou com óleo as panturrilhas feridas da princesa e a pele macia atrás do joelho. Ela se sentia sonolenta. A sensação se tornava cada vez mais deliciosa e ela resistia levemente a esse prazer para que aquele desejo entre suas pernas não a atormentasse.

Os dedos de Leon eram fortes, quase que um pouco fortes demais, e se movimentavam por suas coxas, as mesmas coxas que o príncipe tornara vermelhas, assim como as panturrilhas e as nádegas graças à ação de seu chicote. Ela se ajeitou nas cobertas macias e firmes. Seus pensamentos lentamente se tornavam mais claros.

– Então, eu voltarei para casa – a princesa disse, embora essas palavras não fizessem sentido para ela.

– Sim, mas nunca deve mencionar esse assunto nem pedir para ser libertada. Você é propriedade de seu príncipe. Você é totalmente escrava dele.

– Sim – ela sussurrou.

– E implorar para ser libertada seria algo terrível – Leon continuou. – Entretanto, na hora certa, você será mandada para casa. Existem diferentes acordos para diferentes escravos. Vê aquela princesa ali?

No grande nicho na parede, em uma cama em forma de prateleira, estava deitada uma jovem de cabelos escuros que Bela já notara. Ela tinha pele cor de oliva, de um tom mais rico do que a do príncipe Alexi, que também era escura, e o cabelo era tão comprido que caía em ondas sobre as nádegas. A boca estava ligeiramente aberta no travesseiro achatado.

– É a princesa Eugênia – disse Leon –, e ela deveria ser devolvida em dois anos segundo o acordo. O tempo de servidão dela está quase terminando, mas ela está com o coração partido. Ela quer permanecer, com a condição de que sua escravidão continuada evite que mais dois escravos venham para cá. O reino dela precisa concordar com esses termos para reter duas outras princesas.

— Você quer dizer que ela deseja ficar?

— Ah, sim — disse Leon. — Ela é louca por lorde William, o primo mais velho da rainha, e não suporta a ideia de ser mandada para casa. Mas aqui há outros que estão sempre revoltados.

— Quem são eles? — Bela perguntou, mas, antes que Leon pudesse responder, acrescentou depressa, embora tentasse soar indiferente: — O príncipe Alexi é um desses rebeldes?

Ela podia sentir as mãos de Leon movendo-se em direção a suas nádegas e então, subitamente, sentiu todos aqueles locais golpeados e feridos voltando à vida à medida que os dedos dele os tocavam. O óleo queimava levemente quando Leon derramava gotas generosas e, logo, aqueles dedos fortes começaram a trabalhar sobre a pele de Bela, sem levar em consideração seu aspecto avermelhado. Bela contraiu-se, mas mesmo aquela dor possuía seu prazer. Sentiu as nádegas sendo moldadas pelas mãos dele, erguidas e separadas para, depois, serem alisadas novamente. Corou ao pensar que o mesmo Leon que era responsável por esses atos falava com ela de uma maneira tão civilizada e, quando a voz dele prosseguiu, Bela sentiu um novo grau de agitação. Não há fim, ela pensou, para as formas de ser humilhada.

— O príncipe Alexi é o preferido da rainha — explicou Leon. — A rainha não suportaria ficar muito tempo longe dele e, apesar de ser um modelo de bom comportamento e devoção, ele é, à sua maneira, implacavelmente rebelde.

— Mas como isso é possível? — Bela perguntou.

– Ah, você deve concentrar-se em agradar a seus senhores e senhoras, mas há algo que posso lhe dizer: o príncipe Alexi parece ter capitulado de todas as suas vontades como um escravo exemplar deve fazer, mas ninguém nunca conseguiu atingir a sua essência.

Bela ficou encantada diante dessa resposta. Lembrou do príncipe Alexi de quatro, as costas fortes e a curva das nádegas enquanto ele era conduzido de um lado para outro pelo quarto do príncipe. Lembrou-se da beleza do rosto dele. Ninguém nunca conseguiu atingir sua essência, pensou.

Mas, então, Leon virou-a e, ao vê-lo se curvar, ficando tão próximo a ela, sentiu-se acanhada e fechou os olhos. Ele estava esfregando o óleo na barriga e nas pernas dela, e a princesa tentou pressionar as pernas para que permanecessem unidas e tentou virar de lado.

– Você vai acabar ficando completamente acostumada com meus cuidados, princesa. Não precisará se preocupar, sempre será cuidada na hora certa. – E Leon pressionou os ombros dela contra o colchão. Seus dedos rápidos espalharam o óleo pelo seu pescoço e braços.

Bela abriu os olhos cuidadosamente para ver a disposição de Leon em realizar seu trabalho. Os olhos pálidos do criado se moviam sem paixão, mas com visível concentração.

– Você... sente algum prazer nisso? – Bela sussurrou e ficou chocada ao ouvir a própria voz pronunciando essas palavras.

Ele derramou um pouco de óleo na palma da mão esquerda e, colocando o vidro junto a si, espalhou a substância pelos seios de Bela, erguendo-os e apertando-os como fizera com as nádegas. Ela fechou os olhos novamente, mordendo os lábios. Sentia que ele massageava rudemente seus mamilos. Ela quase soltou um pequeno choramingo.

– Mantenha-se em silêncio, minha querida – disse ele com frieza. – Seus mamilos são macios e precisam ser levemente endurecidos. Até agora, você foi submetida a muito poucas brincadeiras pelo seu mestre contaminado pelo amor.

Bela ficou apavorada ao ouvir isso. Os mamilos pareciam estar dolorosamente duros para ela e sabia que seu rosto apresentava um tom vermelho-escuro. Parecia que todas as sensações em seus seios inchavam e latejavam em direção àqueles mamilos pequenos e duros.

Misericordiosamente, Leon largou os seios de Bela com um forte aperto. Mas, então, separou as pernas dela e esfregou o óleo no interior das coxas e isso parecia ainda pior para Bela. Leon podia sentir o sexo da princesa pulsar. Ela imaginou se esse gesto poderia liberar o calor que podia sentir nas mãos do criado.

Ela torceu para que fosse rápido.

Apesar de Bela ter se aquietado, com o rosto vermelho e trêmula, ele empurrou as pernas dela para que ficassem ainda mais separadas e, para o horror da menina, separou os lábios de seu sexo com os dedos como se a inspecionasse.

– Oh, por favor... – ela sussurrou, virando a cabeça de um lado para outro, os olhos doendo.

– Agora, Bela – ele censurou-a gentilmente –, você nunca, nunca deve se satisfazer com nada, independentemente de quem o proporciona, nem mesmo o seu leal e devotado criado. Preciso inspecioná-la para ver se está machucada e, como pensei, você está. Seu príncipe tem sido particularmente... devotado.

Bela mordeu os lábios e fechou os olhos enquanto ele alargava o orifício para untá-lo. Ela sentiu como se estivesse sendo despedaçada e, mesmo debaixo do gesso, aquele minúsculo botão de sensações pulsava sobre a abertura que os dedos de Leon ampliou. Se ele tocar nele, morrerei, ela pensou, mas Leon estava tomando muito cuidado para evitar aquela região, apesar de Bela sentir os dedos dele entrando nela e massageando os lábios de sua vagina.

– Minha pobre escrava querida – ele sussurrou para Bela com todo o sentimento. – Agora, sente-se. Se eu pudesse fazer as coisas à minha maneira, você poderia adormecer, mas lorde Gregory quer que você veja o salão de treinamento e o salão das punições. Deixe que termine rápido seu cabelo.

Ele começou a escovar o cabelo de Bela e ajeitá-lo em cachos na parte de trás da cabeça enquanto ela sentava, ainda trêmula, com os joelhos retesados e a cabeça baixa.

# O SALÃO DE TREINAMENTO

Bela não estava certa se odiava lorde Gregory. Talvez houvesse algo de reconfortante em seu ar de comando. Como seria estar ali sem alguém que a controlasse tão completamente? Entretanto, ele parecia obcecado por suas obrigações.

Assim que ele a tirou das mãos de Leon, deu-lhe dois golpes gratuitos com a palmatória antes de ordenar que ficasse de joelhos e o seguisse. Ela deveria manter-se junto ao salto da bota direita dele e observar tudo que estava ao redor.

– Mas nunca deve olhar para os rostos de seus senhores e senhoras, nunca deve tentar encontrar os olhos deles e nunca nem um único som deve escapar de seus lábios – ele ordenou. – Guarde suas perguntas para mim.

– Sim, lorde Gregory – Bela sussurrou. O chão de pedra sob ela fora varrido e polido e estava muito limpo, entretanto, machucava seus joelhos, pois, de qualquer forma, continuava sendo feito de pedras. Mesmo assim, ela seguia junto a lorde Gregory, passando por outras camas nas quais escravos eram cuidados e por banheiras onde dois jovens eram banhados exatamente da mesma forma como ela fora banhada pouco antes.

Os olhos deles relampejaram sobre Bela com uma curiosidade branda quando ela arriscou um olhar para cada um dos dois.

Todos bonitos, ela pensou.

Entretanto, quando uma jovem impressionantemente bonita foi conduzida até onde Bela estava, a princesa sentiu uma onda quente de inveja. Aquela era uma garota com uma crina de cabelos brilhantes muito mais cheios e cacheados que os de Bela e, uma vez que a jovem estava de gatinhas, os seios imensos e magníficos pendiam mostrando de forma muito privilegiada seus grandes mamilos cor-de-rosa. O pajem que a conduzia com a palmatória parecia muito engajado em sua tarefa, rindo dos pequenos choramingos da jovem, obrigando-a a se mover mais depressa com a força de seus golpes e também lhe dirigia ordens de forma zombeteira e animada.

Lorde Gregory parou como se também estivesse desfrutando a visão da garota enquanto ela era colocada de pé e conduzida para dentro da banheira, com as pernas separadas à força da mesma forma com que as pernas de Bela haviam sido. Bela não conseguiu evitar mais uma olhada para os seios da jovem, percebendo como os mamilos rosados eram grandes. Os quadris eram amplos para o tamanho dela e, para o espanto de Bela, ela não estava realmente chorando quando foi mergulhada na banheira. Os lamentos se tornavam mais queixosos à medida que a palmatória continuava a golpeá-la.

Lorde Gregory soltou alguns sons de aprovação.

– Adorável – disse ele alto para que Bela pudesse ouvir. – E pensar que, há três meses, ela era selvagem e indomável como uma ninfa da floresta. A transformação foi excelente.

Lorde Gregory virou-se bruscamente para a esquerda e, como Bela não percebeu seu movimento de modo imediato, ele lhe deu uma palmada e, depois, mais outra.

– Agora, Bela – disse lorde Gregory quando eles passaram por um portal que levava a uma sala longa –, você pode imaginar como os outros são treinados para exibir com tanto desapego a paixão que você demonstra?

Bela sabia que suas bochechas estavam rubras. Ela não conseguia pensar em nenhuma resposta.

A sala era turvamente iluminada por uma fogueira próxima, embora suas portas se abrissem para um jardim. E, lá, Bela viu muitos cativos posicionados em mesas exatamente da mesma forma como ela havia sido colocada no salão principal, cada um deles com um pajem em serviço. E todos os empregados trabalhavam de forma diligente, percebendo qualquer choramingo ou comoção em alguma outra mesa.

Diversos homens jovens estavam abaixados com as mãos amarradas nas costas. Eles recebiam golpes constantes de palmatória ao mesmo tempo que seus pênis também eram agraciados: um pajem surrava os pênis endurecidos enquanto outro manipulava a palmatória. Ali, dois pajens trabalhavam no mesmo príncipe sem piedade.

Bela conseguia entender o que estava acontecendo, mesmo sem as explicações de lorde Gregory. Ela percebeu a confusão e o sofrimento dos jovens príncipes, com seus rostos divididos entre a luta e a rendição. O príncipe mais próximo a ela estava totalmente de gatas, tendo seu pênis atormentado vagarosamente. Assim que os espancamentos com a palmatória tinham início, o órgão amolecia. E, no exato momento em que os golpes cessavam e as mãos do pajem trabalhavam nele novamente, o órgão tornava-se mais rígido.

Junto às paredes, estavam outros príncipes com as pernas e braços separados, os pulsos e tornozelos amarrados aos tijolos. A obediência era ensinada aos seus órgãos através de toques, beijos e sucções.

Oh, isso, para eles, é muito pior, Bela pensou, embora seus olhos e sua mente estivessem totalmente tomados por aquela tão refinada espécie de doação. Ela observou as nádegas redondas daqueles que foram obrigados a se ajoelhar. Amava aqueles peitos lustrosos, a musculatura magra dos membros e, acima de tudo, talvez, a nobreza do sofrimento em suas belas faces. Pensou novamente no príncipe Alexi e queria enchê-lo de beijos. Queria beijar suas pálpebras e os mamilos. Queria sugar o órgão dele.

Então, Bela viu um jovem príncipe ser obrigado a ficar de gatas para sugar o pênis de outro garoto. E, enquanto realizava o ato com grande entusiasmo, recebia golpes incessantes da palmatória do pajem, que parecia, assim como todos os outros, sentir prazer ao infligir sofrimento. Os olhos do príncipe estavam fechados, ele sugava com diligência o sexo poderoso do outro jovem com longos carinhos executados por seus lábios, suas próprias nádegas tremulando a cada golpe e, quando o pobre príncipe que estava sendo sugado parecia estar no limite da paixão, aquele que estava sorvendo foi puxado para trás pelo pajem, que ainda levou seu obediente escravo para outro pênis ereto.

— Aqui, como você pode ver, boas maneiras são ensinadas aos jovens príncipes escravizados — explicou lorde Gregory. — Eles devem estar sempre de prontidão para seus senhores e senhoras. Uma lição difícil de aprender e da qual você será, provavelmente, dispensada. Isso não quer dizer que essa prontidão não seja requerida de você. A questão é que você está dispensada de demonstrá-la.

Ele a conduziu para mais perto das escravas que estavam sendo trabalhadas de uma maneira diferente. Lá, Bela viu uma adorável princesa ruiva com as pernas mantidas separadas por dois pajens que massageavam com as mãos aquele pequeno nódulo entre as pernas dela. Os quadris se elevavam e caíam. Estava claro que ela não conseguia controlar os próprios movimentos. Ela implorou para ser deixada em paz, mas, apenas quando o rosto dela tornou-se rubro e parecia que ela não era capaz de se conter, seu pedido tornou-se realidade, sendo abandonada com as pernas abertas e choramingando dolorosamente.

Outra garota muito adorável estava sendo espancada e acariciada ao mesmo tempo por um pajem que trabalhava com uma das mãos entre as pernas dela.

E, para o horror de Bela, várias jovens estavam montadas em falos presos contra a parede sobre os quais elas se contorciam de forma selvagem enquanto os pajens de serviço empunhavam palmatórias impiedosas.

— Você pode ver que cada escravo recebe instruções simples. Cada uma delas deve exercitar-se sobre o falo até que atinja a satisfação. Só assim os golpes das palmatórias cessarão, independentemente do quão feridas estejam. Elas logo aprenderão a pensar na palmatória e no prazer como sendo um único elemento e logo aprenderão a atingir o êxtase apesar dos golpes. Ou ao cumprir ordens, pode-se dizer. É claro que, em raras ocasiões, seus senhores e senhoras permitirão tal satisfação.

Bela contemplou a fila de corpos que lutavam. As mãos das garotas estavam atadas atrás de suas cabeças. Os pés também estavam presos. Tinham pouco espaço para se movimentar sobre os falos de couro. Elas se contorciam, tentando ondular da melhor forma possível, as lágrimas inevitáveis correndo por suas faces. Bela sentiu pena, ainda que desejasse um daqueles falos. Ela sabia, com uma vergonha profunda, que não demoraria muito para que estivesse implorando para que o pajem a golpeasse com a palmatória. Enquanto observava a princesa mais próxima, uma garota com cachos vermelhos, percebeu que a menina finalmente atingira sua meta, com a face rubra, o corpo inteiro passando por tremores violentos. O pajem espancou-a com toda a força. Finalmente, ela ficou sem energia, como se estivesse muito fatigada para sentir vergonha. O pajem lançou-lhe um suave tapinha de aprovação e a deixou.

Para todos os lugares que Bela olhava, via alguma forma de treinamento.

Ali, uma jovem com as mãos amarradas acima da cabeça era ensinada a ajoelhar-se, imóvel, sem abaixar os braços para cobrir o corpo, enquanto as partes íntimas eram golpeadas. Outra era obrigada a amamentar o pajem, que sugava seus seios. Ela segurava uma das mamas para o empregado enquanto outro a examinava. Lições sobre controle, lições doloridas e prazerosas.

As vozes de alguns pajens eram um tanto severas, enquanto as de outros eram suaves, o estalido sombrio das palmatórias reverberava por todo o ambiente. E lá estavam as inevitáveis garotas com as pernas abertas, sendo constantemente atormentadas para que fossem despertadas e lhes fosse ensinado o que deveriam sentir, como se elas já não soubessem.

– Mas, para nossa pequena Bela, tais lições não são necessárias – lorde Gregory comentou. – Ela já é perfeita demais do jeito como está. E talvez ela deva ver no salão das punições como os escravos desobedientes são castigados, utilizando-se exatamente o mesmo prazer que aprenderam a sentir aqui.

# O SALÃO DAS PUNIÇÕES

Na porta da nova sala, lorde Gregory fez um sinal para um dos atarefados pajens.
— Traga a princesa Lizetta até aqui – disse ele, aumentando levemente o tom de voz. — Sente-se sobre os tornozelos, Bela, com as mãos atrás do pescoço e observe tudo que será apresentado para seu privilégio.

A infeliz princesa Lizetta foi, ao que pareceu, praticamente empurrada para dentro do salão e Bela viu de imediato que ela estava amordaçada, se é que aquilo poderia ser chamado de mordaça. Um pequeno cilindro coberto de couro e em forma de osso de cachorro fora posto à força dentro de sua boca. O objeto fora colocado tão profundamente entre os dentes da princesa que apenas um pequeno pedaço do artefato podia ser visto e ela aparentemente não seria capaz de expulsá-lo com a língua se quisesse.

Ela chorava com raiva e chutava, de forma que o pajem que a prendia mantinha as mãos dela atrás das costas e fez um gesto para que outro criado a envolvesse pela cintura e a carregasse até lorde Gregory.

A jovem foi colocada de joelhos bem diante de Bela. O cabelo negro caía em seu rosto e os seios escuros pendiam.

– Petulância, meu senhor – disse o pajem em tom cansado. – Ela deveria ser a presa da caçada no labirinto quando se recusou a conceder aos lordes e às damas o bom esporte. As tolices habituais.

A princesa Lizetta jogou o cabelo preto para trás dos ombros e deixou um pequeno rosnado de desdém escapar por detrás da mordaça, o que impressionou Bela.

– Ah, e imprudência também – acrescentou lorde Gregory. Ele abaixou-se e ergueu o queixo dela. Os olhos negros da jovem não evidenciavam nada além de raiva ao olhar para ele. A princesa Lizetta virou a cabeça com tamanha força que subitamente livrou-se do lorde.

O pajem desferiu-lhe diversos golpes violentos, mas ela não demonstrou nenhuma contrição. As pequenas nádegas pareciam, de fato, muito rígidas.

– Pendure-a, como punição – ordenou lorde Gregory. – Creio que ela precisa de uma punição verdadeira.

A princesa Lizetta soltou diversos gemidos agudos. Eles pareciam expressar tanto raiva quanto protesto. Ela não passava a impressão de querer barganhar e, enquanto era carregada para longe de Bela e de lorde Gregory pelo salão das punições, os pajens rapidamente afixaram algemas de couro em seus pulsos e calcanhares. Cada uma das algemas tinha um pesado gancho de metal embutido.

Ela foi então erguida, debatendo-se, até uma grande trave rebaixada que atravessava a sala. Os pulsos pendiam de um gancho acima da cabeça e as pernas, por sua vez, foram esticadas para a frente do corpo, de forma que os tornozelos ficassem presos pelo mesmo gancho. Ela estava, na verdade, dobrada em duas. A cabeça foi então forçada entre as panturrilhas e Bela pôde ver claramente o rosto dela. Uma correia de couro foi amarrada ao redor da jovem, prendendo muito bem as pernas de encontro ao tronco.

Entretanto, para Bela, o mais cruel e aterrorizante de tudo aquilo era a exposição das partes íntimas da princesa, já que ela estava pendurada de forma que qualquer um pudesse ver seu sexo por inteiro, desde os lábios cor-de-rosa e os pelos escuros até mesmo o minúsculo orifício marrom entre as nádegas. E tudo isso logo abaixo da face escarlate da jovem. Bela não era capaz de imaginar uma exposição pior do que aquela e olhava para baixo timidamente, erguendo os olhos vez por outra para observar a menina cujo corpo suspenso balançava ligeiramente, como se empurrado por uma corrente de ar, as algemas de couro em seus pulsos e tornozelos rangendo.

Mas ela não estava sozinha. Bela percebeu que, apenas a alguns metros de distância, havia outros corpos dobrados na mesma trave, imobilizados.

O rosto da princesa Lizetta permanecia vermelho de raiva, mas ela, de alguma forma, se aquietara e virou-se para esconder sua expressão atrás de uma das pernas, mas o pajem mais próximo ajeitou sua cabeça, empurrando-a para frente.

Rapidamente, Bela olhou para os outros.

Não muito longe dali, à direita, um jovem fora erguido da mesma maneira. Ele parecia ser muito jovem, com, no máximo, dezesseis anos, e tinha cabelos louros e cacheados e os pelos púbicos eram ligeiramente ruivos. O pênis estava ereto, a ponta brilhava, e estava ali, exposto para todo o mundo, com o saco escrotal e, novamente, a minúscula abertura do ânus.

Havia mais deles, outra jovem princesa e outro príncipe, mas os dois primeiros prenderam completamente a atenção de Bela.

O príncipe louro gemia de dor. Seus olhos estavam secos, mas ele parecia lutar, mudando de posição enquanto pendia das algemas e, assim, conseguindo que seu corpo virasse um pouco para a esquerda.

Enquanto isso, um jovem parecendo, de alguma forma, mais impressionante que os pajens, e vestido de modo diferente, em veludo azul-escuro, foi até a fila de escravos suspensos e aparentemente inspecionou sem misericórdia cada um dos rostos e a situação dos órgãos expostos.

Ele afastou os cabelos da testa do jovem príncipe com um afago. O escravo soltou um gemido. Parecia que ele tentava impulsionar o corpo para frente e aquele homem vestido de veludo azul golpeava o pênis dele, fazendo com que gemesse a plenos pulmões, soando como alguém que implorava.

Bela curvou a cabeça, mas continuou a observar o homem vestido de veludo enquanto ele se aproximava da princesa Lizetta.

– Teimosa, a mais difícil – ele disse para lorde Gregory.

– Um dia e uma noite de punições irão subjugá-la – lorde Gregory comentou. E Bela ficou chocada ao pensar em ser exposta por tanto tempo e de forma tão desconfortável. Ao mesmo tempo, sabia que faria qualquer coisa para evitar uma punição como aquela, apesar de sentir um medo terrível de que, apesar de todos os seus esforços, isso pudesse lhe acontecer. Na mesma hora, imaginou-se pendurada naquela posição e deixou escapar um suspiro, embora tivesse pressionado os lábios para contê-lo.

Mas, para a surpresa de Bela, o homem de veludo azul começou a golpear o sexo de Lizetta com um pequeno instrumento que era, também, coberto por uma camada de couro preto e liso. Tratava-se de uma varinha com três pontas que lembrava uma mão. E, assim que ele começou a provocar a indefesa princesa, ela começou a contorcer-se em suas amarras.

Bela logo entendeu o que estava acontecendo. O sexo cor-de-rosa da princesa, assustador para Bela, pendurado tão desprotegido, ficou visivelmente intumescido, maduro. Bela podia ver minúsculas gotas de secreção brotarem.

E, mesmo enquanto ela observava, sentiu o próprio sexo amadurecendo da mesma forma. Sentiu o gesso duro que fora colocado bem ali, sobre o núcleo de suas sensações, e que não parecia servir para evitar as pulsações.

Logo que a indefesa princesa despertou, o homem de veludo deixou-a, com um sorriso de aprovação, e continuou sua ronda pela fila de escravos, parando novamente para provocar e importunar o jovem príncipe de cabelos louros que, sem nenhum orgulho ou dignidade, implorava por detrás de sua mordaça de couro em forma de osso.

A vítima atrás dele, outra princesa, estava ainda mais abandonada em suas súplicas silenciosas por satisfação. O sexo dela era pequeno, com lábios grossos, uma boca em meio a um bosque cerrado de cachos marrons, e ela se contorcia, lutando para ganhar algum contato maior com o lorde vestido de veludo que, então, a deixou para importunar e atormentar mais outro prisioneiro.

Lorde Gregory estalou os dedos.

Bela ficou de quatro novamente e o seguiu.

– Preciso dizer que você é perfeita para esse tipo de punição, princesa? – ele perguntou.

– Não, meu senhor – Bela sussurrou. Ela imaginou se estava entre os poderes a ele concedidos puni-la daquela forma por nenhum motivo aparente. Ela ansiava pelo príncipe e sentia saudade dos momentos em que apenas ele tinha poder sobre ela. Ela não podia pensar em nada que não fosse o príncipe e por que ela o havia desagradado ao olhar para o príncipe Alexi. Ainda que houvesse apenas pensado em Alexi, foi jogada no mais miserável sofrimento. Mas, se ela pudesse estar nos braços do príncipe, não pensaria em ninguém além dele. Bela suplicou por suas carinhosas punições.

– Sim, minha querida, você gostaria de falar? – lorde Gregory perguntou, embora houvesse algo de cruel em seu tom de voz.

– Apenas diga-me como obedecer, meu senhor, como agradar, como escapar desse ato disciplinador.

– Para começar, minha preciosidade – ele disse com raiva –, pare de admirar tanto os escravos do sexo masculino, olhando para eles a cada oportunidade. Não se alegre tanto com tudo que mostro para chocá-la.

Bela assentiu.

– E nunca, nunca mais, pense no príncipe Alexi.

Bela balançou a cabeça.

– Farei como disse, meu senhor – respondeu ela, ansiosa.

– E lembre-se de que a rainha não ficará nada satisfeita com a paixão do filho dela por você. Milhares de escravos o cercam desde que ele era um menininho e nunca o príncipe considerou nenhum deles como um objeto de devoção como acontece com você. A rainha não vai gostar disso.

– Oh, mas o que posso fazer? – Bela choramingou.

– Pode demonstrar obediência perfeita para com todos os seus superiores e não fazer nada que a torne rebelde ou estranha.

– Sim, meu senhor.

– Você sabe que a vi observando o príncipe Alexi a noite passada. – A voz dele agora era um sussurro ameaçador.

Bela recuou. Mordeu os lábios e tentou não chorar.

– Posso contar para a rainha a qualquer momento.

– Sim, meu senhor – ela suspirou.

– Mas você é muito jovem e encantadora. E, por tal ofensa, deveria encarar a mais terrível das punições. Você deveria ser mandada para fora do palácio, para a vila, e isso poderia ser mais do que você é capaz de suportar...

Bela tremeu. "A vila" – o que isso poderia significar? Mas lorde Gregory continuou:

– E nenhum escravo da rainha ou do príncipe deve ser condenado a tal punição infame. Nenhum dos escravos preferidos chegou a passar por isso. – Ele respirou fundo como que para renovar sua raiva. – E, quando você estiver devidamente treinada, será uma escrava esplêndida. E não haverá, por fim, nenhuma razão pela qual o príncipe não deva desfrutar de você, pois todos aqui deverão desfrutar-lhe. Eu estou aqui, então, para fazer algo por você, não para vê-la destruída.

— O senhor é muito bom e piedoso, meu senhor — Bela sussurrou, mas a palavra *vila* causou-lhe uma impressão indelével. Se pudesse apenas perguntar...

Mas uma jovem dama entrou no salão, passando pela porta com muita pressa, com os longos cabelos amarelos presos em tranças grossas e o vestido cor de vinho adornado com peles. Antes que Bela se lembrasse de baixar os olhos, captou um vislumbre da dama por inteiro, com as bochechas avermelhadas e os grandes olhos castanhos que varreram o salão das punições como se procurassem por alguém.

— Oh, lorde Gregory, que bom vê-lo — ela disse e, quando ele baixou a cabeça, a jovem dama respondeu com uma mesura muito graciosa. Bela ficou impressionada com a doçura da moça e, então, superou toda a sua vergonha e vulnerabilidade. Olhou para as lindas sandálias prateadas da mulher e os anéis nos dedos de sua mão direita, que dobrava a saia do vestido com facilidade.

— E como posso servi-la, lady Juliana? — perguntou lorde Gregory. Bela sentiu-se desolada. Deveria agradecer pelo fato de a dama não ter olhado para ela nem uma única vez e, por isso, sentiu-se rebaixada novamente. Ela não era nada para aquela mulher que era uma dama, estava vestida e era livre para fazer o que bem entendesse, enquanto Bela era uma escrava nua e infame, que não podia fazer nada além de ajoelhar-se diante dela.

– Ah, mas aqui está ela, a malvada Lizetta – disse a dama e a alegria sumiu do seu rosto enquanto os lábios tremiam ligeiramente. Havia dois pontos coloridos em suas bochechas quando ela aproximou-se da princesa pendurada. – E ela foi tão mimada e má hoje.

– Bem, ela está sendo severamente castigada por isso, milady – comentou lorde Gregory. – Trinta e seis horas neste salão deverão melhorar enormemente sua disposição.

A dama deu diversos passos graciosos para frente e olhou para o sexo exposto da princesa Lizetta. E, para a surpresa de Bela, a princesa Lizetta não tentou esconder o rosto, mas encarou os olhos da dama como se implorasse. Soltou diversos gemidos suplicantes como se estivesse claramente implorando, como o príncipe junto a ela. E, enquanto se retorcia em seu gancho, o corpo balançava levemente para frente.

– Você é uma garota má, é sim – a dama sussurrou como se reprovasse uma criança pequena. – E você me desapontou. Preparei a caçada para a diversão da rainha e escolhi você especialmente.

Os gemidos da princesa Lizetta tornaram-se mais insistentes. Ela parecia agora livre de qualquer esperança, orgulho ou raiva. Seu rosto estava rosado e demonstrava confusão, enquanto a mordaça parecia mais dolorosa e os imensos olhos brilhavam como se implorassem para a dama.

– Lorde Gregory – disse lady Juliana –, o senhor deve pensar em algo especial. – Então, para o horror de Bela, a mulher ergueu os braços delicadamente e, enfastiada, beliscou os lábios vaginais da princesa Lizetta com tanta força que a secreção chegou a pingar. Depois beliscou o lábio direito e, em seguida, o esquerdo, e a menina recuou, tomada pela dor.

Nesse meio-tempo, lorde Gregory estalou os dedos para o cavalheiro de mão de ferro que mais parecia uma garra e sussurrou algo que Bela não conseguiu ouvir.

– Isso tornará a punição mais consistente.

E, então, o cavalheiro surgiu com um pequeno pote e uma escova, e, enquanto a dama dava um passo para trás, pegou a escova e banhou o órgão nu da princesa Lizetta com um melado bem concentrado. Algumas poucas gotas caíram no chão e, mais uma vez, fizeram com que a jovem tomasse consciência de seu sofrimento. Ela suspirou suavemente por trás da mordaça, mas a dama apenas sorriu quase que com inocência e balançou a cabeça.

– Isso irá atrair todas as moscas das redondezas – comentou lorde Gregory. – E, mesmo se não houver nenhuma, o melado irá produzir uma inevitável coceira quando secar. Será muito desconfortável.

A dama não pareceu satisfeita. Seu rosto lindo e inocente estava, de algum modo, tranquilo, e ela suspirou.

– Creio que isso irá funcionar por ora, mas quero que ela seja amarrada com as pernas abertas e pendurada numa estaca no jardim. Deixe que as moscas e os pequenos insetos encontrem seus lábios açucarados. Ela merece isso.

A dama virou-se para agradecer a lorde Gregory e, mais uma vez, Bela surpreendeu-se com seu rosto brilhante e avermelhado. Os cachos eram ornados com pequenas pérolas e tranças confeccionadas com finas tiras azuis.

Mas Bela estava tão perdida em sua contemplação de tudo aquilo que tomou um susto ao perceber, de súbito, que a dama estava olhando para ela.

– Ooooh, sim, essa é a queridinha do príncipe – disse ela, avançando na direção de Bela, que sentiu uma das mãos da dama erguer o seu rosto. – E como ela é doce, realmente bonita.

Bela fechou os olhos, tentando prender a respiração, que ficava cada vez mais pesada. Não acreditava que conseguiria suportar o toque imperioso daquela jovem dama. E, mesmo assim, não havia nada que pudesse fazer.

– Oh, eu gostaria tanto que ela tomasse o lugar da princesa Lizetta. Isso seria um regalo para todos – comentou a dama.

– Mas isso é impossível, milady – disse lorde Gregory. – O príncipe é muito possessivo em relação a ela. Não posso permitir que Bela participe de tal espetáculo.

– Mas é certo que veremos mais dela. Será que irá participar da senda dos arreios?

– Creio que sim, na hora certa – respondeu lorde Gregory. – Não há limites para os caprichos do príncipe. Mas milady pode examiná-la se assim o desejar. Não há nenhuma regra proibindo isso.

Ele ergueu Bela pelos punhos e forçou seus quadris para frente com a empunhadura da palmatória.

– Abra os olhos e mantenha-os baixos – lorde Gregory sussurrou. Bela não era capaz de suportar a visão das mãos daquela adorável dama enquanto se moviam em sua direção. Juliana tocou os seios de Bela e, em seguida, sua barriga lisa.

– Ela é radiante e tem um espírito frágil.

Lorde Gregory riu suavemente.

– Sim, ela é, e a senhora foi muito perspicaz em sua avaliação.

– Muitos abririam mão de todos os melhores escravos por alguém como ela – comentou lady Juliana silenciosamente maravilhada. Ela beliscou as bochechas de Bela da mesma forma como fizera com os lábios vaginais de Lizetta. – Oh, o que eu daria por uma hora tranquila com ela em meus aposentos.

– Na hora certa, na hora certa – repetiu lorde Gregory.

– Sim, e eu aposto que ela também luta contra a palmatória com seu espírito frágil.

– Apenas com seu espírito – disse lorde Gregory. – Ela é obediente.

– Posso ver isso. Bem, minha menina, devo deixá-la. Esteja certa de que você é excelente. Gostaria de tê-la sobre os meus joelhos. Eu lhe daria umas palmadas até o amanhecer. Você participaria de vários de meus joguinhos, correndo de mim no jardim. Sim, você iria... – E, então, ela deu um beijo quente nos lábios de Bela e foi embora tão depressa quanto chegara, em uma revoada de veludo cor de vinho e cachos flutuantes.

---

Um pouco antes de Bela tomar o sonífero que Leon lhe dera, implorou para saber o significado daquilo que ouvira.

– O que é a senda dos arreios? – ela perguntou num sussurro. – E a vila, meu senhor? Quer dizer que serei enviada para lá?

– Nunca fale sobre a vila – Leon advertiu-a calmamente. – Essa punição é para os incorrigíveis e você é escrava do príncipe da coroa em carne e osso. Quanto à senda dos arreios, você saberá muito em breve.

Ele a deitou na cama dela, amarrando seus pulsos e tornozelos separados do tronco de forma que nem durante o sono pudesse tocar em si mesma.

– Sonhe – ele disse a Bela – para que esta noite o príncipe queira você.

# OBRIGAÇÕES
## NOS APOSENTOS DO PRÍNCIPE

O príncipe estava terminando de cear quando Bela foi levada até ele. O castelo fervia de vida, tochas queimavam nos corredores longos, altos e abobadados. O príncipe estava sentado em uma pequena biblioteca, comendo sozinho em uma mesa estreita. Vários ministros estavam ao redor dele com papéis que deveriam ser assinados, e ouvia-se o ruído das botas de couro macio no assoalho e o crepitar dos pergaminhos.

Bela ajoelhou-se próximo à cadeira dele, ouvindo o arranhar da pena nos pergaminhos e, quando teve certeza de que ele não estava olhando para ela, ergueu o olhar na direção dele.

O príncipe parecia radiante aos seus olhos. Vestia um manto de veludo azul adornado com prata que exibia um brasão acima do pesado cinto de seda. O manto estava meio aberto, e, por baixo dele, Bela podia ver a camisa branca e admirar os músculos firmes das pernas vestidas com calças de linho justas.

Ele deu mais algumas mordidas na carne enquanto um prato era colocado sobre as pedras para Bela. E rapidamente ela começou a lamber o vinho que o príncipe derramou para ela em uma tigela e comeu a carne da forma mais delicada que pôde, sem utilizar os dedos. Parecia que ele a observava. O jovem soberano lhe deu alguns pedaços de queijo e frutas, e Bela o ouviu soltar alguns sons de satisfação. Ela lambeu o prato.

Bela teria feito qualquer coisa para mostrar ao príncipe o quão satisfeita estava por estar com ele novamente e quase que subitamente lembrou-se de que não beijara as botas dele e tratou de logo consertar isso. O cheiro do couro limpo e engraxado lhe pareceu delicioso. Bela sentiu as mãos dele atrás de seu pescoço e, quando olhou para cima, ele encheu as mãos com uvas e as pôs, uma por uma, na boca da jovem, erguendo cada fruta um pouco mais alto para que assim ela tivesse que ficar na ponta dos pés para abocanhá-las.

Ele lançou a última uva para o ar. Bela lançou-se para o alto para tentar pegá-la com a boca e foi bem-sucedida. Então, tímida, abaixou a cabeça. Estaria ele satisfeito? Depois de tudo que testemunhara durante o dia, ele parecia ser seu salvador. Ela poderia chegar até a verter lágrimas de alegria por estar ao lado dele.

---

Lorde Gregory queria que ela jantasse com os escravos. Ele lhe mostrara o salão. Havia duas longas fileiras de príncipes e princesas, todos de joelhos, com as mãos amarradas nas costas, comendo com suas boquinhas rápidas o alimento contido em pratos dispostos em uma mesa baixa diante deles. Eles estavam inclinados sobre os pratos, e, enquanto Bela passava, viu uma sequência de nádegas feridas e sentiu-se chocada pela visão de tantas. Eram todas iguais, ainda que cada corpo fosse diferente do outro. Os príncipes mostravam-se menos, pois estavam com as pernas fechadas, e assim seus sacos escrotais não podiam ser vistos; mas as jovens não podiam fazer nada para esconder os lábios vaginais. Isso alarmara Bela.

Mas o príncipe exigira a presença dela em seus aposentos. E, então, lá estava ela, junto a ele. Leon removera o lacre de gesso do pequeno centro de prazer de Bela e a jovem sentiu a primeira onda de desejo. Ela não se importava com os criados que circulavam por ali ou com o último ministro que aguardava com sua petição ao lado do príncipe. Bela beijou as botas dele novamente.

– Está muito tarde – disse o príncipe. – Você teve um longo descanso e vejo que melhorou muito graças a esse repouso.

Bela esperou.

– Olhe para mim – ele ordenou.

E, quando Bela obedeceu, ficou chocada com a beleza e a ferocidade de seus olhos negros. Sentiu o ar preso na garganta.

– Venha. – Ele se levantou e dispensou o ministro. – Hora da lição.

O príncipe seguiu depressa ao aposento onde encontrava-se a cama e ela o seguiu de quatro, tomando a dianteira enquanto ele esperava que Bela abrisse a porta e, em seguida, tomasse novamente sua posição atrás dele.

Se eu pudesse simplesmente dormir aqui, viver dentro desse quarto, Bela pensou. E ela ainda sentiu medo quando o viu virar-se com as mãos nos quadris. Bela lembrou-se do chicoteamento com a correia da noite anterior e tremeu.

Ao seu lado, havia uma mesa em um pedestal alto e ele ergueu as mãos para alcançar uma caixa de joias coberta por um pedaço de tecido, retirando o que parecia ser um punhado de sinos de metal.

– Venha até aqui, minha querida menina mimada – ele a chamou suavemente. – Diga-me, você algum dia já cuidou de um príncipe em seu quarto, vestiu-o, limpou-o?

– Não, meu príncipe – Bela respondeu antes de correr para os pés dele.

– Levante-se – ele ordenou. Bela obedeceu com as mãos unidas atrás do pescoço e, então, percebeu os pequenos sinos de metal que ele carregava e que cada um deles estava preso a um pequeno pregador.

Antes que ela pudesse protestar, ele aplicou um dos sinos muito cuidadosamente no mamilo de seu seio direito. Não estava apertado o suficiente para machucar; no entanto, o pregador comprimia o mamilo, beliscando-o e fazendo com que endurecesse. Ela observou enquanto o príncipe prendia outro pregador em seu seio esquerdo e, sem querer, Bela respirou fundo, o que fez com que os sinos tocassem, ainda que fracamente. Eles eram pesados e esticavam a pele de Bela. E ela corou, desejando desesperadamente balançar o corpo para que os sinos afrouxassem. Eles faziam com que seus seios pesassem e ela nunca esquecesse da sua existência.

O príncipe ordenou que ela se erguesse e separasse as pernas. Enquanto obedecia, Bela viu que mais dois pares de sinos eram retirados do porta-joias. Eles eram do tamanho de uma noz. E, choramingando suavemente, Bela sentiu as mãos dele entre suas pernas enquanto pregava os sinos com rapidez em seus lábios vaginais.

Parecia que Bela estava sentindo partes do próprio corpo das quais nunca tomara consciência antes. Os sinos tocavam em suas coxas. Puxavam seus lábios e cortavam a pele com força.

– Ah, não faça gênero, isso não é tão ruim, minha pequena escrava – ele sussurrou antes de recompensar Bela com um beijo.

– Se isso lhe agrada, meu príncipe... – ela gaguejou.

– Ah, é adorável. E, agora, ao trabalho, minha linda. E quero que seja rápida, porém graciosa. Quero vê-la realizar todas as tarefas corretamente, ainda que com alguma habilidade. Em meu armário, pendurados em um gancho, você verá meu manto de veludo vermelho e meu cinturão dourado. Traga-os para mim e coloque-os sobre a cama. Você irá me vestir.

Bela correu para obedecer.

Retirou as vestes dos ganchos e apressou-se em levá-las até o príncipe, movimentando-se de joelhos, com as roupas nos braços. Bela as colocou no pé da cama e virou-se, aguardando orientações.

– Agora, me dispa – ordenou o príncipe. – E você deve aprender a só utilizar as mãos quando não for possível completar a tarefa de outra maneira.

Obediente, Bela desamarrou os cordões de couro do manto do príncipe com os dentes, alargou o nó e o abriu. Ele o tirou pela cabeça e o passou para a jovem. E, então, enquanto ele se sentava num banco próximo à lareira, ela se ocupou em desabotoar seus muitos botões. Parecia que Bela encontrava um obstáculo após o outro. Ela tinha consciência do corpo dele, de seu perfume e calor, e sua estranha preocupação. Logo ela retirou a camisa com a ajuda dele e, depois, as calças.

Vez por outra, o príncipe a ajudava, mas a maior parte das tarefas ela realizava sozinha. Ele, por exemplo, segurava cuidadosamente a lingueta de suas botas forradas de veludo entre os dentes de Bela para que a jovem pudesse puxá-las pelos saltos com as mãos até que escorregassem com facilidade.

Parecia que Bela já estava trabalhando por um longo período, assimilando todos os detalhes daquilo que cobria o corpo do príncipe. E, então, ela deveria vesti-lo.

Bela vestiu-o com a camisa de seda branca com ambas as mãos enquanto ele escorregava os braços para dentro das mangas. E, apesar de ajeitar a posição das casas dos botões com as mãos, abotoou cada um deles com a boca, o que deixou o príncipe tão satisfeito que a elogiou.

Bela estava ficando cada vez mais cansada. Os seios doíam por conta dos pesados sinos de metal e ela sentia o peso dos outros entre as pernas. Ainda havia aqueles golpes enlouquecedores em suas coxas e o tilintar que parecia nunca ter fim. Mas, quando terminou e o príncipe havia apenas acabado de puxar suas novas botas para ajudá-la, ele a envolveu com os braços e a beijou.

— À medida que o tempo passar, você irá aprender a trabalhar mais depressa. Será fácil para você me vestir, tirar a minha roupa ou realizar qualquer pequena tarefa que eu lhe pedir.

Você deverá dormir em meus aposentos e atender a todas as minhas necessidades.

– Meu príncipe – Bela sussurrou e pressionou os seios contra o corpo dele, desejando-o. Ela rapidamente beijou as botas do príncipe e tudo aquilo que vira durante o dia voltou para assombrá-la e atormentá-la: a cruel punição da princesa Lizetta, o treinamento dos príncipes e, depois, aquele que Bela não vira, mas de quem nunca esquecera, príncipe Alexi, tudo isso veio ao mesmo tempo à mente da jovem, incendiando sua paixão ao mesmo tempo que a aterrorizava. Oh, se ela pudesse ao menos dormir nos aposentos do príncipe naquele momento. Ainda que pensasse em todos aqueles escravos que vira no salão...

Mas o príncipe, como se pressentindo que a mente dela não estava tão concentrada nele quanto deveria, começou a beijá-la de forma rude.

Então, ordenou que Bela ficasse de quatro com a testa junto ao chão para que assim pudesse ver as nádegas dela viradas para ele. Ela obedeceu. Os sininhos cruéis a faziam lembrar que todas as partes de seu corpo estavam expostas.

– Meu príncipe – Bela sussurrou para si mesma. Sentiu uma espécie de mudança em seu coração a qual não entendia completamente. Ainda que sentisse o mesmo medo de sempre.

O príncipe ordenou que Bela se erguesse e novamente a envolveu em seus braços e, dessa vez, disse:

– Beije-me como se desejasse me beijar.

E, radiante, Bela beijou a testa suave do príncipe, beijou os cachos negros de seu cabelo, as pálpebras e os longos cílios.

Beijou suas faces e, depois, a boca aberta. A língua dele entrou em sua boca e ela enfraqueceu de tal forma que o príncipe teve de segurá-la.

– Meu príncipe, meu príncipe – ela murmurou sabendo que havia desobedecido. – Estou com tanto medo de tudo isso.

– Mas por quê, linda? Não está claro para você? Não é simples?

– Oh, mas por quanto tempo irei servir? Agora minha vida se resumirá a isso?

– Ouça-me – ele disse sério, mas sem mostrar-se irritado. Ele a segurou pelos ombros e, então, olhou para os seios inchados de Bela. Os sininhos de metal tilintavam quando ela respirava. A jovem sentiu as mãos do príncipe entre suas pernas e, depois os dedos dele penetrando em seu corpo, com estocadas vigorosas que fizeram com que ela torcesse todos os músculos de tanto prazer que aquilo lhe causava. – Isso é tudo em que você deve pensar e tudo que você será. Em alguma vida anterior, você foi muitas coisas, um rosto adorável, uma voz encantadora, uma filha obediente. Você ocultou essa pele como se fosse um manto de sonhos e, agora, só pensa nessas partes de seu corpo. – O príncipe enfiou os dedos nos grandes lábios de Bela, abrindo sua vagina. Em seguida, apertou os seios dela de forma quase cruel. – Essa é você agora, por inteiro. E seu rosto é adorável apenas porque é o rosto adorável de uma escrava nua e indefesa.

Então, como se não fosse capaz de resistir, abraçou Bela e carregou-a para a cama.

– Daqui a pouco terei de ir tomar vinho com a corte e você irá até lá para me servir, demonstrando a todos sua obediência. Mas isso pode esperar...

– Oh, sim, meu príncipe, se isso lhe agrada – Bela sussurrou essas palavras tão baixo que ele poderia não ter ouvido. Ela estava deitada sobre a coberta cravejada de joias e, apesar de suas pernas e nádegas não se encontrarem tão feridas quanto na noite anterior, a jovem sentiu as pedras preciosas espetarem dolorosamente sua pele.

O príncipe ajoelhou-se diante de Bela, sentando-a com as pernas abertas, e abriu a boca da jovem com os dedos. Mostrando o pênis rígido para ela, conduziu-o até sua boca com um rápido movimento para baixo. Bela o abocanhou, sugando-o. Ainda assim, tudo de que ela precisava era deitar de costas, indefesa, para que ele direcionasse suas vigorosas estocadas para dentro de sua boca. Ela fechou os olhos, sentindo a deliciosa fragrância dos pelos pubianos do príncipe e degustando o sal de sua pele. O pênis batia no fundo da sua garganta repetidamente, embora nem de longe machucassem seus lábios.

Bela suspirava em sincronia com os movimentos e quando, subitamente, o príncipe se ergueu, ela arfou com as mãos erguidas para abraçá-lo. Ele, entretanto, deitou-se sobre o corpo da jovem, abriu as pernas dela e puxou os sinos de metal, livrando-a deles. Os lábios vaginais de Bela arderam quando o príncipe fez isso.

Ele conduziu o membro para dentro de Bela. Ela sentiu uma explosão de prazer, as costas arqueadas estavam tão rígidas que ela conseguia erguer o peso do príncipe. O corpo dela estava molhado de tanto prazer. Ela investia com os quadris em movimentos quase bruscos e, quando finalmente o príncipe chegou ao clímax, ele lhe concedeu uma série de estocadas violentas até cair exausto.

Bela parecia estar desacordada. Ela sonhava. E, então, ouviu o príncipe dizer a alguém que estava no quarto:

– Leve-a, dê-lhe um banho e a adorne. Ela deve ser enviada a mim no salão superior.

## SERVINDO À MESA

Bela não conseguiu acreditar na sua falta de sorte quando, ao entrar no salão superior, viu a bela lady Juliana jogando xadrez com o príncipe. Outras lindas damas estavam por ali, cada uma diante de um tabuleiro jogando com um cavalheiro, inclusive um velho cujos cabelos brancos caíam pelos ombros.

O que havia de tão especial nessa tal lady Juliana, tão cheia de gestos fluidos e luz do sol? Naquela noite, suas grossas tranças estavam presas com fitas carmesins, os seios, lindamente moldados pelo vestido de veludo, e sua risada já preenchia o ar, enquanto o príncipe lhe sussurrava algum pequeno gracejo.

Bela não sabia o que sentia naquele momento. Seria ciúme? Ou apenas a humilhação de sempre?

E ela fora adornada tão cruelmente por Leon... Pelo menos, era melhor do que estar nua.

Primeiro, Leon limpou todos os fluidos do príncipe e depois trançou apenas um dos cachos grossos do cabelo de Bela em cada um dos lados de sua cabeça, prendendo as tranças atrás de forma que o cabelo permanecesse solto, descendo-lhe pelo corpo. Depois prendeu pequenos grampos cravejados de pedras preciosas em seus mamilos, ambos ligados por duas correntes de ouro puro como se fosse um colar.

Os grampos machucavam e as correntes, assim como os sinos, balançavam a cada respiração. Mas a jovem ficou horrorizada ao descobrir que aquilo não era tudo.

Os dedos rápidos e graciosos de Leon umedeceram o umbigo de Bela com uma espécie de cola com a qual prendeu um broche brilhante, uma joia fina cercada por pérolas. Bela arfou. Sentia como se alguém estivesse pressionando seu umbigo, tentando penetrá-la, como se o umbigo houvesse se tornado a vagina. E a sensação continuava. Ela podia senti-la naquele exato momento.

Então, de suas orelhas teriam de pender joias pesadas em grampos de ouro grosso que golpeavam o pescoço da jovem quando ela se movia, e seus lábios vaginais obviamente não podiam ser deixados de lado, recebendo os mesmos ornamentos. Havia braceletes em forma de cobra para seus antebraços e cinturões repletos de pedras preciosas para a cintura, o efeito era deixá-la o mais exposta possível. Adornada e, ainda assim, exposta. Aquilo era enganoso. Por fim, ao redor do pescoço, foi colocada uma gargantilha de pedras preciosas e, na face direita, uma pequena joia presa com cola como um sinal de beleza.

Tudo isso a deixou muito perturbada. Bela queria arrancar tudo aquilo e podia imaginar como as joias brilhariam. Parecia que ela até podia ver esse brilho com o canto dos olhos. Mas, então, a jovem ficou um tanto apavorada quando Leon inclinou a cabeça dela para trás e colocou uma delicada argola de ouro num dos lados de suas narinas. A ponta da argola furava a sua pele, ainda que de forma não muito profunda, apenas o suficiente para mantê-la no lugar, mesmo assim, ela quase chorou, pois queria arrancar aquilo da mesma forma como gostaria de fazer com todas as outras joias. De fato, ela gostaria de se livrar de todos aqueles ornamentos, embora Leon a elogiasse:

– Ah, quando eles me dão algo realmente belo com que possa trabalhar, posso mostrar toda a minha habilidade.

Ele deu uma escovada rápida nos cabelos de Bela e a informou de que estava pronta.

Bela então adentrou de quatro naquele salão amplo e cinzento, correndo para o lado do príncipe, imediatamente beijando as botas dele.

O príncipe não ergueu os olhos do tabuleiro de xadrez e, para a total vergonha de Bela, foi lady Juliana quem a cumprimentou:

– Ah, mas veja se não é a bem-amada. E quão adorável ela está. Ajoelhe-se, minha preciosidade – disse ela em um tom de voz alegre e despreocupado, jogando uma das tranças para trás dos ombros. Ela repousou uma das mãos no pescoço de Bela examinando o colar de pedras preciosas. Parecia que os dedos dela causavam um formigamento que atravessava o corpo de

Bela, mas a princesa nem ao menos tentou dirigir um único olhar para o rosto da jovem.

Por que eu não estou sentada ali como ela, vestida com requinte, livre e orgulhosa?, Bela pensou. Em que me transformei, uma escrava que deve ajoelhar-se diante dela e ser tratada como algo menor que um ser humano? Eu sou uma princesa! E, então, ela pensou em todos os outros príncipes e princesas e sentiu-se tola. Será que eles também pensam o mesmo que eu? Aquela mulher, mais do que qualquer outra, a atormentava.

Entretanto, lady Juliana não estava satisfeita.

– Levante-se, minha querida, para que eu possa vê-la. E não me faça ordenar que coloque as mãos atrás do pescoço e separe as pernas.

Bela ouviu risadas atrás de si e alguém comentando com outra pessoa que sim, o nome da nova escrava do príncipe era muito condizente. E percebendo subitamente que não havia nenhum outro escravo naquela sala, Bela sentiu-se ainda mais despojada.

Fechou os olhos da mesma forma com que fizera antes, quando lady Juliana a inspecionou. E sentiu as mãos da mulher em sua cintura e, depois, beliscando suas nádegas. Oh, por que ela não pode me deixar em paz? Será que não sabe o quanto sofro?, Bela pensou e, através de suas pálpebras apertadas, olhou para baixo para ver lady Juliana sorrindo para ela.

– E o que Sua Alteza, a rainha, pensa a respeito dela? – lady Juliana perguntou com uma curiosidade genuína, olhando para o príncipe, que ainda se encontrava em estado de profunda contemplação.

– Ela não aprova – o príncipe murmurou. – Minha mãe me acusa de estar apaixonado.

Bela tentou manter a compostura, permanecendo de pé, pronta para servir. Ouviu risadas e conversas a seu respeito. Ouviu o velho falando baixinho e a voz de uma mulher que dizia que a garota do príncipe deveria servir o vinho, não deveria? Para que todos pudessem vê-la.

Como se eles ainda não houvessem me visto..., Bela pensou. Aquilo ali poderia ser pior do que o que aconteceu no salão principal? E o que aconteceria se ela derramasse vinho?

– Bela, vá até o aparador e pegue o jarro. Sirva a todos muito bem e com cuidado, e volte para mim – ordenou o príncipe sem olhar para ela.

Bela moveu-se pelas sombras a fim de encontrar o jarro de ouro no aparador. Podia sentir o aroma adocicado do vinho e se virou, sentindo-se constrangida e sem graça, para se aproximar da primeira mesa. Uma criada comum, escrava, pensou a jovem, com mais entusiasmo do que poderia imaginar quando foi exibida pela primeira vez.

Com as mãos trêmulas, ela serviu o vinho vagarosamente em cada uma das taças e, através de seu olhar embaciado, viu sorrisos e ouviu cumprimentos sussurrados. Vez por outra, algum homem ou mulher arrogante reagia com indiferença à sua presença. Ela foi surpreendida por um beliscão nas nádegas e deu um gritinho abafado, gerando uma rodada de gargalhadas gerais.

Enquanto se inclinava sobre as mesas, Bela sentia a nudez da barriga, via as correntes cintilando que ligavam os mamilos apertados pelos grampos. Cada gesto comum fazia com que se sentisse ainda mais indefesa.

A jovem afastou-se da última mesa, onde estava um homem sentado com os braços cruzados e os cotovelos apoiados nos braços da cadeira. Ele sorriu para ela.

E, então, Bela encheu a taça de lady Juliana e viu seus olhos brilhantes e redondos contemplando-a.

– Adorável, adorável. Ah, eu gostaria que você não fosse tão possessivo em relação a ela – disse lady Juliana. – Largue esse jarro, querida, e venha para mim.

Bela obedeceu e retornou até a cadeira de lady Juliana. Quando viu a dama estalar os dedos e apontar para o chão, corou. Caiu de joelhos e, então, em um estranho momento de impulsividade, beijou as sandálias de lady Juliana.

Tudo pareceu acontecer muito devagar. Bela se flagrou curvando-se na direção das sandálias prateadas e tocando-as fervorosamente com os lábios.

– Ah, que graciosa – comentou lady Juliana. – Conceda-me apenas uma hora com ela.

E Bela sentiu as mãos da mulher atrás de seu pescoço, acariciando-a, agradando-a, unindo a parte de trás de seu cabelo e alisando-o ternamente. Lágrimas escorreram dos olhos de Bela. Eu não sou nada, pensou. E lá estava novamente aquela consciência de que algo estava mudando dentro dela, um desespero denunciado apenas por seu coração, que batia acelerado.

– Eu não deveria nem trazê-la aqui – rebateu o príncipe em um sussurro. – Mas as ordens de minha mãe são de que ela deve ser tratada como qualquer outra escrava, deverá ser desfrutada pelos outros. Por minha vontade, ela ficaria acorrentada à perna de minha cama. Eu a espancaria. Observaria cada lágrima, cada mudança de cor.

Bela sentiu o coração subir até a garganta batendo cada vez mais depressa, como se um pequeno punho o socasse.

– E a faria até mesmo minha esposa...

– Ah, mas você está tomado pela loucura.

– Sim – o príncipe assentiu. – Ela faz isso comigo. Será que os outros são cegos?

– Não, claro que não – respondeu lady Juliana. – Ela é adorável, mas cada um procura por um amor só para si, você sabe disso. Gostaria que todos estivessem igualmente loucos por ela?

– Não – ele assentiu. E, sem desviar o olhar do tabuleiro de xadrez, esticou os braços para acariciar os seios de Bela, erguendo-os, apertando-os, fazendo com que a jovem recuasse.

E, subitamente, todos começaram a se levantar.

Cadeiras deslizaram para trás no chão de pedras. As pessoas ali reunidas fizeram uma reverência.

Bela virou-se.

A rainha havia entrado no salão. Bela viu de relance o longo vestido verde, o cinto ornamentado com ouro envolvendo sua cintura e um véu branco e fino que pendia atrás dela, ocultando ligeiramente os cabelos negros.

Bela abaixou-se, ficando de quatro, sem saber o que fazer. Sua testa tocou as pedras e ela prendeu a respiração. Mesmo assim, ainda conseguia ver a rainha se aproximando. Ela parou diante de Bela.

– Sentem-se todos – ordenou a rainha – e voltem aos seus jogos. E você, meu filho, como está se saindo com essa nova paixão?

O príncipe não tinha, obviamente, nenhuma resposta em mente.

– Pegue-a, exiba sua escrava – ordenou a rainha.

E Bela percebeu que estava sendo erguida pelos pulsos. Foi erguida com rapidez, os braços sendo torcidos atrás de seu corpo, as costas forçadas para formarem um doloroso arco e, subitamente, foi posta na vertical, tendo de equilibrar-se na ponta dos pés, soltando um gemido. Os grampos pareciam triturar seus mamilos e havia joias entre suas pernas para mantê-las abertas. Por trás da joia em seu umbigo, ela sentia o coração bater. Bela também percebia essa mesma pulsação nos lóbulos das orelhas presos por brincos e nas pálpebras.

Ela olhava para o chão e tudo que conseguia ver era a corrente cintilante e a grande forma indistinta que era a rainha de pé diante dela.

Então, de repente, uma das mãos da rainha golpeou os seios de Bela com tanta força que a jovem gritou e, imediatamente, sentiu os dedos do pajem cobrindo sua boca.

Ela gemeu, em pânico. Sentiu as lágrimas brotarem, os dedos do pajem afundando em suas bochechas. E, sem querer, debateu-se.

– Ora, Bela – sussurrou o príncipe. – Você não está demonstrando a minha mãe sua boa vontade.

Bela tentou se acalmar, mas o pajem empurrou-a para frente de forma ainda mais grosseira.

– Ela não é tão ruim – comentou a rainha, e Bela pôde sentir a rispidez na voz dela, a crueldade. Independentemente do que o príncipe já fizera com ela, a jovem nunca percebera nele uma maldade tão pura. – Ela está apenas com medo de mim – a rainha continuou. – E eu desejo que ela me tema ainda mais, meu filho.

– Mãe, seja gentil com Bela, por favor, eu imploro – intercedeu o príncipe. – Permita-me que eu a mantenha em meus aposentos e que eu mesmo a treine. Não a mande de volta ao salão dos escravos esta noite.

Bela tentou abafar o próprio choro. Parecia que a mão do pajem sobre sua boca apenas tornava a tarefa ainda mais difícil.

– Meu filho, quando ela provar sua humildade, veremos. Amanhã à noite, a senda dos arreios.

– Oh, mas, mãe, é muito cedo.

– Esse rigor será bom para ela. Irá torná-la maleável – explicou a rainha.

E, virando-se com um gesto largo que abriu a cauda de seu vestido fazendo com que se espalhasse atrás dela, a rainha deixou o salão.

O pajem soltou Bela.

O príncipe imediatamente tomou os pulsos da jovem em suas mãos e a puxou até o corredor. Lady Juliana foi atrás dele.

A rainha havia partido e o príncipe conduziu Bela raivosamente, mantendo-a à sua frente. Os soluços da jovem ecoavam sob os tetos escuros e abobadados.

– Oh, querida, minha pobre e delicada querida – lamentou-se lady Juliana.

Finalmente eles alcançaram a área privativa do príncipe. Para o pesar de Bela, lady Juliana entrou junto com eles, como se penetrar nos aposentos reais fosse um hábito corriqueiro.

Eles não possuem nenhuma noção de propriedade ou contenção entre si, Bela pensou, ou será que são tão degradantes com os outros quanto são consigo mesmos?

Mas ela logo percebeu que estavam apenas no escritório do príncipe. Havia pajens espalhados pelo cômodo e a porta permaneceu aberta.

Lady Juliana então tirou Bela do príncipe. Com desespero, as mãos frias da dama colocaram-na diante da cadeira onde se sentou.

Então, de algum lugar das dobras de seu vestido, a dama retirou uma escova com cabo de prata e começou a escovar amorosamente os cabelos de Bela.

– Isso irá acalmá-la, minha pobre preciosidade. Não fique tão apavorada.

Bela explodiu em novos soluços. Odiava aquela dama tão gentil. Queria destruí-la. Deixou-se dominar por esses sentimentos selvagens e, ao mesmo tempo, desejava unir-se a ela, soluçar em seu colo. Bela pensou nas amigas que possuía na corte de seu pai, as damas que sempre estavam à sua espera, e nas muitas vezes em que elas facilmente ficaram afeiçoadas umas pelas outras e queria abandonar-se a essa mesma afeição. As escovadas em seu cabelo produziam um formigamento na cabeça que atravessavam os braços. E, quando a mão esquerda da dama cobriu seus seios e gentilmente os bolinaram, Bela sentiu-se indefesa.

Sua boca abriu e ela se virou na direção de lady Juliana deitando a cabeça nos joelhos da dama, derrotada.

– Minha pobre querida – disse a dama. – A senda dos arreios não é tão terrível. No fim, você ficará grata por ser tratada com tanto rigor logo no início. Quanto mais cedo, mais branda você se tornará.

Sentimentos familiares, Bela pensou.

Lady Juliana continuou escovando seus cabelos com movimentos ritmados.

– Talvez eu atravesse a senda ao seu lado.

O que aquelas palavras significavam?

E, então, o príncipe ordenou:

– Leve-a de volta ao salão dos escravos, agora.

Sem explicações, sem despedidas, sem carinho!

Bela virou-se e, de quatro, correu para dar beijos fervorosos nas botas do príncipe. Repetidas vezes, ela beijava ambos os calçados, esperando por algo que não conhecia, um abraço verdadeiro da parte dele, talvez, algo que amainasse seus medos em relação à senda dos arreios.

O príncipe recebeu os beijos de Bela por um longo tempo e, então, ergueu-a e a virou para lady Juliana, que colocou as mãos de Bela para trás.

– Seja obediente, minha linda – ela incentivou.

– Sim, você atravessará a senda ao lado dela – disse o príncipe. – Mas deve transformar isso em um grande espetáculo.

– Claro, será um prazer transformar a travessia em um bom espetáculo – concordou lady Juliana –, e assim será melhor para ambos. Ela é uma escrava e todos os escravos desejam um senhor ou uma senhora que seja firme. Se não podem ser livres, não gostariam de permanecer aqui com amos ambivalentes. Devo ser mais firme com ela, mas sempre amorosa.

– Leve-a de volta ao salão dos escravos – ordenou o príncipe. – Minha mãe não permitirá que eu a mantenha aqui.

# A SENDA DOS ARREIOS

Logo que Bela abriu seus olhos após o sono, pôde sentir uma nova agitação no palácio.
Tochas espalhadas por todos os lados iluminavam o salão dos escravos com seu brilho, e, em todos os cantos, os príncipes e princesas recebiam uma elaborada preparação. O cabelo das garotas era escovado e salpicado com flores. Os príncipes eram untados com óleo, seus cachos firmes, escovados de forma tão cuidadosa quanto os das jovens.
Mas Bela foi tirada apressadamente da cama por Leon, que parecia estranhamente nervoso.
– É noite de festival, Bela – disse ele. – E deixei que você dormisse demais. Temos de nos apressar.
– Noite de festival – ela sussurrou.
Entretanto, ela já estava sendo colocada sobre a mesa para que fosse preparada.
Imediatamente ele dividiu o cabelo de Bela e começou a trançá-lo. Ela sentiu o vento no pescoço e odiou a sensação. Percebeu que Leon começara a fazer as tranças bem no alto de sua cabeça, de forma que ela parecesse até mesmo mais jovem que

lady Juliana. Uma longa tira de couro preto foi colocada em ambas as tranças e amarrada nas pontas prendendo um sininho de metal. Quando Leon soltou-as, as tranças pesavam sobre os seios de Bela e o pescoço estava exposto, assim como todo o rosto.

– Encantador, encantador – Leon meditou com seu costumeiro ar de satisfação. – Agora as botas.

E, ajudando-a a colocar um par de botas de couro negro e cano alto, o pajem lhe disse para que ficasse de pé enquanto ele se inclinava para amarrá-las com força aos joelhos dela e, depois, alisou o couro em volta dos tornozelos até que se ajustasse como se as botas fossem luvas.

Antes de Bela erguer os pés, percebeu que cada uma das botas trazia em seu solado duas ferraduras: uma na altura dos dedos e outra no salto. E as pontas eram rígidas e resistentes para que nada pudesse machucar os dedos.

– Mas o que está acontecendo? O que é a senda dos arreios? – Bela perguntou muito perturbada.

– Fique quieta. – Leon começou a beliscar os seios dela para dar-lhes "um pouco de cor", como o pajem costumava dizer.

Ele então conferiu um brilho às pálpebras e aos cílios de Bela com óleo e espalhou um pouco de carmim nos lábios e mamilos. Bela tentou afastar-se instintivamente, mas os movimentos dele eram tão precisos e rápidos que ele não percebeu o gesto.

Mas o que a incomodou mais foi que sentia a pele fria e vulnerável. Podia sentir o atrito do couro contra as panturrilhas e, em todo o resto do corpo, a sensação era a de algo muito pior do que estar nua. Aquilo era mais terrível do que qualquer um dos ornamentos menores.

– O que irá acontecer? – Bela perguntou mais uma vez, mas Leon a empurrou para a ponta da mesa e, então, untou vigorosamente suas nádegas.

– Bem cicatrizadas – ele comentou. – Ontem, o príncipe deve ter imaginado que você poderia correr hoje à noite e a poupou.

Bela sentiu os dedos fortes do pajem ocupando-se de sua carne e um temor tomou conta dela. Então, eles a espancariam, mas eles sempre o faziam. Será que a única diferença era que, dessa vez, seria diante dos outros?

Todas as humilhações de que padecera diante dos olhos dos outros lhe custaram muito, embora agora soubesse que receberia uma quantidade qualquer de golpes de palmatória, infligidos pelo príncipe. Entretanto, ela não recebera nenhum espancamento severo e completo para o deleite de outros desde o incidente ocorrido na estalagem, onde a filha do estalajadeiro a espancou para os soldados e as pessoas que observavam pelas janelas.

Mas essa hora deve chegar, ela pensou. E uma visão da corte observando-a como se fizesse parte de algum tipo de ritual fez com que Bela sentisse uma inegável curiosidade que muito rapidamente deu lugar ao pânico.

– Meu senhor, por favor, me diga...

Em meio à multidão ao redor, Bela viu outras jovens com os cabelos presos em tranças e de botas. Então ela não estava sozinha. E havia uma princesa tendo sua bota igualmente ajustada.

Com todos os procedimentos terminados, um grupo de príncipes jovens, de quatro, começaram a polir as botas o mais depressa que podiam, com as próprias nádegas esfoladas e os pescoços circundados por pequenos cordões de couro aos quais foram presas placas que Bela não conseguia ler.

Mas, então, Leon fez com que ela se levantasse novamente e deu alguns toques finais nos lábios e nos cílios. Enquanto isso, um dos príncipes começou a polir a bota dela enquanto chorava. Suas nádegas estavam terrivelmente vermelhas. E Bela viu que a placa no pescoço do jovem trazia a seguinte mensagem, escrita em letras pequenas: "Estou em desgraça."

Um pajem aproximou-se e deu uma sonora chicotada no príncipe para fazer com que ele se adiantasse para o próximo da fila.

Mas Bela não teve tempo para pensar a respeito. Leon prendeu os detestáveis sininhos de metal em seus mamilos.

Ela tremeu quase que instintivamente, mas os sininhos estavam firmemente presos e ele lhe ordenou que colocasse os braços para trás.

– De agora em diante, tudo que você precisa fazer é se curvar, com os joelhos levemente dobrados, e marchar, erguendo cada um deles bem alto.

Ela começou a obedecer, desajeitada e relutante, mas, então, viu que, ao redor, todas as outras princesas marchavam vigorosamente, com os seios saltando graciosamente enquanto avançavam pelo corredor.

Bela apressou-se, as botas pesadas dificultando o ato de erguer as pernas com algum decoro, mas logo conseguiu adquirir um ritmo e Leon andava ao lado dela.

– A primeira vez, querida, é sempre difícil – disse ele. – As noites de festival são apavorantes. Pensei em alguma tarefa mais fácil para ser sua primeira, mas a rainha ordenou que você, em especial, participasse da senda dos arreios e lady Juliana irá conduzi-la.

– Ah, mas o quê...

– Cale-se ou terei de amordaçá-la e isso desagradará muito à rainha, assim como tornará sua boca horrenda.

Todas as garotas estavam em um salão e, através das janelas estreitas de uma das paredes, Bela podia ver o jardim.

Tochas queimavam nas árvores escuras, lançando um brilho irregular nos galhos cobertos por folhas. As garotas formaram uma fila exatamente ao lado dessas janelas e Bela podia ver o que esperava além delas.

Havia um imenso burburinho, como se muitas pessoas conversassem e rissem. E, então, para o choque de Bela, ela viu diversos escravos espalhados pelo jardim, posicionados de várias maneiras, prontos para o seu tormento.

Em vários pontos, príncipes e princesas se contorciam dolorosamente, presos a estacas, os tornozelos presos à madeira, os ombros inclinados sobre o topo da vara. Pareciam não ser nada mais do que ornamentos, a luz das tochas fazia com que seus membros retorcidos brilhassem, os cabelos das princesas caíam livremente atrás delas. Era óbvio que aqueles jovens podiam ver apenas o céu acima deles, apesar de seus tristes contorcionismos.

E, em todos os lugares abaixo deles, havia damas e cavalheiros, a luz caía sobre um longo manto bordado, um chapéu pontudo com um véu que deixava um leve rastro. Havia centenas de pessoas no jardim em mesas localizadas em um local mais afastado sob as árvores e, até onde Bela podia ver, espalhavam-se por todas as direções.

Escravas lindamente adornadas se movimentavam ao redor das mesas, com jarros nas mãos e pequenas correntes de ouro presas aos seios, e os príncipes tinham os órgãos eretos adornados por anéis dourados. Eles se apressavam para encher as taças e passar as bandejas com a comida. Havia música no salão principal.

As jovens na fila diante de Bela tornavam-se impacientes. Bela podia ouvir uma delas chorando enquanto seu pajem tentava confortá-la, mas a maioria das outras era obediente. Aqui e ali, um pajem esfregava mais óleo nas nádegas rechonchudas ou sussurravam no ouvido de alguma princesa e a apreensão de Bela aumentava.

Ela não queria olhar para o jardim. Isso a apavorava demais, mas não conseguia se conter. E, a cada olhada, via um novo horror. Um grande muro à esquerda foi adornado com escravos que tinham as pernas e os braços separados e, num imenso carrinho de serviço, Bela viu escravos presos às imensas rodas, sendo virados de cabeça para baixo repetidas vezes à medida que o carrinho era empurrado.

– Mas o que acontecerá conosco? – Bela sussurrou. A menina que estava diante dela na fila, a que não conseguia se acalmar, foi erguida pelos tornozelos por um jovem pajem que a puniu sem hesitar.

– Cale-se! É melhor para ela – disse Leon. – Isso enfraquecerá o seu medo e ela será a mais desenvolta da senda dos arreios.

– Mas me diga...
– Você deve ficar imóvel. Verá os outros primeiro e entenderá o que esperam de você. Quando a sua vez se aproximar, irei instruí-la. Lembre-se de que essa é uma noite especial, de grande festividade, a rainha estará assistindo. E o príncipe ficará furioso se o decepcionar.

Os olhos de Bela voltaram-se para o jardim. O imenso carrinho que levava a comida fumegante continuava sendo empurrado e, pela primeira vez, ela viu uma fonte distante. Lá também havia escravos amarrados, com os braços presos e de joelhos na água que circundava a coluna central. O fluxo espumante caía sobre eles. Os corpos cintilavam debaixo d'água.

O pajem que estava ao lado da jovem diante de Bela deu uma gargalhada e disse que alguém estava muito infeliz pois perderia a noite de festival, mas isso era culpa da própria princesa.

– Claro – Leon concordou com o pajem, quando este virou-se para trás para olhar para ele. Leon depois voltou-se para Bela. – Eles estão falando da princesa Lizetta, que ainda está no salão das punições e, sem dúvida, perderá toda a diversão.

Perder a diversão! Entretanto, apesar do medo, Bela assentiu como se as palavras de Leon fossem perfeitamente naturais. Uma calma desceu sobre ela, fazendo com que ouvisse o próprio coração e sentiu como se seu corpo possuísse um tempo sem limites para compreender isso. Sentiu o atrito das botas de couro, o som das ferraduras nas pedras, o frio no pescoço, na barriga. E pensou: Sim, é isso que sou, então também não deveria desejar perder tudo isso. Ainda que seja uma rebelde em minha alma, por que devo me rebelar?

— Oh, eu desprezo aquele miserável lorde Gerhardt, por que ele deve montar em mim? – perguntou a garota diante de Bela em voz baixa. O pajem falou algo que a fez gargalhar. – Mas ele é tão lento – ela continuou. – Saboreia cada momento. E eu gosto de correr! – O pajem riu para a jovem, que seguiu em frente. – E o que eu ganho com isso? O espancamento mais doloroso. Eu podia suportar os golpes, se pelo menos pudesse me libertar e correr...

— Você quer tudo – comentou o pajem.

— E o que você quer? Não me diga que não gosta quando estou coberta de marcas roxas e toda empolada!

O pajem riu. Ele tinha um rosto animado e era de constituição baixa, mantendo as mãos unidas nas costas, apesar dos cabelos castanhos caírem levemente sobre os olhos.

— Minha querida, eu amo tudo em você, assim como o lorde Gerhardt. Agora, diga algo para confortar o animalzinho de estimação de Leon. Ela está tão apavorada...

A garota virou-se, e Bela viu o rosto alegre, os olhos puxados parecidos com os da rainha, embora os da garota fossem menores, sem carregar nenhum tipo de crueldade. Ela sorriu com seus lábios cheios, pequenos e vermelhos.

— Não fique assustada, Bela. Mas você não precisa de nenhum conforto vindo de minha parte. Você tem o príncipe. Eu tenho apenas lorde Gerhardt.

Uma grande onda de risadas atravessou o jardim. Os músicos tocavam alto, com muitos dedilhares nos alaúdes e batidas nos pandeiros, e Bela distinguiu claramente o trovejar de cascos aproximando-se. Um cavaleiro passou em disparada pelas janelas, com a capa voando atrás de si. O cavalo adornado com prata e ouro deixou um rastro de luz enquanto ele precipitava-se em frente.

– Ah, finalmente, finalmente – disse a menina diante de Bela. Outros cavaleiros estavam chegando e formando uma fila ao longo da parede que quase bloqueou a visão que Bela tinha do jardim. Ela não suportava olhar para cima e vislumbrá-los, mas, mesmo assim, voltou sua atenção para eles e percebeu que eram damas e cavalheiros esplêndidos, e cada um deles trazia as rédeas de um cavalo na mão esquerda e, na direita, uma longa palmatória retangular e negra.

– Agora, na sala – ordenou lorde Gregory, e os escravos, que esperavam em uma longa fila, foram conduzidos ao próximo cômodo onde ficaram de pé, encarando diretamente a passagem em arco que dava para o jardim. Bela pôde ver, então, que um jovem príncipe era o primeiro da fila, e viu aquele cavalheiro montado em seu cavalo, que revirava com a pata a areia diante da passagem em arco.

Leon conduziu Bela para o lado.

– Assim você pode ver melhor.

E ela viu o príncipe juntar as mãos atrás do pescoço e dar um passo à frente.

Uma trombeta soou, pegando Bela de surpresa. Um grito brotou da multidão atrás da passagem em arco. O jovem escravo estava sendo forçado a sair e imediatamente saudado pela palmatória de couro preto do lorde a cavalo.

Imediatamente, o escravo começou a correr.

O lorde começou a cavalgar bem ao lado dele e o som da palmatória tornou-se alto e distinto, enquanto os murmúrios da multidão pareciam brotar e misturar-se com ondas fracas de gargalhadas.

Bela ficou horrorizada ao ver as duas figuras desaparecerem juntas pela pista. Não posso fazer isso, não posso, pensou. Não posso ser obrigada a correr. Tombarei. Cairei no chão e cobrirei meu corpo. Ser presa, amarrada diante de tantas pessoas já era terrível o suficiente, mas isso é impossível...

Mas outro cavaleiro já estava a postos, e uma jovem princesa foi subitamente empurrada para que fosse em frente. A palmatória encontrou sua marca, a princesa soltou um gemido e começou imediatamente a correr, depressa e em desespero, pela senda dos arreios, com o cavaleiro atrás dela, espancando-a violentamente.

Antes que Bela pudesse tirar os olhos dele, outro escravo já estava na senda e os olhos dela ficaram nublados quando olhou para longe, na direção da fileira turva de tochas que acompanhavam a pista, que pareciam ir além das árvores, acima de um panorama sem fim de damas e cavalheiros prontos para festejar.

– Agora, Bela, você vê o que lhe será exigido e não chore. Chorar tornará tudo mais difícil. Concentre-se em correr depressa, mantendo as mãos no pescoço. Posicione-as assim desde agora. E deve erguer os joelhos bem alto e tentar não se virar para escapar da palmatória. Ela a alcançará, independentemente do que você fizer, mesmo assim, eu a aviso, não importa quantas vezes eu lhe disser, você se flagrará tentando fugir dos golpes. Esse é o truque, mas mantenha a graça.

Mais um escravo começou a correr, sendo logo seguido por outro.

E a jovem que chorara antes foi posta de pé na beirada do portal novamente, oscilando enquanto era espancada.

– Terrível para ela – comentou a princesa diante de Bela. – Logo ela será espancada com mais força ainda.

Subitamente, havia apenas três escravos separando Bela do portal.

– Oh, mas eu não posso – ela choramingou para Leon.

– Bobagem, minha querida, siga para a senda. Ela se abrirá lentamente diante de você, verá até mesmo as curvas com antecedência, e parará apenas se vir o escravo à sua frente cessar seu trote. Vez por outra, a fila para, para que os escravos sejam levados à presença da rainha para ser elogiados ou condenados. Ela fica em um grande pavilhão à direita, mas não olhe para ela quando correr ou a palmatória a alcançará sem que você possa fazer nada para se defender.

– Oh, por favor, irei desmaiar, eu não posso, não posso...

– Bela, Bela – disse a linda princesa diante dela –, simplesmente siga meu exemplo.

E Bela percebeu, aterrorizada, que não havia sobrado mais ninguém além daquela garota.

Mas, então, a jovem que acabara de ser espancada foi colocada na frente de Bela e conduzida na direção da palmatória que já a esperava. A garota estava nervosa e choramingava, mesmo assim, manteve as mãos atrás do pescoço e logo estava correndo ao lado de seu cavaleiro, que gargalhava. O lorde era jovem e alto e erguia o braço para trás enquanto a espancava.

De repente, outro cavaleiro apareceu, o idoso lorde Gerhardt, e, enquanto Bela observava horrorizada, a linda princesa correu para fora para receber os primeiros golpes e seguir em frente erguendo os joelhos de forma graciosa ao lado do velho. Apesar de todas as reclamações da garota, até que o cavalo do lorde parecia mover-se terrivelmente depressa e a palmatória era sonora e inclemente.

Bela foi empurrada até a soleira do portal. Pela primeira vez, contemplou a verdadeira imensidão da corte, as dezenas de mesas espalhadas pelo jardim verdejante e que surgiam em grande número na floresta além. Por todos os lugares, havia criados e escravos nus. Aquilo era provavelmente três vezes maior do que Bela julgara em sua avaliação realizada através das janelas.

Ela sentiu-se mínima, insignificante, para seu completo terror. Perdida e subitamente despossuída de sequer uma alma ou um nome. O que sou agora, ela pensaria se pelo menos conseguisse raciocinar. E, como em um pesadelo, viu todos os rostos daqueles que estavam nas mesas mais próximas, cavalheiros e damas que se acotovelavam para ver a senda dos arreios e, mais ao longe, à sua direita, o pavilhão abobadado da rainha, adornado com grinaldas de flores.

Ela arfou em busca de ar. Quando olhou para cima e viu a esplêndida figura montada de lady Juliana, seus olhos encheram-se de lágrimas de gratidão pelo fato de ser ela, apesar de saber que a dama a espancaria talvez com ainda mais severidade para cumprir seu dever.

As belas tranças de lady Juliana eram adornadas com a mesma prata que envolvia seu formoso vestido. Ela parecia ter sido feita para a sela na qual estava sentada e o cabo de sua palmatória estava preso a uma de suas mãos por uma fita. Ela sorria.

Não havia tempo para ver mais nada, para pensar em mais nada. Bela estava correndo em frente, sentindo as pedras da senda dos arreios sendo trituradas sob suas ferraduras, ouvindo o som pesado dos cascos próximos.

E, embora Bela tenha pensado que não seria possível suportar tamanha degradação, sentiu o primeiro e sonoro golpe em suas nádegas nuas. Foi tão forte que quase a fez perder o equilíbrio. A dor terrível se espalhou como fogo e Bela percebeu que havia acelerado sua corrida.

O estrondo das ferraduras a ensurdecia. E a palmatória a atingia repetidas vezes, quase tirando-a do chão e forçando-a a seguir em frente. Ela percebeu que chorava alto por trás dos dentes trincados, as lágrimas transformando em borrões as tochas que definiam nitidamente o caminho à sua frente. E Bela corria, corria muito depressa através das árvores cerradas. Mesmo assim, não conseguia escapar dos golpes.

Foi como Leon lhe avisara. A palmatória a alcançava constantemente e, sempre que tentava fugir dos golpes, havia alguma surpresa abominável. Podia sentir o cheiro do cavalo e, quando arregalava os olhos e respirava fundo, via, em diversos pontos de ambos os lados, as tochas e as fartas mesas de jantar adornadas. Damas e cavalheiros bebiam, comiam, gargalhavam e, talvez, viravam-se para olhar para ela, Bela não podia saber com exatidão, pois chorava e corria freneticamente para escapar dos golpes, que se tornavam cada vez mais fortes.

Oh, por favor, por favor, lady Juliana, ela queria gritar, mas não ousou clamar por liberdade. O caminho virou em uma curva e ela o seguia apenas para ver ainda mais nobres banqueteando-se. Por trás das lágrimas, viu o outro cavaleiro e seu escravo que tomaram uma imensa dianteira dela.

A garganta de Bela queimava tanto quanto sua pele ferida.

– Mais rápido, Bela, mais rápido, e erga as pernas mais alto – lady Juliana gritou contra o vento. – Ah, sim, bem melhor agora, minha querida. – E Bela sentiu outro choque de dor, seguido por mais um. A palmatória atingiu suas coxas com um golpe forte no intuito de erguê-las e, então, pareceu atraída por suas nádegas.

Bela soltou um grito alto, que não foi capaz de conter, e logo ouviu suas próprias súplicas mudas tão claramente quanto os cascos dos cavalos espalhando as cinzas.

A garganta de Bela se contraiu, até mesmo as solas de seus pés queimavam, mas nada doía tanto quanto as palmadas fortes e rápidas.

Lady Juliana parecia estar possuída por algum espírito diabólico, atingindo Bela nos mais variados ângulos, erguendo-a com seus golpes, espancando-a com força três ou quatro vezes seguidas, em rápida sucessão.

Após outra curva e mais à frente, ao longe, Bela viu os muros do castelo. Então, isso significava que elas estavam retornando. Logo iriam alcançar o pavilhão da rainha.

Bela sentiu como se todo o ar abandonasse seu corpo, ainda que piedosamente lady Juliana tenha desacelerado o passo, assim como os cavaleiros diante dela. Bela correu mais devagar, com os joelhos altos, e sentiu uma grande onda de relaxamento tomar conta de si. Podia ouvir o choro que tentava engolir e sentia as lágrimas que escorriam por seu rosto e, ainda, uma intrigante sensação a tomava de assalto.

Ela se sentiu subitamente calma. Não compreendia essa sensação. De repente, não sentia mais nenhuma revolta, embora a obrigação de rebelar-se a compelisse. Talvez estivesse apenas exausta. Mas sabia que não passava de uma escrava nua da corte e nada poderia ser feito por ela. Centenas de cavalheiros e damas a observavam, se divertindo. Aquilo não significava nada para eles, já que Bela era uma entre tantos outros e aquele tipo de evento já havia sido realizado milhares de vezes e aconteceria tantas outras, e ela deveria dar o melhor de si ou então voltar para o salão das punições e ser torturada para a diversão de absolutamente ninguém.

– Erga os joelhos, minha querida – lady Juliana ordenou enquanto andavam mais devagar. – Oh, se você pudesse ver como está maravilhosa. Realizou um trabalho esplêndido.

Bela jogou a cabeça para trás. Sentiu as tranças pesadas caindo em suas costas e, subitamente, quando a palmatória a atingiu, moveu-se languidamente, acompanhando o movimento. Era como se aquele estranho relaxamento tivesse amaciado todo o corpo de Bela. Será que era isso que eles queriam dizer quando afirmaram que a dor a amaciaria? Ainda assim, temia esse relaxamento, esse desespero... seria isso desespero? Ela não sabia. Não possuía dignidade naquele momento. Via-se da mesma forma como lady Juliana certamente devia vê-la e parecia que se enfeitava enquanto imaginava a cena, jogando a cabeça para trás novamente, empinando os seios com orgulho.

– É isso! Maravilhosa! – lady Juliana gritou. O outro cavaleiro havia desaparecido.

O cavalo acelerou o passo. A palmatória atingiu Bela com violência mais uma vez e a conduziu através das mesas agrupadas enquanto a multidão aumentava, o castelo ficava mais próximo e, de repente, elas pararam diante do pavilhão.

Lady Juliana virou a montaria e, com pequenos golpes agudos, atraiu a atenção de Bela e fez com que ela ficasse ao seu lado.

Bela não ergueu os olhos, mas podia divisar as guirlandas de flores, o baldaquino branco balançando suavemente com a brisa e uma multidão de figuras sentadas atrás das arquibancadas enfeitadas com flores.

O corpo de Bela parecia consumido pelo fogo. Ela não conseguia controlar a respiração, mas podia ouvir as conversas no pavilhão, a voz da rainha, que era puro gelo, e as de outros, que riam. A garganta de Bela estava dolorida, as nádegas pulsavam de dor e, então, lady Juliana começou a sussurrar:

– Eles estão encantados com você, Bela. Agora, beije rapidamente minhas botas, caia de joelhos e beije a grama diante do pavilhão. Faça isso com classe, minha menina.

Bela obedeceu sem hesitar e, como se houvesse água correndo pelo seu corpo, sentiu aquela calma mais uma vez, aquela sensação de o que mesmo? Liberdade? Resignação?

Nada pode me salvar, pensou. Todos os sons ao redor dela minguaram em uma grande e nebulosa confusão. As nádegas pareciam reluzir de dor e ela imaginou uma luz imensa emanando delas.

E, então, Bela ficou de pé novamente e outro golpe vigoroso levou-a chorando até o mais obscuro cômodo subterrâneo do castelo.

Escravos em todos os cantos eram jogados em barris. Os corpos feridos estavam sendo rapidamente lavados com água fresca. Bela sentiu-a fluir sobre a pele esfolada e, em seguida, foi seca por uma toalha macia.

Imediatamente, Leon colocou-a de pé.

— Você agradou à rainha de forma esplêndida. Sua postura foi magnífica. Você nasceu para a senda dos arreios.

— Mas o príncipe... — Bela sussurrou. Sentiu-se tonta e pareceu ver, de relance, o príncipe Alexi.

— Nada de príncipe esta noite, minha adorada. Ele está muito ocupado com milhares de distrações. E você deve ser colocada em algum lugar onde possa servir e descansar, já que o esforço exigido pela senda dos arreios é suficiente para uma única noite, principalmente para uma novata.

Ele desfez as tranças de Bela e escovou seu cabelo em ondas. Respirando fundo e de maneira regular, ela apoiou a testa no peito de Leon.

— Fui realmente graciosa?

— De uma beleza inestimável — ele sussurrou. — E lady Juliana está loucamente apaixonada por você.

E, então, ele ordenou que Bela ficasse de joelhos e o seguisse.

Subitamente, ela estava no ar livre da noite mais uma vez, na grama quente, com a multidão barulhenta em torno de si. Viu as pernas das mesas, os vestidos de baile bastante próximos uns dos outros, mãos movendo-se nas sombras. Houve um som de risadas e, então, Bela viu uma longa mesa de banquete coberta por doces, frutas e bolos. Dois príncipes a serviam e havia colunas decorativas em ambas as cabeceiras, onde escravas foram amarradas com as mãos atrás da cabeça, os pés acorrentados levemente separados na base.

Uma delas foi removida enquanto Bela se aproximava, sendo rapidamente amarrada no lugar da garota, sustentando-se com firmeza, a cabeça e as nádegas inchadas pressionadas contra a coluna.

Ela podia ver toda a festividade ao redor, mesmo com as pálpebras abaixadas, e sentiu que estava solidamente amarrada na pilastra, incapaz de se mover, e isso não importava. O pior havia passado.

Mesmo quando um cavalheiro que passava por ali sorriu para ela e beliscou-lhe o mamilo, Bela não se importou. Ficou impressionada ao notar que os sininhos de metal foram retirados. Estava tão esgotada que nem percebeu.

Leon ainda estava ao seu lado e Bela estava prestes a murmurar algumas perguntas, como, por exemplo, quanto tempo ficaria ali, quando viu de forma quase distinta o príncipe Alexi diante dela.

Ele estava tão bonito quanto Bela se recordava, o cabelo castanho caindo em cachos sobre seu rosto elegante, os ternos olhos castanhos fixos nela. Com facilidade, os lábios do jovem se abriram em um sorriso enquanto ele se dirigia à mesa e entregava sua jarra para ser enchida por outro escravo que estava em serviço.

Ela deve ter se lamentado e feito algum movimento brusco, pois o príncipe Alexi, olhando para cima na direção do grande pavilhão, inclinou-se sobre a mesa para arrumar alguns doces e, subitamente, beijou a orelha de Bela, ignorando Leon como se isso não fosse nada.

– Comporte-se, príncipe rebelde – ralhou Leon em um tom nada festivo.

– Verei você amanhã à noite, minha querida – o príncipe Alexi sussurrou com um sorriso. – E não fique com medo da rainha por eu estar com você.

A boca de Bela tremeu, ela estava prestes a chorar, mas ele já havia ido embora e, então, Leon ergueu-se para alcançar sua orelha, cobrindo-a com as mãos em concha enquanto sussurrava:

– Você verá a rainha amanhã à noite nos aposentos dela.

– Oh, não... não... – Bela suplicou, virando a cabeça de um lado para outro.

– Não seja boba. Isso é muito bom. Não se poderia desejar nada melhor. – E, enquanto Leon falava, as mãos dele deslizaram entre as pernas de Bela e beliscaram gentilmente seus grandes lábios.

Ela sentiu, então, um calor crescendo dentro de si.

– Eu estava no pavilhão enquanto você corria. A rainha ficou muito impressionada, apesar da opinião que tinha a seu respeito – Leon continuou. – E o príncipe afirmou que você sempre possuiu essa forma e esse espírito. Mais uma vez, ele pediu por você, afirmando que a rainha não deveria censurar a paixão dele. O príncipe concordou, então, em não a ver esta noite, mas, em compensação, terá uma dúzia ou mais de novas princesas desfilando diante ele...

– Não me conte mais nada – Bela choramingou suavemente.

– Mas você não entende que a rainha ficou encantada com você e ele percebeu isso? Ela a observou com toda a atenção enquanto você corria, impaciente para que chegasse logo ao pavilhão. E isso para ver com os próprios olhos se você não era tão mimada e fútil quanto ela supunha. Ela a terá nos aposentos reais amanhã à noite, após a ceia.

Bela lamentou-se baixinho, desanimada demais para discutir.

– Mas, Bela, esse é um grande privilégio. Há escravos aqui que servem há anos sem nunca ser sequer notados pela rainha. Deve aproveitar ao máximo essa oportunidade para agradá-la. E deve fazê-lo, minha querida, precisa fazê-lo, não pode falhar. E, pelo menos uma única vez, o príncipe foi esperto. Ele obviamente não assistiu a tudo isso de bom grado.

– Mas o que ela fará comigo? – Bela lastimou-se. – E o príncipe Alexi assistirá a tudo também? Oh, o que ela fará?

– Ah, ela deverá realizar apenas alguns joguinhos com você, é claro. E você tentará agradá-la.

# OS APOSENTOS DA RAINHA

Metade da noite já havia transcorrido quando a rainha chegou.
Bela estava cochilando e acordou diversas vezes, encontrando-se ainda acorrentada em um quarto de dormir ornamentado como se estivesse em um pesadelo. Estava presa à parede, os tornozelos envoltos por couro, os pulsos erguidos acima da cabeça e as nádegas comprimidas contra a pedra fria atrás dela.

No início, a sensação da pedra era boa. Vez por outra, Bela se virava para deixar que o ar tocasse a superfície ferida. Obviamente, a pele esfolada havia melhorado muito desde a provação da noite anterior na senda dos arreios, mas ela ainda sofria e sabia que era certo que em breve lhe destinariam mais tormentos.

O menor deles, de qualquer forma, era sua própria paixão. O que o príncipe despertara naquela única noite e não a satisfizera. Ela deveria se sentir tão devassa? Foi o tremor entre suas pernas que a levou a dormir pela primeira vez no salão dos escravos e às vezes ela experimentava a mesma sensação enquanto ficava de pé, à espera.

O próprio aposento estava mergulhado nas sombras e em um silêncio contínuo. Dezenas de velas grossas queimavam nos pesados suportes dourados, a cera derramando-se em cascatas pelos adereços de ouro. A cama com seu cortinado bordado assemelhava-se a uma caverna bocejante.

Bela fechou os olhos e os abriu em seguida. E, quando estava novamente na fronteira entre o sonho e a realidade, ouviu as portas duplas serem escancaradas e, de repente, viu a figura alta e elegante da rainha materializar-se diante dela.

A rainha foi até o centro do tapete. O vestido de veludo azul dividia-se na altura dos quadris torneados e caía graciosamente até as sandálias pretas de bicos finos. Olhou para Bela com olhos negros e estreitos, puxados para cima nas extremidades para lhe dar um ar cruel. E, então, ela sorriu, as faces claras formando uma cavidade antes de parecerem tão duras quanto porcelana branca.

Bela baixou o olhar de imediato. Petrificada, observou secretamente enquanto a rainha afastava-se dela e sentava-se numa penteadeira ornamentada, de costas para o espelho alto.

Com um gesto displicente, dispensou as damas que estavam de pé diante da porta. Uma figura permaneceu lá, e Bela, com medo de olhar, tinha certeza de que era o príncipe Alexi.

Então ele veio, para atormentá-la, ela pensou. Conseguiu ouvir as batidas do coração ressoando nos ouvidos, tornando-se mais um rugido que uma pulsação, e sentiu como se cordas a envolvessem, deixando-a paralisada e incapaz de se defender do que fosse. Seus seios pareciam pesar e a umidade entre as pernas a agitou enormemente. Será que a rainha iria descobrir seu ponto fraco e usá-lo para puni-la no futuro?

Misturado ao medo que sentia, surgia a consciência do desamparo em que se encontrava, a mesma sensação que caiu sobre ela na noite anterior e nunca mais a abandonou. Sabia como devia estar parecendo naquele momento, estava com medo, mas não podia fazer nada para contê-lo e aceitou esse fato.

Talvez isso lhe desse uma nova força, essa aceitação. E ela precisava de toda a sua energia, pois estava sozinha com aquela mulher que não nutria amor por ela. Sem emitir uma única palavra, Bela lembrou-se do amor do príncipe, do toque afetuoso de lady Juliana e das palavras elogiosas. Lembrou-se até mesmo das mãos carinhosas de Leon.

Mas aquela era a rainha, a grande e poderosa rainha que governava todos e que não sentia nada além de frieza e fascínio por Bela.

Ela tremeu contra a vontade. A pulsação entre as pernas parecia abrandar para depois se tornar, aos poucos, mais intensa. Era óbvio que a rainha olhava para ela. E a rainha podia fazê-la sofrer. E não haveria nenhum príncipe para servir como testemunha, nenhuma corte, ninguém.

Apenas o príncipe Alexi.

Bela o via, então, movimentando-se nas sombras, uma forma desnuda primorosamente proporcional, a pele dourado-escura fazendo com que se assemelhasse a uma estátua lustrada.

– Vinho – disse a rainha. E o príncipe Alexi apressou-se para servi-la.

Ele ajoelhou-se ao lado da rainha e colocou uma taça com duas asas nas mãos dela e, enquanto ela bebia, Bela olhou para cima e viu o príncipe Alexi sorrindo diretamente para ela.

Bela ficou tão surpresa que quase soltou uma pequena arfada. Os grandes olhos castanhos do príncipe Alexi estavam repletos do mesmo afeto suave que demonstrara na noite anterior ao passar por Bela na mesa de banquete. Ele então fez com que sua boca se transformasse num beijo silencioso antes que Bela desviasse o olhar, alarmada.

Será que ele poderia sentir afeto por ela, um afeto real, até mesmo desejo, tanto quanto ela o desejava desde a primeira vez em que o viu?

Oh, como subitamente sentiu uma dolorosa necessidade de tocá-lo, de sentir ao menos por um instante aquela pele sedosa, o peito rígido, os mamilos de um rosa-escuro. Como eles ficavam belos naquele peito reto, aqueles pequenos nódulos que pareciam tão pouco masculinos, dando-lhe um toque de vulnerabilidade de menina. Como a rainha os castigara?, ela pensou. Será que eles eram presos por grampos e adornados como os seios dela haviam sido?

Aqueles pequenos mamilos pareciam os de um sátiro.

Mas a pulsação entre as suas pernas a preveniu e Bela teve de usar toda a sua força de vontade para não mexer os quadris.

– Dispa-me – disse a rainha.

E, por trás das pálpebras semicerradas, Bela observou o príncipe Alexi obedecer às ordens com habilidade e ligeireza.

Como ela fora desajeitada duas noites atrás e como o príncipe havia sido paciente.

O príncipe Alexi utilizou as mãos com parcimônia. Sua primeira tarefa foi abrir com os dentes os ganchos do vestido da rainha e assim o fez, recolhendo-o rapidamente quando ele caiu ao redor da rainha.

Bela surpreendeu-se em ver a nudez dos seios fartos e brancos da rainha sobre uma fina combinação de renda. E, então, o príncipe Alexi removeu o manto de seda branca ornamentado para mostrar os cabelos negros que caíam, livres, sobres os ombros dela.

Ele tirou as roupas do caminho.

Em seguida, voltou para remover as sandálias da rainha com os dentes. Ele beijou-lhe os pés nus antes de tirá-las e trazer para a rainha uma camisola creme adornada com um laço branco. O tecido era lustroso e todo pregueado.

E, enquanto a rainha se levantava, o príncipe Alexi abaixou a combinação que ela usava e, erguendo-se até ficar completamente de pé, colocou a camisola sobre os ombros da soberana. Ela escorregou os braços para dentro das mangas largas e pregueadas, e a combinação caiu-lhe como um sino.

E, de costas para Bela, o príncipe Alexi ficou de joelhos novamente e amarrou em uma dezena de pequenos laços as fitas brancas que pendiam da borda da camisola, fechando-a pela frente e indo até os peitos dos pés, que estavam expostos.

Enquanto ele se ajoelhava sobre o último laço, as mãos da rainha brincaram preguiçosamente com seu cabelo castanho e Bela flagrou-se observando as nádegas avermelhadas do jovem, onde ele havia obviamente recebido alguma punição pouco antes. As coxas, as panturrilhas rígidas e retesadas, tudo isso a inflamava.

– Abra as cortinas da cama e traga a princesa para mim – ordenou a rainha.

A pulsação de Bela a ensurdeceu. Parecia sentir uma pressão nas orelhas, na garganta. Apesar disso, ouviu as cortinas bordadas sendo puxadas, viu a rainha reclinar-se sobre as cobertas em meio a um ninho de travesseiros de seda. A rainha parecia mais jovem com os cabelos soltos e o seu rosto não demonstrava nenhum sinal de idade enquanto ela olhava fixamente para Bela. Aqueles olhos eram tão plácidos como se houvessem sido pintados na face da rainha com esmalte.

Então, com um choque de prazer nada bem-vindo, Bela viu o príncipe Alexi diante dela. Ele apagou a visão da ameaçadora rainha. Ele se abaixou para desamarrar os tornozelos de Bela e a jovem sentiu que os dedos dele deliberadamente a acariciavam. Quando o príncipe Alexi se ergueu diante dela mais uma vez, com as mãos levantadas para libertar os pulsos, ela sentiu o perfume de sua pele e do cabelo, e havia algo absolutamente exuberante em sua figura. Por toda a sua beleza e a rigidez de sua constituição, ele parecia, aos olhos de Bela, uma guloseima deliciosa e apimentada, e ela flagrou-se encarando-o nos olhos. Ele sorriu e seus lábios tocaram a testa de Bela. Eles permaneceram pressionando discretamente a sua testa, até que os seus pulsos fossem totalmente soltos e ele os segurasse.

Ele, então, começou a empurrá-la gentilmente para que ficasse de joelhos e apontou para a cama.

– Não, apenas traga-a até aqui.

O príncipe Alexi ergueu Bela e a jogou gentilmente sobre os ombros com tanta facilidade quanto um pajem o faria ou o próprio príncipe quando a levou do castelo de seu pai.

Ela sentiu a pele quente de Alexi debaixo da dela e, jogada sobre seus ombros como estava, ela corajosamente beijou as nádegas feridas.

Bela foi então colocada na cama e percebeu que estava ao lado da rainha, olhando bem nos olhos da soberana que, com a cabeça descansando sobre o cotovelo, olhava para ela.

A respiração de Bela a abandonou em rápidas arfadas. A rainha parecia enorme diante dela. E, naquele momento, percebeu que a soberana possuía uma grande semelhança com o príncipe, parecendo apenas infinitamente mais fria. Apesar disso, havia algo em sua boca vermelha que algum dia poderia ter sido chamado de doçura. Tinha cílios abundantes, um queixo firme e, quando sorria, covinhas apareciam nas faces. O rosto era em forma de coração.

Perturbada, Bela fechou os olhos, mordendo o lábio com tanta força que poderia tê-lo ferido.

– Olhe para mim – ordenou a rainha. – Quero ver os seus olhos, naturalmente. Não quero que você demonstre nenhuma modéstia, entendeu?

– Sim, Majestade – Bela respondeu.

Ela imaginou se a rainha poderia ouvir seu coração batendo. A cama era macia debaixo de seu corpo, os travesseiros macios, e flagrou-se observando fixamente os grandes seios da rainha, os círculos escuros sob a camisola, antes de olhar obediente para os olhos dela mais uma vez.

Um choque atravessou o corpo de Bela, formando um nó em seu estômago.

A rainha simplesmente examinava Bela, muito compenetrada. Seus dentes eram perfeitos, brancos, entre os lábios da soberana, e aqueles olhos oblíquos, longos, eram completamente negros e nada revelavam.

– Sente-se aqui, Alexi – disse a rainha sem desviar o olhar.

E Bela o viu assumir sua posição aos pés da cama, com os braços cruzados no peito e as costas apoiadas numa das pernas que sustentavam o leito.

– Um brinquedinho – a rainha sussurrou. – Agora acho que entendo por que lady Juliana está tão fascinada por você.

Ela correu as mãos pelo rosto de Bela, as faces, as pálpebras, e beliscou a boca da jovem. A soberana ajeitou o cabelo de Bela para trás e, então, deu vários tapas nos seios dela fazendo com que balançassem para a direita e para a esquerda.

A boca de Bela tremia, mas ela não emitiu nenhum som. Manteve as mãos rígidas, grudadas ao corpo. A rainha era como uma luz que ameaçava cegá-la.

Se Bela parasse para pensar que estava deitada ali, junto à rainha, seria dominada pelo pânico.

As mãos da soberana deslocaram-se para a barriga de Bela e passaram para as coxas, onde a beliscaram e, em seguida, voltaram-se para as panturrilhas. Contra a própria vontade, Bela sentiu um formigamento em todos os locais que eram tocados, como se as mãos da rainha possuíssem algum poder terrível. Sentiu um ódio súbito por aquela mulher, mais violento do que o que sentira por lady Juliana.

Mas, então, a rainha começou a examinar lentamente os mamilos de Bela. Os dedos da mão direita da soberana moviam cada um dos mamilos para um lado e para outro e testaram o círculo de pele macia ao redor deles. A respiração de Bela tornou-se irregular e ela sentiu uma umidade entre as pernas, como se uma uva houvesse sido espremida ali.

Parecia que a rainha era monstruosamente maior do que ela e tão forte quanto um homem. Ou será que Bela pensava isso apenas pelo fato de lutar contra a rainha ser algo inimaginável? Bela tentou recuperar alguma calma, pensar na sensação de liberdade que experimentara na senda dos arreios, entretanto essa lembrança era uma ilusão. Todo o trajeto havia sido penoso. E, naquele momento, aquilo não significava nada.

– Olhe para mim – a rainha ordenou gentilmente mais uma vez, e Bela percebeu, quando olhou para cima, que chorava. – Abra as pernas – disse a rainha.

Bela obedeceu imediatamente. Agora, ela vai ver, a jovem pensou. Será tão ruim quanto na ocasião em que lorde Gregory me observou. E o príncipe Alexi também verá.

A rainha soltou uma risada.

– Eu disse para abrir as pernas – ela repetiu, dando tapas cruéis e dolorosos nas coxas de Bela. A jovem abriu as pernas ainda mais e sentiu-se desprovida de qualquer tipo de graciosidade ao fazê-lo. Quando os joelhos pressionaram as cobertas de ambos os lados da cama, ela pensou que não seria capaz de suportar a desonra daquele ato. Olhou fixamente para o dossel decorado da cama e percebeu que a rainha estava abrindo seu sexo da mesma forma com que Leon fizera. Bela engoliu o choro.

E o príncipe Alexi testemunhava tudo aquilo. Ela se lembrava dos beijos dele, dos sorrisos. As luzes do quarto tremularam, e Bela sentiu calafrios quando os dedos da rainha sentiram a umidade de seu lugar secreto, exposto, brincando com os lábios vaginais, alisando os pelos pubianos e, finalmente, pegou uma mecha para puxar e pentear, sem pressa.

Aparentemente, a rainha usou ambos os polegares para abrir Bela com violência. A jovem tentou manter o quadril imóvel. Queria se erguer e escapar, como alguma das princesas miseráveis do salão de treinamento, que não conseguiam suportar tamanho exame. Ainda que não tenha protestado, suas lamúrias eram débeis e incertas.

A rainha ordenou que ela se virasse.

Um pedido abençoado, que permitiria que ela escondesse o rosto nos travesseiros.

Entretanto, aquelas mãos frias e controladoras começaram a brincar com as nádegas de Bela, abrindo-as, tocando o ânus. Oh, por favor, a jovem pensava, desesperada, e tinha consciência de que seus ombros tremiam graças a seu choro silencioso. Isso é terrível, terrível!

Com o príncipe, pelo menos Bela sabia o que ele queria que fizesse.

Na senda dos arreios, por fim, disseram-lhe o que esperavam dela. Mas o que aquela rainha malvada queria? Que ela sofresse, que se encolhesse de medo, que ela se oferecesse ou simplesmente suportasse tudo aquilo? E aquela mulher a desprezava.

A rainha massageou a pele de Bela, beliscando-a, como se testasse a densidade, maciez, elasticidade. Testou as coxas da mesma maneira e, então, empurrou os joelhos para que ficassem tão separados e erguidos na cama que os quadris de Bela se levantaram e a jovem sentiu que estava ficando de cócoras, completamente esparramada sobre a coberta, seu sexo era protuberante, pendente, as nádegas encontravam-se claramente separadas de forma que ela se assemelhava a uma fruta madura.

Uma das mãos da rainha estava debaixo do sexo de Bela como se o pesasse, sentindo o peso dos lábios e como eram redondos, beliscando-os.

– Arqueie as costas – ordenou a rainha – e erga as nádegas, gatinha no cio.

Bela obedeceu, seus olhos estavam inundados com lágrimas de vergonha. Ela tremia violentamente enquanto respirava fundo e contra a própria vontade. Sentiu os dedos da rainha comandando sua paixão, pressionando a fonte de prazer de Bela para que se tornasse ainda mais quente. Os lábios vaginais da jovem estavam visivelmente inchados, com os sumos fluindo, não importando o quão amargamente lutasse contra isso.

Ela não queria *dar* nada àquela mulher malvada, àquela bruxa em forma de rainha. Com o príncipe, ela poderia ceder, assim como com lorde Gregory e todos os outros cavalheiros e damas sem nome ou rosto que a inundavam de cumprimentos. Mas para aquela mulher que a desprezara...!

A rainha sentou-se com os braços cruzados ao lado de Bela e rapidamente apanhou-a como se fosse uma boneca de pano e a jogou sobre seu colo, com o rosto voltado para longe do príncipe Alexi, e as nádegas obviamente continuavam expostas ao olhar minucioso do jovem.

Bela soltou um gemido com a boca aberta, os seios roçando na coberta, seu sexo pulsando em uma das coxas da rainha. Era como se ela fosse algum tipo de brinquedo nas mãos da soberana.

Sim, era exatamente como ser um brinquedo, a única diferença era que estava viva, respirava, sofria. Podia imaginar como o príncipe Alexi a via.

A rainha levantou o cabelo de Bela. Correu um dedo pelas costas dela até a extremidade da espinha.

– Apesar de todos os rituais – disse a rainha em voz baixa –, a senda dos arreios, as estacas no jardim, as rodas e as caçadas no labirinto, e todos os outros jogos engenhosos planejados para o meu prazer, será que eu realmente conheço um escravo até ter com ele essa intimidade, a intimidade do escravo em meu colo, pronto para a punição? Diga-me, Alexi. Devo espancá-la com minhas mãos para manter essa intimidade? Sentir a carne aguilhoada, seu calor, enquanto a vejo mudar de tonalidade? Devo usar o espelho de prata ou uma daquelas dezenas de palmatórias que são todas excelentes para esse propósito? O que prefere, Alexi, quando está no meu colo? Por qual deles você espera até mesmo quando está chorando?

– A senhora pode machucar suas mãos se a espancar com elas – foi a resposta calma do príncipe Alexi. – Posso pegar o espelho de prata?

– Ah, mas você não respondeu à minha pergunta – insistiu a rainha. – E me dê o espelho. É preferível que eu veja o rosto dela enquanto a espanco.

De relance, Bela viu o príncipe Alexi movendo-se pela penteadeira. E, logo depois, diante dela, apoiado contra um travesseiro de seda, estava o espelho, inclinado de forma que, nele, Bela pudesse ver claramente o rosto branco e liso da rainha. Os olhos escuros a aterrorizavam. O sorriso da soberana a aterrorizava.

Mas não devo mostrar nada para ela, Bela pensou com desespero. Quando fechou os olhos, as lágrimas escaparam e correram por suas faces.

– É claro que há algo de superior na mão espalmada – a rainha estava dizendo com a mão esquerda no pescoço de Bela, massageando-o. Escorregou-as até os seios de Bela e, aproximando-os, tocou ambos os mamilos com os dedos compridos. – Eu não o espanquei com minhas mãos com tanta força quanto qualquer homem, Alexi?

– Claro, Majestade – ele respondeu suavemente. O príncipe Alexi estava atrás de Bela novamente. Talvez houvesse tomado seu lugar, apoiado em uma das pernas da cama.

– Agora, junte as mãos no alto de suas costas e as mantenha assim – ordenou a rainha antes de fechar uma das mãos nas nádegas de Bela ao mesmo tempo que fechava a outra nos seios. – E obedeça às ordens que lhe darei, princesa.

– Sim, Vossa Majestade – Bela esforçou-se para responder, mas, para sua posterior humilhação, sua voz irrompeu em suspiros e ela tremeu tentando contê-los.

– E fique quieta – completou a rainha com rispidez.

A soberana começou a espancá-la. Um tapa violento após outro era aplicado nas nádegas de Bela e, se a palmatória havia sido pior que aquilo, ela não se recordava. A jovem tentou permanecer imóvel, ficar quieta, não demonstrar nada, absolutamente nada, enquanto repetia incessantemente aquelas palavras em sua mente, mas podia sentir que seu corpo se contorcia.

Era como Leon havia lhe dito na senda dos arreios: é preciso sempre resistir como se fosse possível fugir da palmatória, virar-se para desviar dos golpes. E Bela se ouviu subitamente gritando quando os tapas a aguilhoavam. As mãos da rainha pareciam imensas, tão rígidas e pesadas quanto a palmatória. Deixavam sua forma impressa na pele da jovem enquanto a espancavam e ela percebeu que estava furiosa, coberta de lágrimas, e gritava, tudo isso para que a rainha pudesse vê-la no maldito espelho. Ainda assim, não conseguiu se conter.

E a outra mão da rainha começou a beliscar os seios de Bela, esticando um mamilo de cada vez, soltando-os e esticando novamente, enquanto o espancamento prosseguia, incessante, e Bela soluçava.

Qualquer coisa seria melhor do que aquilo. Fugir da palmatória de lorde Gregory correndo pelo salão, a senda dos arreios, até mesmo a senda dos arreios era melhor, pois lá havia alguma escapatória no movimento e, na situação em que Bela se encontrava, não havia nada além da dor, as nádegas inflamadas dispostas e nuas para a rainha, que, naquele momento, procurava por novos pontos, espancando a nádega direita e depois a esquerda, cobrindo, em seguida, as coxas de Bela com palmadas enquanto as nádegas da jovem pareciam inchar e tremer de maneira insuportável.

A rainha há de se cansar. Ela há de parar, Bela pensou, embora essas frases houvessem passado por sua mente alguns poucos momentos antes e o espancamento prosseguiu, de forma que o quadril de Bela se erguia apenas para cair logo em seguida e ela flagrou seu corpo se contorcendo para os lados apenas para ser recompensado com golpes sonoros, tapas ainda mais ligeiros, como se a rainha estivesse se tornando gradativamente cada vez mais violenta. Foi como na ocasião em que o príncipe a golpeou com o chicote. Aquilo estava ficando cada vez mais irascível.

A rainha passou a ocupar-se com a base das nádegas de Bela, aquela porção de carne que lady Juliana levantou tão deliberadamente com sua palmatória, e espancou ambos os lados de forma rigorosa e demorada, passando depois para as coxas, voltando novamente ao ponto inicial.

Bela cerrou os dentes e prendeu o choro. Abriu os olhos em súplicas silenciosas e cheias de fúria, vendo apenas o perfil severo da rainha refletido no espelho. Os olhos da soberana estavam apertados, a boca torcida e, quando subitamente os olhares refletidos delas se cruzaram, Bela pensou que ela nunca pararia de puni-la.

Bela esforçou-se para soltar as mãos e lutou para cobrir as nádegas, mas a rainha imediatamente as afastou.

— Como ousa? — ela sussurrou, e Bela entrelaçou as mãos com força mais uma vez, soluçando contra a coberta enquanto o espancamento prosseguia.

A rainha então deixou as mãos repousarem, imóveis, na pele em brasas de Bela.

Os dedos ainda pareciam frios, apesar de queimarem. E Bela não conseguia controlar a respiração acelerada e as lágrimas, porém, em hipótese alguma, abriria os olhos novamente.

– Você me deve suas desculpas por essa pequena falta de decoro.

– Eu... eu... – Bela gaguejou. – Desculpe-me, minha rainha. Desculpe-me, minha rainha. – Bela repetiu furiosamente. – Meu ato merece apenas sua punição, minha rainha. Meu ato merece apenas sua punição.

– Sim – a rainha sussurrou. – E você a receberá. Mas vamos dar tempo ao tempo... – A soberana soltou um suspiro. – Ela não foi bem, príncipe Alexi?

– Um excelente comportamento, eu diria, Majestade, mas espero por seu julgamento.

A rainha soltou uma gargalhada e ergueu Bela com rudeza.

– Vire-se e sente-se em meu colo – ordenou.

Bela ficou desconcertada. Imediatamente obedeceu e se deu conta de que estava encarando o príncipe Alexi. Mas a jovem não se importava com ele em momentos como aquele. Chocada e ferida, se sentou, trêmula, sobre as coxas da rainha, a seda da camisola era fria sob suas nádegas ardidas e o braço esquerdo da rainha a sustentava.

A mão direita da soberana examinava os seus mamilos, e Bela olhou para baixo através das lágrimas para ver aqueles dedos brancos puxando novamente os bicos dos seios.

– Nunca imaginei que fosse vê-la tão obediente – disse a rainha, pressionando Bela contra seus seios amplos. Bela deixou-se tombar, apoiando-se na barriga lisa da rainha. Bela sentiu-se tão pequena quanto paralisada, como se não fosse nada nos braços daquela mulher, nada além de algo minúsculo, uma criança, talvez. Não, nem mesmo uma criança.

A voz da rainha tornou-se mais carinhosa.

– Você é doce, tão doce quanto lady Juliana me disse que era – ela disse suavemente no ouvido de Bela.

Bela mordeu os lábios.

– Vossa Majestade... – ela sussurrou, embora não soubesse o que dizer.

– Meu filho a treinou muito bem e você demonstra grande percepção.

As mãos da rainha precipitaram-se entre as pernas de Bela e sentiram o sexo, que, em momento algum durante o espancamento, tornara-se frio ou seco, e Bela fechou os olhos.

– Ah, e agora por que você está com tanto medo de minhas mãos que a tocam com tanta suavidade?

E a rainha se inclinou e beijou as lágrimas de Bela, degustando-as enquanto escorriam pelas faces e pálpebras.

– Açúcar e sal.

Bela irrompeu em uma nova chuva de suspiros. A mão entre suas pernas massageava sua porção mais úmida e ela sabia que seu rosto estava vermelho, e a dor e o prazer se misturavam.

A cabeça caiu para trás, sobre o ombro da rainha, a boca tornou-se frouxa, ela percebeu que a rainha beijava seu pescoço e murmurou algumas palavras estranhas. Não foram palavras dirigidas à rainha, mais súplicas.

– Pobre escravinha – disse a rainha. – Pobre escravinha obediente. Gostaria de mandá-la para casa para livrar-me de você, livrar meu filho dessa paixão, meu filho que agora continua tão enfeitiçado quanto antes, sob o domínio daquela que foi desperta de outro feitiço, como se a vida fosse uma sequência de encantamentos. Mas você possui um temperamento tão perfeito quanto ele me contou, tão perfeito quanto o dos escravos mais bem treinados e, ainda assim, tem mais frescor, mais doçura.

Bela gemeu do prazer que sentia entre as pernas e se espalhava por todo o seu corpo, tornando-se cada vez mais intenso. Sentia que os seios inchados poderiam explodir e as nádegas, como sempre, pulsavam de forma que ela podia sentir cada centímetro da carne esfolada com crueldade.

– Agora, venha, eu a espanquei com muita severidade? Diga-me.

Ela pegou Bela pelo queixo e virou-a para que pudesse olhá-la nos olhos, que eram imensos, negros e insondáveis. Os cílios eram curvados para cima e, de onde Bela estava, parecia haver uma grande redoma de vidro ao redor daqueles olhos, de tão profundos que eram, tão brilhantes.

– Bem, responda-me – ordenou a rainha com seus lábios vermelhos antes de colocar um dos dedos na boca de Bela e puxar o lábio superior. – Responda.

– Foi... difícil... difícil, minha rainha – disse Bela obedientemente.

– Bem, talvez eu tenha exagerado com essas nádegas tão jovens. Mas você fez com que o príncipe Alexi sorrisse diante de sua inocência.

Bela virou-se como se esse ato fosse uma ordem, mas, quando seu olhar cruzou com o do príncipe, não o viu sorrindo. Em vez disso, estava simplesmente olhando para ela com a mais estranha das expressões, ao mesmo tempo remota e amável. E, quando ele olhou para a rainha sem pressa ou medo, deixou que os lábios se abrissem em um sorriso como ela parecia desejar dele.

Mas a rainha inclinou a cabeça de Bela para trás novamente e a beijou. O cabelo ondulado da soberana caiu ao redor da jovem, repleto de perfume, e, pela primeira vez, Bela sentiu a pele branca e aveludada do rosto da rainha e percebeu que os seios estavam pressionados contra ela.

Os quadris de Bela moviam-se para frente, ela começou a arfar, embora logo aquilo tenha se tornado demais para a jovem, aquela penetração chocante em seu sexo pulsante, encharcado, a rainha subitamente a empurrava para baixo e recuava sorrindo.

Ela segurou as coxas de Bela. As pernas da jovem estavam abertas. O pequeno sexo faminto queria, mais do que tudo no mundo, que as pernas fossem fechadas, pressionando-o.

O prazer diminuiu levemente, retornando para aquele ritmo de desejo sem fim.

Bela lamentou-se, as sobrancelhas se franziram, e a rainha subitamente afastou a jovem, estapeando o rosto dela com tanta força que Bela gritou antes que pudesse se conter.

– Minha rainha, ela é tão jovem e frágil – comentou o príncipe Alexi.

– Não abuse da minha paciência – a rainha retrucou.

Bela se deitou com o rosto virado para o travesseiro, chorando.

– Em vez de reclamar, toque o sino para chamar Felix e diga para que traga lady Juliana. Sei o quão jovem e frágil é minha escravinha, o quanto ela ainda tem a aprender e que deve ser punida por qualquer pequena desobediência. Mas não é isso que está me preocupando. Devo ver mais dela, mais de seu espírito, seus esforços para agradar e... bem, prometi a lady Juliana.

Não fazia diferença alguma o quanto Bela chorava, eles iriam prosseguir, e o príncipe Alexi não podia fazer com que parassem. Bela ouviu Felix se aproximando, ouviu a rainha andando pelo quarto e, finalmente, quando suas lágrimas passaram a jorrar em um fluxo estável e silencioso, a rainha disse:

– Levante-se da cama e prepare-se para cumprimentar lady Juliana.

# LADY JULIANA
## NOS APOSENTOS DA RAINHA

Lady Juliana entrou no quarto exatamente como chegara ao salão das punições, com passos leves e saltitantes, o rosto redondo repleto de formosura e animação. Vestia uma camisola cor-de-rosa e suas tranças grossas eram adornadas por fitas da mesma tonalidade e flores.

Ela parecia emanar luz e alegria na vasta câmara sombria, iluminada por tochas que lançavam sombras imensas e irregulares no teto alto em forma de arco. A rainha se sentou em uma grande cadeira semelhante a um trono, situada em um dos cantos do aposento, repousando os pés numa almofada de veludo verde. Os braços estavam apoiados na cadeira e ela sorriu levemente quando lady Juliana fez-lhe uma mesura. Alexi, sentado de joelhos aos pés da rainha, muito educadamente beijou as lindas sandálias da dama.

Bela se ajoelhou no centro do tapete florido muito trêmula, com o rosto manchado pelas lágrimas, e, assim que lady Juliana aproximou-se, a princesa beijou suas sandálias da mesma forma como Alexi fizera, sendo talvez até mesmo mais fervorosa.

Bela ficou surpresa com sua reação diante de lady Juliana. Ficara apavorada ao ouvir o nome da dama e, apesar disso, recebeu-a quase que com prazer. Sentia algum tipo de ligação com a nobre. Lady Juliana tinha, apesar de tudo, tratado Bela com uma atenção afetuosa. Quase sentia que lady Juliana estava do mesmo lado que ela, embora tivesse poucas dúvidas de que não seria castigada pela dama. A palmatória de Juliana havia sido muito diligente na senda dos arreios para que Bela duvidasse disso. Ainda assim, sentia como se a outra fosse uma amiga de infância, alguém de grande confiança e força, vindo para abraçá-la.

Lady Juliana sorria, alegre, para Bela.

– Ah, Bela, doce Bela, a rainha está satisfeita? – Ela puxou o cabelo da princesa para que se sentasse sobre os joelhos novamente e olhou para a rainha educadamente.

– Ela é tudo que você disse que era – começou a rainha. – Mas quero examiná-la melhor para fazer um julgamento correto. Use sua imaginação, querida. Faça tudo o que for do seu agrado, por mim.

Imediatamente lady Juliana fez um sinal para o pajem. Ela abriu a porta para outro jovem que carregava uma imensa cesta repleta de rosas.

Lady Juliana pôs a cesta debaixo de um dos braços e os dois pajens voltaram-se para as sombras. Ficaram de pé tão imóveis quanto guardas, e Bela pensou que a presença deles não significava quase nada para ela. Com tudo o mais com que tinha de se preocupar, poderia haver uma fila deles. Aquilo não tinha importância.

– Olhe para cima, meu tesouro, com esses olhos azuis que só você tem – ordenou lady Juliana. – Veja o que preparei para entreter a rainha e também demonstrar o quanto você é adorável. – A dama separou uma rosa com um caule especialmente curto, medindo não mais que vinte centímetros. – Nada de espinhos, meu bichinho, é isso que estou lhe mostrando, pois você só deve temer aquilo que de fato teme, e sua imprudência ou disparates.

Bela podia ver que a cesta estava cheia de flores cuidadosamente preparadas.

A rainha soltou uma risada divertida e virou-se na cadeira.

– Vinho, Alexi – disse ela. – Vinho doce, este quarto está particularmente permeado por doçura.

Lady Juliana irrompeu em risadas discretas, como se considerasse essas palavras um maravilhoso cumprimento, e dançou pelo quarto, girando as saias cor-de-rosa, com as tranças balançando.

Bela a observou, maravilhada, sua visão ainda não estava nítida devido às lágrimas, e aquela mulher parecia, como a rainha, imensa e poderosa. A dama virou o rosto sorridente na direção de Bela, como uma luz. E o brilho das tochas reluziu no pingente de um vermelho profundo que usava pendurado ao pescoço e nas joias costuradas habilmente no pesado espartilho. As sandálias de cetim cor-de-rosa tinham saltos altos e ela dançava acima de Bela e beijava carinhosamente o topo da cabeça da princesa.

– Mas você parece tão infeliz, e isso não é bom. Agora, ajoelhe-se, coloque os braços para trás para mostrar seus maravilhosos seios, isso... E arqueie as costas de maneira mais elegante. O cabelo dela, Felix, escove-o.

Enquanto o pajem obedecia com rapidez, desembaraçando com suavidade os longos cachos de Bela espalhados ao longo das costas, a princesa viu que lady Juliana retirou de uma cômoda próxima uma longa palmatória oval.

Era muito parecida com a utilizada na senda dos arreios, mas nada tão grande ou pesado. Na verdade, o objeto era tão flexível que lady Juliana, colocando o cesto de flores no chão, podia fazê-lo vibrar quando pressionava a ponta com o polegar. A palmatória era branca, lisa e maleável.

Bela se deu conta de que aquilo iria doer, mas nada a machucaria tanto quanto as mãos da rainha e também não seria pior que aquela arma utilizada na senda dos arreios, ainda que percebesse que suas nádegas haviam sido tão açoitadas que cada golpe agora, por mais leve que fosse, poderia aumentar a dor em seu corpo.

Lady Juliana, rindo, cochichou no ouvido da rainha com aquele jeito de garotinha que lhe era tão típico e virou-se para trás quando Felix terminou.

Bela ajoelhou-se, aguardando.

– Então nossa digníssima soberana a espancou sobre o colo dela, não é? E você participou da senda dos arreios e aprendeu algo sobre cavalos e cavalgadas. E conheceu o temperamento e as exigências de seu senhor e mestre e, vez por outra, uma pequena sessão de palmadas de rotina infligida por seu tratador lorde Gregory.

Meu tratador nunca me espancou, Bela pensou, mal-humorada, embora tenha simplesmente respondido da forma como lhe era esperada:

– Sim, minha senhora...

– Mas, agora, você deve aprender o que é a disciplina verdadeira. Através de um joguinho que inventei, seu desejo de agradar será terrivelmente testado. Entretanto, não pense que não tirará nenhum proveito disso. Vamos... – Ela retirou um punhado de flores do cesto. – Irei espalhar algumas delas pelo quarto, minha querida, e você já sabe o que deverá fazer. Corra bem depressa para pegar as rosas com os dentes, uma por uma, e depositá-las no colo de sua soberana. E, quando ela o permitir, você deve pegar outra e mais outra, sem parar. Deve fazê-lo o mais rápido possível e você sabe a razão disso: deve fazê-lo porque é uma ordem e receberá muitas punições se não correr para cumprir o que lhe foi ordenado. – Lady Juliana ergueu as sobrancelhas, sorrindo para Bela.

– Sim, minha senhora – Bela assentiu, incapaz de pensar, apesar de a ideia de ter de correr para obedecer fizesse com que uma nova onda de apreensão tomasse conta dela. Como fazer aquilo sem perder a graciosidade? Bela temia isso. Na senda dos arreios, perdera completamente a graça quando corria depressa e ficava sem ar... Oh, mas ela não deveria pensar em mais nada além do que naquilo que deveria fazer naquele momento.

– E, é claro, você deve engatinhar, minha menina, e seja muito, muito rápida.

Lady Juliana imediatamente espalhou os pequenos botões de rosas com os caules úmidos.

Bela curvou-se para a frente pegando a flor mais próxima com os dentes quando percebeu que lady Juliana estava bem atrás dela. O cabo da palmatória oval era tão longo que a mulher não precisava nem ao menos se abaixar enquanto espancava Bela e, com um pulo, a princesa soltou a rosa.

– Pegue logo – Lady Juliana gritou e os lábios de Bela roçaram no tapete antes que cumprisse a ordem.

A palmatória varejou sobre Bela com um zumbido agudo e assustador, atingindo as marcas doloridas dos golpes anteriores enquanto a princesa engatinhava às pressas até a rainha. Lady Juliana conseguiu infligir-lhe uns bons sete ou oito golpes antes de Bela largar a flor obedientemente no colo da rainha.

– Agora, vire-se continue – ordenou a dama, mas ela já estava espancando Bela violentamente enquanto a jovem corria para buscar outra flor. Logo que a rosa estava em seus lábios, ela corria para a rainha e os golpes a perseguiam. Bela queria implorar por paciência enquanto virava-se para buscar outra flor.

Ela pegou a quarta, a quinta e a sexta rosas, depositando cada uma no colo da rainha, ainda que não houvesse como escapar da palmatória, de sua persistência, nem da voz de lady Juliana encorajando-a com irritação.

– Depressa, minha menina, depressa, coloque a flor nos lábios e volte para pegar outra.

Parecia que a reluzente saia cor-de-rosa estava em todos os lugares em que os olhos de Bela pousassem e que ela estava envolta pelos lampejos das pequenas sandálias prateadas de saltos altos. Os joelhos de Bela ardiam devido ao contato com a lã áspera do tapete, ainda que tenha perdido o fôlego em sua busca pelas pequenas rosas espalhadas por todos os cantos.

E, embora Bela estivesse cada vez mais sem fôlego e seu rosto e membros pingassem de suor, ela não conseguia parar de pensar no significado daquilo que estava fazendo. Podia ver as próprias nádegas manchadas com marcas brancas, as coxas avermelhadas e os seios pendendo entre os braços enquanto corria pelo chão como um pobre animal. Não havia misericórdia para ela e o pior de tudo era que não podia agradar a lady Juliana, que a aguilhoava, até mesmo a chutava com o bico da sandália. O choro de Bela eram súplicas mudas, mas o tom da dama era raivoso, insatisfeito.

Era terrível a sensação de ser espancada com tanto ódio.

– Depressa! Você me ouviu! – Lady Juliana soava quase desdenhosa, espancando Bela com toda a força e emitindo pequenos grunhindos de impaciência. Os mamilos de Bela roçavam no tapete quando se abaixava para obedecer e, com um choque, sentiu a ponta da sandália de lady Juliana em seu púbis. Soltou um grito atemorizado e correu para a rainha com uma rosa enquanto, à sua volta, tudo que conseguia ouvir eram os risos abafados dos pajens e a gargalhada escandalosa da rainha. Mas lady Juliana encontrou novamente aquele local macio e cutucou com o bico da sandália de cetim a vagina de Bela.

De repente, quando Bela virou-se e viu ainda mais rosas espalhadas diante dela, seus soluços transformaram-se em gritos abafados e ela voltou-se para lady Juliana, mesmo enquanto a palmatória espancava suas coxas e panturrilhas, e cobriu de beijos as sandálias de cetim cor-de-rosa.

– O quê? – lady Juliana disse com ultraje genuíno. – Ousa implorar por clemência diante da rainha? Que menina desprezível! – Ela beijou as nádegas de Bela, mas pegou-a pelos cabelos com a mão esquerda e a puxou para cima, empurrando a cabeça para trás de forma que Bela teve de separar os joelhos para manter o equilíbrio.

Os soluços constantes da princesa faziam com que engasgasse. E a princesa viu a palmatória sendo passada para um dos pajens, que imediatamente ofereceu à senhora um pesado e largo cinto de couro.

O cinto atingiu as nádegas de Bela com um retumbante golpe. E mais outro.

– Pegue outra rosa, e mais outra, duas, três, quatro, uma de cada vez com a boca, e entregue-as para sua rainha imediatamente.

Bela correu para obedecer e, por um momento, pareceu que toda a percepção abandonara seu corpo. Estava desesperada para cumprir a ordem, para deixar a raiva de lady Juliana para trás. Aquilo era mais violento, mais frenético, do que até mesmo os piores momentos da senda dos arreios e, quando virou-se para reunir mais pequenas rosas, sentiu a rainha pegar seu rosto com as duas mãos e segurá-lo, imóvel, para que lady Juliana pudesse esbofeteá-la.

Não se importou. Ela não tinha como agradar. Merecia ser espancada. Ela tremia a cada golpe do cinto e, mesmo banhada de lágrimas, ergueu as nádegas para receber a punição.

A rainha, entretanto, ainda não estava satisfeita e virou Bela. Com as mãos nos cabelos da princesa, puxou a cabeça dela para trás, enquanto lady Juliana golpeava os seios de Bela e a barriga, fazendo com que o cinto de couro deslizasse pelo púbis.

A rainha puxou o cabelo de Bela com rapidez.

– Abra as pernas – lady Juliana ordenou.

– Oooooh... – Bela gemeu alto, mas obedeceu e desesperadamente flexionou os quadris para a frente para receber mais golpes raivosos. Ela deveria agradar a lady Juliana, demonstrar que estava tentando. Seus gemidos tornaram-se roucos e desalentados.

E o cinto atingiu os pelos pubianos repetidas vezes e Bela não sabia o que era pior: a pequena onda de dor ou a violação que isso representava.

A cabeça de Bela foi tão puxada para trás que estava pousada no colo da rainha, e a princesa sentia os próprios soluços erguendo seu peito e escapando de seus lábios de forma quase lânguida.

Estou indefesa, não sou nada, Bela flagrou-se pensando enquanto se lembrava da senda dos arreios, em meio ao pior dos cansaços. O cinto surrou-lhe os seios. Aquilo não era mais do que ela poderia suportar e não lhe ocorreu levantar os braços, apesar de o púbis estar inundado com uma dor reconfortante. Para ela, aqueles soluços eram um prazeroso alívio.

Bela sentiu que se tornava cada vez mais fraca e derrotada. Sentiu a rainha acariciando seu queixo e, então, percebeu que lady Juliana ajoelhou-se diante dela num farfalhar de cetim e começou a beijar seu pescoço e seus ombros.

– Tudo bem, tudo bem – disse a rainha. – Minha escravinha corajosa.

– Tudo bem, tudo bem, minha menina, minha menina adorável e virtuosa – prosseguiu dizendo lady Juliana, como se houvesse recebido permissão para pronunciar aquelas palavras. Os golpes cessaram. O choro de Bela tomou conta do quarto.
– E você é boa, muito boa, tentou com muito afinco e lutou muito para ser graciosa.

A rainha empurrou Bela para a frente, para os braços de lady Juliana, que ficou de pé, amparando a princesa com um abraço. Suas mãos pressionavam as nádegas em chamas de Bela.

Os braços de lady Juliana eram macios, e os lábios faziam cócegas na princesa, acariciando-a, e Bela pôde sentir seus seios contra os seios fartos da dama e pareceu perder toda a noção do próprio peso, o senso de equilíbrio.

Ela estava à deriva nos braços de lady Juliana, sentindo o delicioso tecido do seu vestido e os braços redondos que ele cobria.

– Oh, minha doce e pequena Bela, minha Bela, você é tão boa, mas tão boa – a senhora sussurrou para ela com os lábios abrindo sorrateiramente a boca de Bela e a língua penetrando em seu interior enquanto os dedos pressionavam com força as nádegas. O sexo de Bela estava pressionado contra o vestido de lady Juliana e a jovem então sentiu o monte rígido que era o sexo de lady Juliana. – Bela, abençoada, ah, você me ama, não ama? Eu a amo ternamente.

Bela não conseguiu conter os braços, que envolveram o pescoço de lady Juliana. Sentiu que as tranças louras a pinicavam, mas a pele era rechonchuda e macia, e os lábios, firmes e sedosos.

Eles sugaram a boca de Bela, aqueles lábios arredondados, enquanto os dentes de lady Juliana os mordiscavam, como se estivessem experimentando a princesa.

E, então, Bela observou os olhos de lady Juliana, tão grandes, inocentes e repletos de uma preocupação terna. A princesa suspirou e repousou a face no rosto da dama.

– Basta – disse a rainha friamente.

---

Muito devagar, Bela sentiu que estava sendo libertada. Era forçada a se abaixar e deixou-se cair de forma lânguida até que estivesse sentada no chão, com o corpo sobre os tornozelos e as pernas levemente abertas, seu sexo não era nada além de dor e desejo.

Bela abaixou a cabeça. Mais que tudo, temia perder o controle sobre esse prazer crescente. Ela coraria, ficaria ofegante, se contorceria, incapaz de ocultar o que sentia daqueles que estavam por perto. Então, afastou as pernas, sentindo o púbis aberto e próximo como uma pequena boca faminta, desesperada para ser satisfeita.

Todavia, Bela não se importava. Tinha consciência de que não haveria liberdade para ela.

Aquela posição era suficiente para que Bela sentisse a lã grossa do tapete contra as suas nádegas irritadas e doloridas. Toda a sua vida parecia se resumir a ondas de dor e prazer. Os seios pareciam inclinar-se graças ao próprio peso e ela deixou que a cabeça caísse para o lado e uma imensa onda de relaxamento atravessou o seu corpo. Não importava mais o que eles lhe fariam com aqueles jogos. Que façam, ela pensava enquanto seus olhos derramaram-se em lágrimas, transformando a luz da tocha em um mero fulgor diante dela.

Bela olhou para cima.

Lady Juliana e a rainha estavam de pé, lado a lado. A rainha estava com um dos braços ao redor dos ombros da jovem. E ambas olhavam para Bela enquanto lady Juliana desfazia as tranças e os pequenos botões de rosa caíam livremente em seus pés discretos.

O momento parecia durar para sempre.

Bela ficou de joelhos novamente e moveu-se para a frente em silêncio. Inclinou-se com grande delicadeza e pegou um dos pequenos botões de rosa com os dentes e ergueu a cabeça oferecendo-o.

Sentiu a flor ser tirada de sua boca e, em seguida, os beijos suaves de ambas as mulheres.

– Muito bom, minha querida – disse a rainha, demonstrando pela primeira vez uma afeição verdadeira.

Bela pressionou os lábios contra as sandálias das duas.

Apesar da sonolência, a princesa ouviu a ordem da rainha para que fosse levada pelos pajens e acorrentada à parede do quarto de vestir anexo até o amanhecer.

– Separe os membros dela. E separe bem – disse a rainha.

E Bela soube com um doce desespero que seu desejo não a abandonaria tão cedo.

## COM O PRÍNCIPE ALEXI

A rainha dormia, sem dúvida. Talvez lady Juliana tenha adormecido em seus braços. Todo o castelo dormia, nos vilarejos e cidades mais afastadas, os camponeses roncavam em suas cabanas e casebres.

E, através da janela alta e estreita do quarto de vestir, a lua que brilhava no céu lançava uma luz branca sobre a parede onde Bela estava acorrentada com os tornozelos completamente afastados e os pulsos igualmente separados acima de sua cabeça. Ela deixava a cabeça pender para o lado, observando a fileira de vestidos magníficos, os mantos presos nos ganchos, os anéis de ouro e adornos, as vistosas correntes ornamentais e pilhas e mais pilhas de belas sandálias.

E lá estava ela entre todas aquelas coisas como se não fosse nada além de um enfeite, um objeto guardado ao lado de outros pertences valiosos.

Ela deliberadamente esfregou as nádegas na parede de pedra, desejando, de alguma forma, castigar ainda mais a sua carne para que, após alguns poucos segundos, pudesse sentir alívio quando parasse de fazê-lo.

O sexo não pararia de pulsar. Estava pegajoso com a própria secreção. Pobre princesa Lizetta no salão das punições. Será que o sofrimento dela era maior que aquele? Pelo menos, Lizetta não estava sozinha na escuridão e, subitamente, até mesmo aqueles que passavam por ela a ridicularizavam, provocavam-na, acariciavam seu sexo intumescido, pareciam uma companhia desejável aos olhos de Bela. A princesa esticou e balançou os quadris. Não havia nenhuma posição confortável e a jovem não conseguia entender por que sentia aquele desejo quando havia apenas alguns momentos a dor havia sido tão intensa que beijara as sandálias de lady Juliana. Corou ao recordar-se das palavras raivosas da dama, aquele espancamento reprovador que, de alguma forma, a machucara mais que os outros.

E como os pajens devem ter rido, ao lembrar que dezenas de princesas provavelmente participaram da mesma brincadeira de catar as rosas e o fizeram melhor.

Mas por que, por que bem no final, Bela pegou aquele último botão de rosa e por que sentiu os seios intumescerem de calor quando lady Juliana tirou a flor de seus lábios? Naquele momento, os mamilos de Bela pareciam pequenas cápsulas cruéis que impediam que o prazer explodisse dentro dela. Pensamento estranho. Naquele momento, eles pareceram muito apertados, os mamilos e o sexo dilatavam-se, famintos, e a seiva escorria entre as suas coxas. Quando pensou no sorriso do príncipe Alexi, nos olhos castanhos de lady Juliana, no belo rosto do príncipe e até mesmo na rainha, sim, até mesmo nos lábios vermelhos da rainha, sentiu-se queimar em agonia.

O sexo do príncipe Alexi era grosso e escuro, assim como todo o resto, e seus mamilos tinham uma cor rosada e escura.

Ela jogou a cabeça para um dos lados, rolou-a pela parede. Mas por que ela pegou aquela flor e a ofereceu à linda lady Juliana?

Ela olhou para frente, encarando a escuridão, e ouviu um rangido bem próximo de onde estava e pensou que aquilo fosse fruto de sua imaginação.

Mas, na escuridão da parede próxima, um feixe de luz surgiu e se tornou maior. A porta havia sido aberta e o príncipe Alexi deslizou para dentro do quarto de vestir. Solto, livre, ele estava de pé diante de Bela e gentilmente fechou a porta atrás de si.

Bela prendeu a respiração.

Ele não se moveu, como se estivesse acostumando-se à escuridão. E, então, quase que de imediato, deu alguns passos à frente e libertou os pulsos e os tornozelos de Bela.

Ela se pôs de pé, tremendo. E, então, os braços do príncipe Alexi a envolveram. Ele a aninhou contra o peito, o órgão rígido agulhava as coxas de Bela e ela sentiu a pele aveludada do rosto dele e, então, a boca de Alexi abriu-se sobre a sua, rude, sim, saboreando-a.

– Bela. – O príncipe soltou um suspiro profundo, e Bela sabia que ele estava sorrindo. Ela ergueu uma das mãos para sentir as pálpebras dele. À luz da lua, viu a superfície lisa do rosto do jovem, os dentes brancos. Tocou todo o corpo dele, faminta, desesperada. E, então, Bela começou a descer, cobrindo-o com sonoros beijos. – Espere, espere, minha linda, estou tão ansioso quanto você – ele sussurrou. Mas ela não conseguia manter as mãos longe dos ombros do príncipe Alexi, seu pescoço, sua pele acetinada. – Venha comigo – disse ele, apesar de aparentemente estar fazendo um grande esforço para soltar-se dos braços de Bela. O jovem abriu outra porta e a conduziu por uma longa passagem de teto muito baixo.

A lua entrava por janelas que não eram mais do que aberturas estreitas nas paredes. Ele parou diante de uma das diversas portas pesadas e ela se viu descendo uma escada em espiral.

Bela ficava cada vez mais assustada.

– Mas por que estamos aqui? Podemos ser pegos e, então, o que acontecerá conosco? – ela sussurrou.

Sem dar-lhe ouvidos, o príncipe Alexi abriu uma porta e a conduziu para dentro de uma pequena câmara.

Uma diminuta janela quadrada os iluminava e Bela viu uma pesada cama de palha coberta por um cobertor branco. Um uniforme de serviçal pendia de um gancho, mas tudo parecia abandonado como se houvera muito aquele aposento tivesse sido esquecido.

Alexi trancou a porta. Talvez ninguém conseguisse abri-la.

– Pensei que você estivesse fugindo. – Bela suspirou aliviada. – Mas eles não irão nos encontrar aqui?

Alex estava olhando para ela, a lua refletia em seu rosto e nos olhos, que estavam repletos de uma estranha serenidade.

– Em todas as noites de sua vida, a rainha dorme até o sol raiar. Felix foi dispensado. Se eu estiver aos pés da cama dela ao amanhecer, não seremos descobertos. Mas sempre existe uma possibilidade e, então, teremos de ser punidos.

– Oh, eu não me importo, não me importo – repetiu Bela freneticamente.

– Nem eu – o príncipe Alexi começou a dizer, mas a boca estava enterrada no pescoço de Bela enquanto a jovem atirava os braços ao redor dele.

Logo eles estavam sobre a cama de palha, sobre o cobertor macio. As nádegas de Bela eram espetadas pela palha, mas isso não era nada diante dos beijos sedentos e molhados do príncipe Alexi. Pressionou os seios contra o peito dele, envolveu os quadris do jovem com as pernas e apertou-o contra si.

Todos os tormentos e provocações que sofreu durante aquela longa noite a enlouqueceram de desejo. E, então, ele a penetrou com aquele órgão grosso que a princesa havia desejado desde o primeiro instante em que o vira. As estocadas eram brutais, fortes, como se ele também estivesse sofrendo por aquela paixão negada. O sexo dolorido de Bela estava repleto, os mamilos duros palpitavam, e ela mexeu repetidamente os quadris, erguendo-o da mesma forma com que erguera o príncipe, sentindo que ele a preenchia, prendia.

Por fim Bela se ergueu, gritando de prazer, e sentiu-o gozar com um último movimento dentro dela. Um fluido quente a invadiu e ela virou-se de costas, arfando.

Bela deitou-se sobre o peito de Alexi. Ele a aninhou, embalou-a, sem nunca deixar de beijá-la.

E, quando o príncipe Alexi sugou os mamilos de Bela, mordendo-os de leve, ele ficou rígido novamente e começou a pressionar o corpo dela contra o seu.

Ele ficou de joelhos e a ergueu até seu órgão. Bela sussurrou, concordando e, então, Alexi sentou-a em seu membro, penetrando-a, explorando-a. A cabeça dela pendeu para trás, os dentes, cerrados.

– Alexi, meu príncipe! – ela gemeu. E, mais uma vez, seu sexo molhado, aberto para ele, foi invadido em um ritmo frenético, até que tudo que ela conseguia fazer era gritar de prazer, enquanto ele a preenchia novamente.

Só após a terceira vez, eles desabaram, imóveis.

Mesmo assim, ela mordia os mamilos dele, as mãos acariciando os testículos, o pênis. Ele descansava com a cabeça apoiada no cotovelo e sorria para a princesa, deixando-a fazer o que bem desejasse, mesmo quando os dedos dela experimentaram seu ânus. Ela nunca sentira um homem daquela maneira antes. A princesa sentou-se e fez com que ele rolasse, ficando com o rosto para cima, e, então, examinou-o inteiro.

E, tomada pela timidez, Bela se deitou novamente ao lado do príncipe Alexi, aninhada nos seus braços, enterrou a cabeça em seus cabelos quentes e de fragrância doce e recebeu com prazer seus beijos suaves, profundos e carinhosos. Os lábios dele brincavam com os de Bela. Ele sussurrava o nome dela em seus ouvidos e, repousando uma das mãos entre as pernas da jovem, selou suas coxas com a palma enquanto aproximava-se ainda mais dela.

– Não podemos adormecer – disse ele. – Temo que a punição seja terrível demais para você.

– E também não seria para você? – ela perguntou.

Ele pareceu refletir e logo em seguida sorriu.
– Provavelmente não. Mas você ainda precisa aprender muito.
– E estou indo tão mal assim?
– Você é incomparável em todas as coisas – disse ele. – Não deixe que seus senhores e senhoras cruéis a enganem. Eles estão apaixonados por você.
– Ah, mas como eu serei punida? Seria na vila? – Ela baixou a voz enquanto pronunciava essas palavras.
– E quem lhe contou sobre a vila? – ele perguntou um tanto surpreso. – Poderia ser na vila... – Ele estava pensando. – Mas nunca nenhum dos preferidos da rainha ou do príncipe herdeiro foi exibido na vila. Mesmo assim, não podemos ser pegos, se formos, terei de dizer que eu a amordacei e a trouxe até aqui à força. Você sofrerá durante alguns dias no salão das punições, no máximo, e não importa o que acontecer comigo. E você deve jurar para mim que deixará que eu leve toda a culpa, ou irei amordaçá-la, carregá-la de volta e acorrentá-la lá em cima novamente.

Bela baixou a cabeça numa reverência.
– Eu a trouxe até aqui. Eu devo ser punido se formos pegos. Essa deve ser uma regra entre nós. E não discuta comigo.
– Sim, meu príncipe – ela sussurrou.
– Não, não diga isso para mim – ele implorou. – Não tenho nenhuma intenção de lhe dar ordens. Sou Alexi para você e nada mais que isso, e sinto muito se fui grosseiro, apenas não posso deixar que você sofra uma punição terrível. Faça o que peço porque... porque...
– Porque eu adoro você, Alexi – disse ela.

– Ah, Bela, você é meu amor, meu amor. – Ele a beijou de novo. – Agora, precisa me dizer, quais são seus pensamentos, por que você sofre tanto?

– Por que sofro? Mas você não vê isso com seus próprios olhos? E por acaso esqueci, por um momento que fosse, que você estava me observando esta noite? Vê o que fazem comigo, o que fazem com você, o que é...

– Claro que observei você e fiquei muito satisfeito com o prazer que isso me deu. Você *não* apreciou receber golpes da palmatória do príncipe herdeiro e *não* apreciou observar enquanto eu era punido no salão principal assim que entrou no palácio? O que você faria se eu lhe dissesse que derramei o vinho naquele dia apenas para que você me notasse?

Ela ficou impressionada.

– Eu perguntei por que você sofre. Não estou falando sobre o sofrimento que você sente com a palmatória ou com os jogos cruéis de seus senhores e senhoras. O que quero saber é o que faz com que seu coração sofra. Por que você vive em tamanho conflito? O que a impede de se entregar?

– Você se entrega? – ela exigiu, levemente raivosa.

– É claro – respondeu ele com facilidade. – Adoro a rainha e adoro agradá-la. Adoro todos aqueles que me atormentam porque esse é o meu dever. Trata-se de algo profundamente simples.

– E você não sente nenhuma dor, nenhuma humilhação?

– Sinto muita dor e muita humilhação. E isso nunca será diferente. Se fosse, mesmo que por pouco tempo, nossos senhores e senhoras infinitamente espertos pensariam em alguma nova maneira de fazer com que nos sentíssemos assim. Você acha que não me senti humilhado no salão principal ao ser suspenso por Felix e espancado diante de toda a corte de forma tão casual e por um motivo tão pequeno? Sou um príncipe poderoso, meu pai é um grande rei. Nunca me esqueço disso. Obviamente, é doloroso ser tratado tão rudemente pelo príncipe herdeiro apenas para que ele se divirta. E ele pensou que isso faria com que você me amasse menos!

– Ele estava errado, tão errado. – Bela sentou-se e pôs as mãos na cabeça, consternada. Ela amava ambos, esse era o sofrimento que aquela situação lhe causava, o príncipe herdeiro que, até mesmo naquele momento, ela podia antever com seu rosto branco e fino, aquelas mãos imaculadas e os olhos escuros tão cheios de turbulência e descontentamento. Foi uma agonia para Bela o príncipe não a ter levado para a cama dele após a senda dos arreios.

– Quero ajudá-la porque a amo – disse Alexi. – Quero guiá-la. Você está se rebelando.

– Estou, mas não é sempre – ela admitiu com um sussurro vago, desviando o olhar como se subitamente estivesse constrangida ao admitir isso. – Tenho... tantos sentimentos.

– Diga-me – disse ele com autoridade.

– Bem... esta noite... a rosa, o último botãozinho de rosa... Por que eu o peguei com meus dentes e o oferecí à lady Juliana? Por quê? Ela foi tão cruel comigo.

– Você queria agradar a ela. Ela é sua senhora. Você é uma escrava. A coisa mais digna que pode fazer é agradar, por isso você fez isso e não apenas como resposta aos golpes da palmatória de lady Juliana ou às ordens dela, mas, naquele momento, *você agiu de acordo com sua própria vontade.*

– Ah, sim. – Bela tinha consciência de que foi exatamente aquilo o que acontecera. – E... na senda dos arreios... como posso confessar isso... senti alguma liberdade em mim mesma, como se não estivesse mais trancada numa luta eterna, eu era apenas uma escrava, uma pobre e desesperada escrava que deveria esforçar-se, esforçar-se *genuinamente.*

– Você é eloquente – disse ele com sentimento. – Você já sabe muito.

– Mas não quero sentir isso. Quero me rebelar em meu coração, quero me fortalecer contra eles, que me atormentam infinitamente. Será que meu príncipe é o único...

– Mesmo se ele fosse, encontraria novas formas de atormentá-la, e ele não é o único. Mas, diga-me, por que você não deseja se entregar a eles?

– Bem, certamente você sabe. Você também se rebela, não é? Porque Leon disse que ninguém é capaz de tocar seu coração.

– Tolice. Simplesmente sei e aceito tudo. Não há resistência.

– Mas como consegue?

– Bela, você precisa aprender isso. Deve aceitar e se render. Então, verá como tudo é simples.

– Eu não estaria aqui com você se tivesse me rendido ao príncipe...

– Sim, você poderia estar aqui comigo. Eu adoro a minha rainha e estou aqui com você. Amo as duas. Rendi-me a esse sentimento tão inteiramente quanto a todo o resto, até mesmo ao fato de que posso ser punido. E, quando recebo minha punição, posso temê-la, sofrer, mas irei entendê-la e aceitá-la. Bela, quando você aceitar, florescerá com a dor, florescerá com o sofrimento.

— Na noite passada, havia uma garota bem na minha frente na fila para a senda dos arreios. Ela estava resignada, não estava? — Bela perguntou.

— Não, esqueça-a, ela não é nada. Aquela é a princesa Claire. Ela é idiota e fútil, sempre foi. E não sente nada. Não tem profundidade alguma, nenhum grande pesar. Mas você possui tudo isso e sempre sofrerá mais que ela.

— Mas será que todos, cedo ou tarde, adquirem essa capacidade de aceitação?

— Não, alguns nunca conseguem, mas é muito difícil dizer quem pertence a esse grupo. Ouça o que digo, nossos senhores nem sempre são tão sábios. Esteja certa disso. Por exemplo, Felix me contou que ontem você viu a princesa Lizetta pendurada no salão das punições. Acha que ela aceitou o castigo?

— Claro que não!

— Ah, mas ela aceitou, sim. Lizetta é uma grande e valorosa princesa escrava. Mas ela adora ser amarrada, ser impedida de se mover e, quando está totalmente entediada, suporta o desprazer de demonstrar sua superioridade, a superioridade de diverti-los ao deixar que a punam.

— Ah, você não pode estar falando sério.

— Estou. Ela é assim. Todos os escravos possuem uma maneira própria de agir. E você deve encontrar a sua. Não será fácil. Você sofrerá muito mais antes de descobrir sua maneira, mas já começou a vê-la na senda dos arreios e esta noite, quando deu a rosa à lady Juliana. A princesa Lizetta é uma lutadora. Você pode ser uma submissa, assim como eu. Essa pode ser a sua maneira, delicada e pessoalmente devotada. Muita calma, muita serenidade. Com o tempo talvez você verá outros escravos que são exemplares nesse quesito. Príncipe Tristan, por exemplo, o escravo de lorde Stefan, é incomparável. Possui um senhor tão apaixonado por ele quanto o príncipe é por você, o que torna tudo ao mesmo tempo muito difícil e muito simples.

Bela soltou um suspiro profundo. Foi subitamente tomada pela mesma sensação que sentiu quando se ajoelhou diante de lady Juliana e lhe ofereceu a rosa. Sentiu-se como quando corria na senda dos arreios e a brisa a tocava e o seu corpo todo queimava graças ao esforço que fazia.

– Eu não sei, senti-me envergonhada quando me submeti, senti como se realmente houvesse me perdido.

– Sim, isso acontece. Mas escute. Temos toda a noite para passarmos juntos aqui. Quero lhe contar a história de como vim parar neste castelo e como conquistei o meu caminho aqui. Quando terminar, se você ainda se sentir rebelde, pedirei que reflita em minhas palavras. Continuarei amando-a, independentemente do que aconteça, e seguirei empenhando-me para ter momentos em que possa vê-la em segredo. Mas, se você me escutar, verá que poderá conquistar tudo que está ao seu redor. Não tente entender o que irei dizer de uma só vez. Simplesmente escute e veja se, no fim, a história não a consolará. Lembre-se, não é possível fugir deste lugar. Não importa o que você fizer, a corte encontrará maneiras de obrigá-la a oferecer-lhes algum divertimento. Até mesmo um escravo selvagem e que vive rangendo os dentes pode ser amarrado e usado de mil maneiras diferentes para divertir a todos. Assim, aceite essa fronteira e tente entender as próprias limitações e como pode ampliá-las.

– Oh, se você me ama, posso aceitar. Posso aceitar qualquer coisa.

– Eu amo você. Mas o príncipe também a ama. E, mesmo assim, você deve buscar o caminho da aceitação.

Ele a abraçou e logo forçou gentilmente a língua entre os lábios de Bela, beijando-a com violência.

Ele sugou os seios da jovem até que estivessem quase feridos enquanto ela arqueava as costas, gemendo novamente, a paixão crescendo. Alexi a colocou sobre seu corpo e mais uma vez penetrou-a, virando-a delicadamente de forma que ficassem de lado, contemplando um ao outro.

– Amanhã eles me provocarão por qualquer insignificância e apenas por isso serei punido. – Ele sorriu. – Mas não me importo. Tudo vale a pena para tê-la, abraçá-la e estar com você.

– Mas não posso suportar nem ao menos pensar em sua punição.

– Console-se com o fato de eu merecer isso e de que a rainha deve ser satisfeita. E eu pertenço a ela tanto quanto você também pertence a ela e ao príncipe. E, se ele nos flagrar, terá todo o direito de punir-me depois.

– Mas como pertencer a ele e a você?

– Tão facilmente quanto você pode pertencer à rainha e à lady Juliana. Você não entregou a rosa à lady Juliana? Aposto que, em poucos dias, você ficará louca para agradar à lady

Juliana. Morrerá de medo de desagradar-lhe e ansiará pela palmatória tanto quanto a teme.

Bela virou o rosto e o enterrou no feno porque isso era verdade. Naquela noite, ficara contente ao ver lady Juliana. E era assim que se sentia em relação ao príncipe.

– Agora, escute minha história e irá entender melhor. Não será uma explicação perfeita, mas você poderá percebê-la como um mistério sendo desvendado.

# O PRÍNCIPE ALEXI CONTA SOBRE A SUA CAPTURA E ESCRAVIZAÇÃO

—Quando chegou o tempo de prestar tributo à rainha – começou o príncipe Alexi –, não fiquei completamente resignado ao ser escolhido. Havia outros príncipes que vieram junto comigo e, em nenhuma ocasião, disseram-nos que nosso serviço com a rainha não duraria mais que cinco anos e que voltaríamos infinitamente mais sábios, pacientes, controlados e com todas as nossas virtudes aprimoradas. Claro que eu conhecia outros que haviam servido e, apesar de eles serem proibidos de falar a respeito do que aconteceu, sabia que se tratava de uma provação e eu amava minha liberdade. Então, quando meu pai me disse que eu deveria ir, fugi do castelo e comecei a vagar pelos vilarejos.

"Não sei como meu pai recebeu essa notícia. Fui capturado durante uma festa realizada pelos soldados da rainha que invadiram a cidade e levado junto com diversos meninos e meninas comuns, que prestariam outras formas de serviço. Eles foram concedidos a aristocratas de menor importância com o intuito de servi-los em suas próprias mansões. Príncipes e princesas servem apenas à corte, como você certamente já deve ter percebido.

"Era um dia de sol brilhante. Estava andando sozinho num campo no sul do vilarejo, compondo poesias em minha mente, quando vi os soldados da rainha. Trazia comigo minha espada, é claro, mas logo me vi cercado por aproximadamente seis cavaleiros. Assim que percebi que a intenção deles era levar-me como escravo, soube que faziam parte das tropas da rainha. Os homens lançaram uma rede sobre mim e me desarmaram com rapidez. Eu estava em uma situação muito difícil e, para piorar, tiraram minhas roupas e jogaram-me sobre a sela do capitão.

"Apenas aquilo já foi suficiente para me enfurecer e fazer com que lutasse por minha liberdade. Você pode imaginar, meus pulsos amarrados com cordas ásperas, minhas nádegas nuas voltadas para cima, minha cabeça pendurada. O capitão pousava as mãos sobre mim com bastante frequência quando encontrava-se desocupado. Ele me beliscava e arranhava como melhor lhe convinha e parecia aproveitar-se dessas vantagens."

Bela contraiu-se ao ouvir essas palavras. Era como se ela estivesse assistindo a todas essas cenas.

— Foi uma longa jornada até o reino da rainha. Fui tratado de forma rude, como se fosse um excesso de bagagem, amarrado a uma trave diante da tenda do capitão durante a noite e pensei que ninguém tivesse autorização para violar-me, mas fui atormentado pelos soldados. Eles empunhavam pedaços de pau e galhos para espetar meus órgãos, tocar meu rosto, meus braços e pernas, qualquer região que fossem capazes. Minhas mãos estavam amarradas sobre a cabeça. Ficava assim o tempo todo, dormindo de pé. As noites eram quentes, mas minha situação era bastante lastimável.

"De alguma maneira, tudo isso me trouxe um pouco de sabedoria. Fui prometido à própria rainha em virtude do tratado que ela fizera com meu pai. E é óbvio que estava ávido para ficar longe daqueles soldados grosseiros. A cavalgada de cada dia era sempre a mesma, sobre a sela do capitão. Ele constantemente me chicoteava com suas luvas de couro como se aquilo fosse uma brincadeira. Deixava que os moradores dos vilarejos se aproximassem da estrada quando passávamos. Ele zombava de mim, despenteava meu cabelo e chamava-me como se eu fosse um animal de estimação. Entretanto, não podia me usar realmente."

– Você pensava em fugir? – Bela perguntou.

– O tempo todo, mas sempre estava cercado de soldados e completamente nu. Mesmo que conseguisse alcançar o casebre de um aldeão ou a cabana de um servo, seria logo recapturado, teria de ser devolvido, e meu pai seria obrigado a pagar uma multa. Mais vergonha e degradação. Segui cavalgando com as mãos e os pés amarrados e largado sobre o cavalo de forma desonrosa, num estado de fúria.

"Mas, finalmente, chegamos ao castelo. Fui limpo, depois untado e levado até Sua Majestade. A rainha tinha uma beleza gélida e imediatamente causou uma impressão sobre mim. Nunca vira olhos tão lindos, ainda que extremamente frios. E, quando me recusei a permanecer em silêncio e obedecer, ela riu. Depois me amordaçou com uma tira de couro. Tenho certeza de que você já viu uma dessas. Bem, a minha mordaça foi presa por uma corda, de forma que eu não podia removê-la. E, então, ela me algemou com tiras também de couro para que não fosse capaz de ficar em outra posição que não fosse de quatro. Eu poderia me mover, como me foi dito, mas não deveria me levantar. A coleira de couro em volta do meu pescoço estava muito bem presa às correntes de couro nas algemas em meus pulsos e abaixo dos meus joelhos. Meus tornozelos estavam ligados para que eu não pudesse separá-los muito. Era realmente muito engenhoso.

"E, então, a rainha pegou sua longa guia, como ela costuma chamar esse objeto, para conduzir-me. Tratava-se de uma vara com um falo forrado de couro em uma das extremidades. Nunca esquecerei a primeira vez em que senti aquilo sendo introduzido em meu ânus. Ela me cutucava e, contra a minha vontade, eu seguia à frente dela, como um animal de estimação obediente. E, quando deitei-me e me recusei a obedecer, ela simplesmente riu diante da cena e deu início a seu trabalho com a palmatória.

"Bem, eu era impetuosamente rebelde. Quanto mais ela me golpeava, mais eu rosnava e recusava-me a obedecer. Então, ela fez com que me virassem de ponta-cabeça e me espancou por horas. Você pode imaginar muito bem o quanto foi doloroso. Mas, entenda, outros escravos me observavam, perdidos em uma profunda confusão. Ser despido, surrado, receber ordens sob a ameaça de uma palmatória... Tudo isso era suficiente para fazer com que obedecessem. Combinando esses atos com o conhecimento de que não podiam escapar e deveriam servir por muitos anos, não havia saída.

"Ainda assim, nada fazia com que eu me rendesse. Quando me soltaram, tinha as pernas e as nádegas feridas pelos golpes da palmatória, mas não me importava. Todas as tentativas de despertar meu órgão foram em vão. Eu era muito teimoso.

"Lorde Gregory finalmente me explicou como as coisas funcionavam. A palmatória era muito mais fácil de ser suportada com o órgão ereto, ele me disse. Com a paixão correndo em minhas veias, eu compreenderia as razões pelas quais deveria agradar à minha senhora. Eu não o ouvi.

"Ainda assim, a rainha me considerava divertido. Disse que eu era mais bonito que qualquer outro escravo que já lhe havia sido enviado. Ela me mantinha amarrado em seus aposentos noite e dia para que pudesse me observar. Entretanto, para ser sincero, ela fazia isso para que eu pudesse vê-la e desejá-la.

"Bem, no começo, eu não olhava para a rainha. Mas, aos poucos, comecei a estudá-la. Memorizei cada detalhe: os olhos cruéis, o pesado cabelo negro, os seios brancos, as longas pernas e a maneira como se deitava na cama, andava ou comia suas refeições com tanto gosto. Ela me golpeava frequentemente com a palmatória, é claro. E algo estranho começou a acontecer. Os espancamentos eram as únicas coisas que quebravam o tédio da situação toda, além das ocasiões em que eu a observava. Assim, admirá-la e receber golpes de palmatória tornaram-se atividades interessantes para mim."

– Oh, ela é diabólica! – Bela arfou. Era capaz de entender tudo aquilo perfeitamente.

– É claro que ela é. Além de ter consciência plena de sua beleza. Bem, tudo isso acontecia enquanto ela cuidava dos assuntos da corte, precisando correr sem parar de um lado para outro. Eu ficava em geral sozinho, com nada para fazer além de lutar e praguejar através da mordaça. Então, quando ela retornava, a visão dos cachos macios e lábios vermelhos tomava conta dos meus olhos. Meu coração começava a bater depressa quando a rainha se despia. Adorava o momento em que ela se libertava do manto e eu podia ver os seus cabelos. Por isso, quando ela ficava nua e entrava na banheira, eu já me encontrava além de meus limites.

"Tudo isso era segredo e fiz o meu melhor para não demonstrar nada. Silenciei minha paixão. Mas sou homem e, em questão de dias, meu amor começou a se consolidar e a mostrar-se. A rainha ria de tudo isso. Ela me atormentava. Então, me falava sobre como eu sofreria menos se ficasse sobre o seu colo e aceitasse obedientemente os golpes da palmatória. Esse é o esporte preferido da rainha, o simples espancamento sobre o seu colo, como você descobriu de forma dolorosa o suficiente esta noite. Ela adora a intimidade desse ato. Todos os escravos são seus filhos."

Bela ficou intrigada ao ouvir essas palavras, mas não queria interromper Alexi, que prosseguiu:

– Como eu lhe disse, ela iria me espancar. E sempre de uma maneira bastante desconfortável e fria. Ela me enviaria para Felix, que, naquela época, eu desprezava.

– E hoje? Você não o odeia? – Bela perguntou. Mas, então, corando, lembrou-se da cena que testemunhara nas escadas: Felix sugando Alexi com tanta doçura.

– Hoje eu não o desprezo nem um pouco – o príncipe Alexi respondeu. – Ele é, entre todos os pajens, um dos mais *interessantes*. Ele pode ser um verdadeiro tesouro agora, mas, naqueles dias, eu o desprezava tanto quanto desprezava a rainha. Ela iria dar ordens para que eu fosse espancado. Ela me removeria das correntes que me prendiam à parede enquanto eu chutava e tentava lutar freneticamente. Então, fui atirado de joelhos, minhas pernas foram chutadas para que ficassem totalmente separadas e os espancamentos tiveram lugar até que a rainha se cansasse. Fiquei muito machucado, de uma forma que tenho certeza de que você conhece muito bem, e esse ato também me deixou humilhado. Mas, à medida que me sentia cada vez mais entediado em minhas horas de solidão, comecei a olhar para tudo isso como uma espécie de interlúdio. Comecei a pensar na dor, em seus vários estágios. Havia os primeiros golpes da palmatória, que não são de todo dolorosos. Depois, eles se tornam cada vez mais fortes, o ardor, as ferroadas, flagrava-me tentando me esquivar e fugir dos golpes, apesar de jurar que não fazia isso. Lembrava-me de que deveria me manter imóvel, apenas para cair nos contorcionismos mais uma vez, o que divertia imensamente a rainha. Quando eu já me encontrava bastante ferido, sentia-me exausto, cansado de lutar, e a rainha sabia quando eu estava mais vulnerável. Ela me tocava. A sensação das mãos dela em meus ferimentos era maravilhosa, apesar de eu odiá-la. Então, ela golpeava meu órgão, falando em minha orelha sobre os êxtases de que eu desfrutaria ao servi-la. Eu receberia sua total atenção, ela dizia, e seria banhado e mimado pelos pajens, em vez de ser rudemente esfregado e pendurado na parede. Às vezes, eu deixava algumas lágrimas escaparem, pois não conseguia me segurar. Os pajens riam. A rainha também considerava aquela cena digna de boas gargalhadas. Então, eu era posto novamente na parede para sucumbir ao mais interminável tédio.

"Até aquele momento, nunca vira outros escravos serem punidos pela rainha. Ela podia realizar seus prazeres e jogos em seus muitos salões. Às vezes, eu ouvia choros e golpes através das portas, mas isso acontecia apenas raramente.

"Entretanto, quando comecei a exibir um órgão ereto e suplicante, mesmo contra a minha própria vontade, e a realmente ansiar pelos terríveis espancamentos... mais uma vez contra a minha própria vontade... esses dois interlúdios ainda não estavam associados em minha mente... vez ou outra, ela trazia um escravo para sua diversão.

"Nem sou capaz de lhe dizer sobre as ondas de ciúme raivoso que senti na primeira vez em que testemunhei um escravo sendo punido. Foi o jovem príncipe Gerald, que ela adorava naquele tempo. Ele tinha dezesseis anos, nádegas redondas e pequenas, irresistíveis para os pajens e os cavalariços, como as suas..."

Bela corou ao ouvir essas palavras.

– Não se considere azarada. Ouça o que tenho a dizer sobre o tédio. – Alexi beijou-a com doçura. – Como eu estava dizendo, esse escravo foi levado até o quarto e a rainha o golpeou e zombou dele sem o menor pudor. Ela o colocou sobre o seu colo e começou a espancá-lo com as próprias mãos, da mesma maneira como fez com você, e eu podia ver o pênis ereto e como ele tentava mantê-lo longe das pernas dela, com medo de deixar que sua paixão escorresse, desagradando-lhe. Ele era totalmente complacente e devotado a ela. Ele não demonstrava dignidade alguma em sua rendição, mas corria para obedecer a qualquer ordem dela, seu belo e pequeno rosto estava sempre corado, sua pele branca e rosada, repleta de rubor onde ele havia sido punido. Pensei que nunca seria obrigado a fazer tais coisas. Nunca... eu morreria antes. Ainda assim, eu o observei, observei quando a rainha o castigou, o beliscou e o beijou.

"E, quando ele lhe agradou o suficiente, como ela o recompensou! A rainha trouxe seis príncipes e princesas para que ele escolhesse com quem gostaria de formar um par. É claro que as escolhas dele eram feitas para agradar à rainha. Ele sempre escolhia os príncipes.

"E, quando ela dirigia-se para onde ele se encontrava, com a palmatória nas mãos, ele montava em um dos outros escravos, que se ajoelhava obedientemente e, recebendo os golpes da rainha, atingia o êxtase. Era um espetáculo hipnotizante. As nádegas pequenas e arredondadas do príncipe Gerald sendo sonoramente espancadas, o escravo submisso com as faces rubras, de joelhos para receber o outro jovem, cujo pênis ereto entrava e saía do ânus indefeso. Às vezes, a rainha espancava a pobre vítima primeiro, realizando uma alegre caçada por todo o quarto, dando-lhe uma chance de escapar de seu destino se fosse capaz de trazer preso entre os dentes um par de sandálias para a rainha antes que ela conseguisse lhe dar dez bons golpes com a palmatória. A vítima deveria correr para obedecer. Entretanto, raramente alguém conseguia achar os calçados e levá-los até o local correto sem que a rainha o golpeasse sonoramente. Assim, o escravo tinha de curvar-se diante do príncipe Gerald, que, sem dúvida, era muito bem-dotado para um rapaz de dezesseis anos.

"É claro que eu dizia a mim mesmo que tudo aquilo era nojento e que eu estava muito acima daquilo. Eu nunca deveria participar de nenhum daqueles jogos. – O príncipe Alexi sorriu e, com um dos braços, apertou Bela contra o peito, beijando-lhe a testa. – Desde então, tenho participado bastante.

"Mas, vez por outra, o príncipe Gerald também escolhia uma princesa. Isso enraivecia a rainha, apesar de tratar-se apenas de um ódio moderado. Ela obrigava a menina a cumprir algumas tarefas impossíveis na esperança de escapar: o mesmo jogo das sandálias ou pegar um espelho de mão ou algo do tipo enquanto lhe dirigia golpes cruéis com a palmatória. Em seguida, a jovem era jogada no chão com as costas voltadas para cima, pronta para ser tomada pelo vigoroso principezinho, para o divertimento da rainha. Ou a jovem poderia ter seu corpo dobrado ao meio e ser pendurada no salão das punições."

Bela recuou ao ouvir essas palavras. A possibilidade de ser colocada em uma situação como aquela nunca passara pela sua cabeça. Mas a princesa certamente deveria estar pronta e disposta para isso.

– Como você pode imaginar – Alexi continuou –, esses espetáculos tornaram-se uma tortura. Em minhas horas solitárias, eu ansiava por eles. Enquanto assistia, podia sentir os golpes nas minhas nádegas como se eu também estivesse sendo espancado e sentia meu pênis endurecer contra a minha vontade, diante da visão das menininhas sendo perseguidas ou até mesmo do príncipe Gerald sendo golpeado e, às vezes, chupado por um pajem para o divertimento da rainha.

"Devo acrescentar que o príncipe Gerald considerava tudo isso muito difícil. Ele era um príncipe muito ansioso, sempre se empenhando para agradar à rainha e punindo-se terrivelmente em sua própria mente por qualquer fracasso. Ele nunca parecia perceber que muitas de suas tarefas e jogos eram propositalmente os mais difíceis, preparados especialmente para ele. A rainha o fazia pentear os cabelos dela com a escova presa nos dentes. Assim, a tarefa se torna muito mais complexa. E ele chorava quando não conseguia escovar o cabelo dela em cachos suficientemente longos e perfeitos. É claro que a rainha ficava perturbada. Ela o jogava no colo e, com uma escova de cabo de couro, batia nele. O príncipe Gerald deixava as lágrimas escaparem, repleto de vergonha e dor, e temia a pior consequência da cólera da rainha: ser concedido a outros para prazeres e castigos severos."

— Ela já o concedeu a outros, Alexi? — Bela perguntou.

— Quando está irritada comigo, ela me concede a outros — ele continuou. — Mas tenho me rendido e aceitado o fato. Entristece-me, mas aceito. Nunca fico no mesmo frenesi em que o príncipe Gerald sempre se encontrava. Ele implorava à rainha, cobrindo as sandálias dela com beijos silenciosos. Isso nunca adiantava. Quanto mais ele implorava, mais era punido.

— O que aconteceu com ele?

— O tempo do príncipe Gerald aqui terminou e ele foi mandado de volta para o reino dele. Esse dia chega para todos os escravos. Chegará para você também, apesar de ninguém poder saber quando será, visto a paixão que o príncipe sente e o fato de ele tê-la despertado e exigido você. Seu reino era uma lenda por aqui.

"Mas o príncipe Gerald voltou para casa ricamente recompensado e, acho eu, muito aliviado por terem-no deixado ir. Ele foi, obviamente, vestido com belíssimas roupas antes de ser levado e foi recebido pela corte. Nós fomos reunidos para vê-lo partir a cavalo. É esse o costume. Acho que isso foi tão humilhante para o príncipe Gerald quanto todo o resto. Era como se ele se lembrasse de sua nudez e submissão. Mas outros escravos sofrem até mais quando são libertos, por muitas razões. De qualquer forma, quem saberá? Talvez as preocupações sem fim do príncipe Gerald o tenham poupado de algo pior. É impossível dizer. A princesa Lizetta é salva por sua revolta. Sem dúvida, isso era *interessante* para o príncipe Gerald..."

Alexi fez uma pausa para beijar Bela novamente e a silenciou:

– Não tente entender tudo que acabei de dizer. Isto é, não tente encontrar um significado imediato em tudo isso. Simplesmente ouça, aprenda e, quem sabe, o que eu lhe contar possa poupá-la de alguns erros, concedendo-lhe novos níveis de consciência em um futuro próximo. Ah, você é tão frágil, minha flor secreta.

Ele iria abraçar Bela novamente, talvez fascinando-a com sua paixão mais uma vez, mas ela o conteve tocando os lábios dele com os dedos.

– Mas, me diga, quando você estava acorrentado à parede, no que pensava... quando estava sozinho, você devia sonhar acordado. Com o que sonhava?

– Que pergunta estranha.

A expressão de Bela era muito séria.

– Você pensava em sua antiga vida e desejava estar livre para desfrutar de determinados prazeres?

– Na verdade, não – disse ele devagar. – Pensava mais no que aconteceria comigo a seguir, acho eu. Não sei. Por que pergunta isso?

Bela não respondeu, mas ela já havia sonhado três vezes desde que chegara ali e, em cada uma dessas ocasiões, sua antiga vida havia lhe parecido amarga e abarrotada de problemas ínfimos. Ela se lembrava das horas passadas com seu bordado e as infinitas reverências na corte, destinadas a príncipes que beijavam sua mão. Lembrava-se de se sentar praticamente imóvel por horas em banquetes intermináveis onde outros falavam e bebiam, enquanto tudo que ela conseguia sentir era tédio.

– Por favor, continue, Alexi – pediu ela gentilmente. – Mas para quem a rainha o concedia quando estava irritada?

– Ah, essa é uma pergunta com muitas respostas. Mas deixe-me prosseguir. Você pode muito bem imaginar o que era a minha existência, as horas de tédio e solidão quebradas apenas por essas três distrações: a própria rainha, as punições do príncipe Gerald ou os severos espancamentos que Felix me desferia com a palmatória. Bem, logo, contra a minha vontade e apesar de minha raiva, comecei a demonstrar minha excitação sempre que a rainha adentrava sua alcova. Ela me ridicularizava por isso, mas não deixava de notar. E, às vezes, eu não conseguia esconder minha ereção quando via o príncipe Gerald tão vigorosamente excitado e atingindo seu gozo com um dos outros escravos ou até mesmo empunhando a palmatória. A rainha observava tudo isso e, a cada vez que percebia que meu membro estava rígido contra a minha vontade, imediatamente ordenava que Felix me espancasse com severidade. Eu lutava, tentava amaldiçoá-la e, no início, esses espancamentos reprimiam meu desejo, mas, com o tempo, pararam de sufocá-lo. E a rainha aumentava meu sofrimento com as próprias mãos, dando tapas em meu pênis, acariciando-o e batendo novamente logo em seguida enquanto Felix me surrava. Eu me debatia, tentava lutar. Era inútil. Passei a desejar tanto as mãos da rainha que lamentava em voz alta e, durante um desses imensos estados de sofrimento, fazia de tudo que era capaz por meio de gestos e atitudes para demonstrar que eu lhe obedeceria. É claro que eu não tinha intenção alguma de fazê-lo. Eu o fiz por tempo suficiente apenas para ser recompensado. E fico pensando se você é capaz de imaginar o quão difícil isso foi para mim. Fui solto, colocado de quatro e recebi ordens para beijar os pés dela. Era como se eu houvesse acabado de ser despido. Nunca obedecera a nenhum comando, nem fora obrigado a obedecer enquanto estava livre das correntes. E, ainda assim, estava tão atormentado para me ver livre, meu sexo estava tão intumescido de desejo, que me forcei a me ajoelhar aos pés da rainha e beijar suas sandálias. Nunca me esquecerei do toque mágico de suas mãos. Pude sentir o choque da paixão atravessar meu corpo e, assim que ela me acariciou e começou a brincar com meu sexo, minha paixão foi imediatamente descarregada, o que a enraiveceu enormemente.

"'Você não possui controle algum', ela me disse, mal-humorada, 'e será punido por isso. Entretanto, tentou ser submisso e isso já é alguma coisa.' Mas, nesse momento, eu me levantei e tentei correr para longe dela. Nunca tive intenção alguma de ser submisso nem nada do tipo.

"É claro que os pajens me prenderam na hora. Nunca se deve pensar que se está a salvo deles. Pode-se estar em um imenso aposento turvamente iluminado na companhia de um lorde. Você pode se considerar quase livre quando ele adormece com sua taça de vinho. Mas, se tentar se levantar e fugir, imediatamente os pajens aparecerão e irão contê-lo. Só agora que sou o servo de confiança da rainha tenho permissão para dormir sozinho nos aposentos dela. Os pajens não ousam entrar no quarto escuro enquanto a rainha dorme. Por isso, não têm como descobrir que estou aqui com você. Mas isso é raro, muito raro. E, mesmo agora, corremos risco de ser descobertos..."

– Mas o que aconteceu com você? – Bela pressionou-o, temerosa. – Eles o prenderam?

– A rainha deu pouca atenção a como eu deveria ser punido. Ela me mandou para lorde Gregory, dizendo que eu era o mais incorrigível de todos os escravos. Apesar de minhas mãos e pele finas, e meu berço real, eu deveria ser levado imediatamente para a cozinha, para lá servir por quanto tempo a rainha decretasse... e, de fato, ela esperava se lembrar de que eu estava lá e enviar alguém para me resgatar após algum tempo.

"Fui carregado escada abaixo até a cozinha, protestando como sempre. Imagine só, eu não fazia a menor ideia do que aconteceria comigo. Mas, pouco depois, vi que estava em um local escuro e sujo, repleto de gordura e fuligem do fogão, onde as panelas estavam sempre fervendo e dezenas de serviçais trabalhavam cortando legumes ou depenando aves, realizando todas as tarefas ligadas à produção dos banquetes servidos no palácio.

"Mal fui levado até lá e os criados se regozijaram por ter um pequeno divertimento. Fui cercado pelos seres mais rudes que já vira. Mas o que isso significa para mim?, eu pensava. Eu não obedeço a ninguém. Entretanto, em questão de segundos, compreendi que aquelas criaturas estavam tão interessadas em minha obediência quanto se importavam com a obediência das aves que depenavam ou das cenouras que ralavam e das batatas que jogavam nas panelas. Eu era um brinquedo para aqueles servos e raramente se dirigiam a mim, como se considerassem que eu não tivesse ouvidos para escutar ou consciência para entender o que diziam a meu respeito.

"Logo eles me encoleiraram com uma faixa de couro que era ligada por correntes a algemas em meus pulsos que, por sua vez, estavam presas aos meus joelhos, assim eu podia apenas ficar de quatro, sem poder me erguer. Um freio de cavalo com uma rédea prendia minha boca e havia sido atado à minha cabeça com tanta força que eu poderia ser puxado para frente pelas correias de couro com poucas possibilidades de resistir, meus membros relutantemente permitiriam que eu seguisse em frente.

"Recusava-me a me mexer. Fui arrastado pelo chão sujo enquanto eles uivavam de tanto rir. Todos tinham suas palmatórias nas mãos e logo começaram a me espancar sem piedade. É óbvio que nenhuma parte do meu corpo foi poupada, mas minhas nádegas particularmente os deliciaram. E, quanto mais eu resistia ou lutava, mais eles achavam tudo aquilo hilário.

Eu não passava de um cão para aquelas pessoas. E era exatamente assim que me tratavam. Mas isso foi apenas o início. Depois, fui solto apenas o suficiente para ser jogado em um imenso barril. E, lá, fui estuprado por todos os homens ali presentes, sem exceção de nenhum, enquanto as mulheres observavam e riam. Fiquei tão machucado pelos constantes estupros e tão tonto pelo movimento do barril que fiquei enjoado, mas isso, novamente, servia apenas como um acréscimo à diversão deles.

"E, quando eles terminaram comigo e tiveram de retornar para seus respectivos deveres, acorrentaram-me sobre um barril aberto que continha o lixo. Meus pés foram firmemente depositados sobre restos de folhas de repolho, sobras de cenouras, cascas de cebola e penas de galinha que compunham o lixo do dia. E, à medida que jogavam mais lixo lá dentro, a pilha crescia ao meu redor. O fedor era terrível e, quando eu me retorcia e lutava para me desvencilhar, novamente eles riam e pensavam em outras formas de me atormentar."

– Oh, isso é horrível. – Bela arfou. Cada uma das pessoas que lidaram com ela ou a puniram a admirou de alguma maneira. E, ao pensar em seu belo Alexi sendo tratado dessa forma, sentiu-se enfraquecida pelo medo.

– É claro que eu não sabia que ali seria o meu posto regular. Fui retirado dali horas depois, quando eles decidiram me estuprar novamente após a refeição da noite ter sido servida. Apenas nesse momento, fui jogado no chão e depois colocado sobre uma grande mesa de madeira. E, por puro prazer, eles novamente me espancaram, dessa vez com grosseiras palmatórias de madeira, afirmando que as palmatórias de couro que utilizaram mais cedo não eram boas para mim naquele momento. Separaram minhas pernas o máximo possível, lamentando não poderem torturar minhas partes íntimas sem correr o risco de ser punidos. Mas, sem dúvida, não estavam se referindo ao meu pênis, que sofreu muito com socos e foi rudemente manuseado.

"A essa altura, eu estava furioso. Não consigo explicar o que senti. Havia tantos deles, eram tão cruéis, e meus movimentos ou sons não significavam nada para eles. A rainha notava minhas mais íntimas mudanças de expressão. Ela zombava de meus rosnados e ímpetos violentos, mas guardava tudo aquilo para si. Aqueles cozinheiros e ajudantes de cozinha cruéis puxavam meus cabelos, erguiam minha cabeça, estapeavam minhas nádegas e me espancavam como se eu não tivesse consciência alguma de tudo aquilo.

"Os homens falavam comigo. 'Que nádegas rechonchudas', 'Veja essas pernas fortes' e coisas do gênero, como se eu fosse um reles animal. Eles me beliscavam, empurravam e socavam como o desejassem, e, depois, se prepararam para me estuprar. Untaram-me bem com aquelas mãos terríveis da mesma forma como haviam feito antes e, quando terminaram, lavaram-me sob um tipo grosseiro de cano ligado a um odre de vinho repleto de água. Não sou capaz de expressar em palavras a humilhação de ser tratado assim, sendo lavado por dentro e por fora por aquelas pessoas. A rainha pelo menos permitia que eu tivesse alguma privacidade para cuidar dessas questões, já que as necessidades de nossos intestinos e bexigas não a interessavam.

Mas ser esvaziado por violentos jatos de água gelada e diante daqueles homens imundos fez com que eu me sentisse fraco e impotente.

"Eu mancava quando eles me penduraram novamente sobre o barril de lixo. E, na manhã seguinte, meus braços doíam e eu estava enjoado pelo fedor que emanava ao meu redor. De maneira rude, eles me desceram e acorrentaram-me para que eu ficasse de joelhos novamente e jogaram um pouco de comida em um prato para mim. Já havia se passado um dia inteiro desde que eu comera pela última vez. Eu até comeria, mas não queria fazê-lo para que se divertissem, já que não permitiram que eu utilizasse as mãos. Eu não era nada para eles. Recusei as refeições até o terceiro dia, quando não consegui suportar mais e lambi a papa que me deram como se fosse um cachorrinho faminto. Eles não prestaram a mínima atenção. Quando eu terminava minhas refeições, era levado novamente para o barril de lixo, até que tivessem tempo de se divertir à minha custa.

"Nesse meio-tempo, eu ficava ali pendurado. E, quando passavam por mim, às vezes me davam um forte tapa, torciam meus mamilos, separavam bem minhas pernas com suas palmatórias.

"Era uma agonia maior que tudo que eu conhecera nos aposentos da rainha. E logo, em uma noite, os cavalariços receberam ordem para ir até a cozinha e me usar como desejassem. Sendo assim, eu também tinha de satisfazê-los.

"Eles eram mais bem-vestidos, mas cheiravam a cavalo. Os rapazes entraram e me tiraram do barril. Um deles enfiou o longo cabo redondo e revestido de couro de seu chicote dentro do meu ânus. Fazendo com que eu me erguesse segurando-me pelo chicote, ele me forçou a ir até o estábulo. Lá, fui colocado sobre outro barril e estuprado por todos eles.

"Isso parecia insuportável e, ainda assim, eu suportei. E, como acontecia nos aposentos da rainha, eu podia banquetear meus olhos com a visão de meus torturadores durante o dia inteiro já que, entre os intervalos das torturas, todos prestavam muito pouca atenção em mim.

"Certa noite, entretanto, quando todos haviam bebido muito após terem sido parabenizados por servir uma excelente refeição nos salões no andar superior, eles se tornaram mais criativos ao brincar comigo. Fiquei aterrorizado. Abandonei minhas noções de dignidade e, assim que eles se aproximaram de mim, comecei a gemer por trás da mordaça. Eu me contorci e girei meu corpo para resistir àquelas mãos.

"Os jogos escolhidos eram tão degradantes quanto repulsivos. Eles falavam em me decorar, melhorar minha aparência, que eu era um animal limpinho e fino demais para morar na cozinha. E, amarrando-me com os braços e as pernas estendidos na cozinha, logo liberaram sua fúria sobre mim com uma dezena de misturas preparadas com mel, ovos, xaropes e preparados que estavam à disposição. Fui rapidamente coberto com esses líquidos rudes. Pintaram minhas nádegas e riam enquanto eu lutava. Pintaram meu pênis e os testículos. Decoraram meu rosto com essa mistura. Emplastaram meus cabelos e o pentearam para trás. E, quando terminaram, pegaram as penas de uma ave e colaram-nas em meu corpo.

"Fui surpreendido por uma onda de terror. Não senti dor de fato, mas a vulgaridade e a crueldade deles me abalaram. Não podia suportar a humilhação de tal desfiguração.

"Finalmente, um dos pajens veio ver qual era a razão de todo aquele barulho e ficou com pena de mim. Ele fez com que os rapazes me soltassem e ordenou que me lavassem. É claro que me esfregaram com violência e começaram a me dar novos golpes de palmatória. Foi então que percebi que perdia os sentidos. Estava de quatro, mas livre das correntes, e corri desesperado para me esconder das palmatórias. Lutei para me enfiar debaixo das mesas da cozinha e, de qualquer lugar que encontrava para descansar por alguns momentos, eles me expulsavam, movendo as mesas e as cadeiras se precisassem atingir minhas nádegas com suas palmatórias. Obviamente, se eu tentasse me erguer, eles me empurravam para baixo. Eu estava desesperado.

"Flagrei-me correndo na direção do pajem e beijando os pés dele do mesmo jeito com que vira o príncipe Gerald fazer com a rainha.

"Mas, se ele contou para a rainha, isso não me adiantou de nada. No dia seguinte, fui acorrentado como antes e colocado à disposição implacável dos mesmos senhores. Às vezes, ao passar por mim, colocavam alguns nacos de comida em meu ânus em vez de jogá-los fora. Cenouras, outras raízes, qualquer coisa que achassem parecida com um pênis. Fui estuprado repetidas vezes por essas coisas e precisava fazer um grande esforço para expeli-las. Eles não pouparam minha boca, eu supus, já que não haviam recebido nenhuma ordem para me manter amordaçado como acontecia com a maior parte dos escravos.

"E, a qualquer momento em que via um pajem, mesmo que de relance, flagrava-me implorando a ele com todos os meus gestos e gemidos.

"Eu não conseguia nem pensar direito nessa época. Talvez tenha começado a pensar em mim mesmo como a coisa semi-humana que aqueles homens pensavam que eu era. Eu não sei. Para eles, eu era um príncipe desobediente que lhes foi mandado porque assim merecia. Qualquer abuso não era mais que a obrigação deles. Se as moscas eram nocivas, eles pintariam meu pênis e meus testículos com mel para atraí-las e se achariam muito espertos.

"Da mesma forma com que eu temia os cabos de couro dos chicotes dos cavalariços enfiados em meu ânus, passei a ansiar pelos momentos em que era levado para o estábulo, onde tudo era mais limpo e havia ar fresco. Aqueles rapazes pelo menos consideravam maravilhoso o fato de terem um verdadeiro príncipe para atormentar. Eles montavam em mim por um tempo bastante longo e de forma severa, mas era melhor do que a cozinha.

"Não sei quanto tempo isso durou. Todas as vezes em que me desacorrentavam, eu ficava apavorado. Logo começaram a espalhar o lixo pelo chão e me obrigavam a recolhê-lo enquanto me perseguiam com as palmatórias. Perdi a sensatez de simplesmente me manter imóvel e me atrapalhava, correndo em pânico de um lado para outro para terminar a tarefa enquanto era espancado. O príncipe Gerald nunca havia sido tão descontrolado.

"É claro que eu me lembrava do príncipe Gerald quando me pegava agindo assim. E pensava com amargura: Ele está divertindo a rainha nos aposentos dela e eu estou aqui, neste lugar asqueroso.

"Porque, para mim, os rapazes do estábulo eram a realeza. E um deles, em particular, ficou bastante fascinado comigo. Ele era grande, muito forte. Podia fazer com que eu montasse no cabo de seu chicote de forma que meus pés mal tocavam o chão e me empurrava para frente com as costas arqueadas e as mãos amarradas. Ele quase me carregava e deleitava-se ao fazê-lo. Certo dia, esse cavalariço me levou sozinho para uma parte reservada do jardim. Tentei lutar contra ele uma vez, e o rapaz simplesmente prendeu-me entre os seus joelhos sem fazer esforço algum. Ele me obrigou a abaixar na grama e ordenou que eu colhesse com os dentes pequenas flores brancas para ele. Caso me recusasse, seria levado de volta à cozinha. Não sou capaz de dizer com que prazer obedeci. Ele manteve o cabo do chicote dentro de mim e, assim, forçava-me a tomar a direção que bem entendesse. Depois, começou a atormentar meu pênis. Ainda que abusasse de meu órgão e lhe desse palmadas, o rapaz o acariciava também. Para meu horror, senti que meu órgão endurecia. Queria ficar com aquele garoto para sempre. O que posso fazer para agradar-lhe?, eu pensava. E me senti humilhado por isso, em desespero por saber que era exatamente isso que a rainha queria quando resolveu me punir. Mesmo em meio à minha loucura, fiquei convencido de que, se ela soubesse o quanto eu sofria, iria me libertar. Mas minha mente estava livre de qualquer pensamento. Sabia apenas que desejava agradar a meu cavalariço para que ele não me devolvesse à cozinha.

"Peguei as flores com os dentes e as levei até o rapaz. Ele me disse, então, que era muito ruim para um príncipe ser tratado com tanta gentileza por todos e que sabia como me punir. Ordenou que eu subisse em uma mesa próxima. Era uma mesa redonda de madeira, ao ar livre, mas acortinada, utilizada quando algum membro da corte queria comer seu repasto no jardim.

"Obedeci imediatamente, mas não era possível me ajoelhar ali. Eu tinha de me acocorar com as pernas totalmente separadas e as mãos atrás do pescoço e deveria manter os olhos baixos. Isso era inacreditavelmente degradante para mim e, ainda assim, tudo que conseguia pensar era em agradar a ele. É óbvio que ele me espancou nessa posição. Tinha uma palmatória de couro, pesada, mas fina, com uma poderosa capacidade de machucar. E começou a golpear minhas nádegas com ela. E, apesar de eu permanecer ali, desacorrentado, mas obediente, minhas pernas doíam enquanto eu me agachava, meu pênis endurecia cada vez mais enquanto ele me torturava.

"Essa foi a melhor coisa que poderia ter acontecido, pois lorde Gregory presenciou a cena. Eu não tinha consciência disso no momento em que tudo aconteceu, sabia apenas que outras pessoas passavam ali por perto e, quando ouvia suas vozes e percebia que eram lordes e damas, sentia uma consternação inacreditável. Eles me veriam sendo humilhado por aquele cavalariço, eu, o príncipe orgulhoso que se rebelou contra a rainha. E, ainda assim, tudo que podia fazer era deixar as lágrimas escorrerem, sofrer e sentir a palmatória me golpeando.

"Eu nem ao menos pensava na possibilidade de a rainha saber disso. Estava desprovido de esperança. Concentrava-me apenas no momento. Agora, Bela, certamente esse é um dos aspectos da submissão e da aceitação. Eu pensava apenas no cavalariço, em agradar a ele e em fugir, por mais alguns momentos, daquela terrível provação que era a cozinha. Em outras palavras, eu pensava em fazer exatamente o que esperavam de mim.

"Então, meu cavalariço ficou cansado daquilo. Ele ordenou para que eu voltasse para o chão de quatro e me conduziu para o interior da floresta. Eu estava completamente desacorrentado, ainda que estivesse sob o total controle do rapaz. Por fim, ele encontrou uma árvore e disse-me para ficar de pé e agarrar um galho acima de minha cabeça. Fiquei pendurado no galho, meus pés não tocavam o chão enquanto ele me estuprava com estocadas profundas, vigorosas e constantes. Pensei que aquilo nunca iria ter fim e, graças ao sofrimento, meu pobre pênis estava tão rígido quanto a própria árvore.

"E, quando o rapaz terminou, a coisa mais extraordinária aconteceu. Flagrei-me ajoelhado aos pés dele, beijando-o e, mais do que isso, girando os quadris com todas as minhas forças, implorando para que ele aliviasse o desejo entre minhas pernas, que me permitisse algum alívio, algo que nunca conheci na cozinha.

"Ele riu, fez com que eu parasse, empalando-me com o cabo do chicote e me conduzindo de volta à cozinha. As lágrimas escorriam incontroláveis pelo meu rosto, como sempre aconteceu em toda a minha vida.

"O vasto salão estava praticamente vazio. Todos estavam lá fora cuidando das hortas, ou nas antessalas no andar de cima onde as refeições estavam sendo servidas, e apenas uma jovem serviçal permanecera lá. Ela imediatamente ficou na ponta dos pés quando nos viu. Em um instante, o cavalariço estava sussurrando para a garota enquanto ela assentia com a cabeça e secava as mãos no avental. O rapaz ordenou que eu subisse em uma das mesas quadradas. Eu deveria me ajoelhar com as mãos atrás da cabeça novamente. Obedeci sem nem mesmo pensar. Mais golpes de palmatória, eu pensei, e o espetáculo seria dedicado àquela garotinha de rosto desbotado e tranças castanhas. Nesse meio-tempo, ela se aproximou e olhou para mim com o que parecia ser admiração. Então, para o deleite da jovem, o cavalariço começou a me atormentar. Pegou uma pequena vassoura de cerdas macias que era utilizada para varrer o interior do forno e, com ela, começou a roçar meu pênis e golpeá-lo. Quanto mais ele me atingia, mais miserável eu me tornava, entretanto, a cada golpe era quase insuportável para mim o fato de o cavalariço manter a vassoura afastada de meu pênis por apenas alguns milímetros, de forma que eu precisava lutar para me aproximar dela. Aquilo era mais do que eu era capaz de suportar, mesmo assim, ele não permitia que eu movesse os pés e imediatamente me golpeava com a palmatória se eu lhe desobedecesse. Logo percebi qual era o jogo do rapaz. Eu deveria empinar os quadris o máximo possível para manter o pênis faminto em contato com as cerdas macias da vassoura que me golpeava. E foi o que fiz, chorando sem parar enquanto a menina observava com visível deleite. Finalmente, a garota implorou para que o cavalariço permitisse que ela me tocasse. Fiquei tão grato com essa atitude que não consegui evitar os gemidos. O cavalariço pôs, então, a vassoura sob o meu queixo, ergueu meu rosto e disse que gostaria que eu satisfizesse a curiosidade da jovem serviçal. Ela nunca vira um rapaz demonstrando sua paixão. E, enquanto ele me segurava, examinava e contemplava meu rosto coberto de lágrimas, ela esfregava meu pênis e, sem nenhum orgulho ou dignidade, senti minha paixão derramar-se nas mãos dela, minha face corando graças ao calor e ao sangue enquanto um tremor atravessou meus quadris, aliviando todos aqueles dias de frustração.

"Eu estava fraco quando aquilo terminou. Não tinha orgulho, nem pensamentos a respeito do passado ou do futuro. Não apresentei resistência quando fui algemado. Desejei apenas que o cavalariço voltasse logo, e me sentia sonolento e amedrontado quando os cozinheiros e os ajudantes retornaram e deram início ao inevitável esporte ocioso do qual eu era o alvo principal.

"Os dias seguintes foram preenchidos com os mesmos tormentos terríveis típicos da cozinha. Recebi golpes de palmatória, fui perseguido, ridicularizado e, fora isso, tratado com desdém. No entanto, eu sonhava com o cavalariço. Era certo que ele voltaria. Nem ao menos acho que eu pensasse na rainha naquela época. Sentia apenas desespero quando a imagem dela passava por minha mente.

"Finalmente, certa tarde, o cavalariço foi até a cozinha elegantemente vestido em veludo cor-de-rosa ornado com ouro. Fiquei perplexo. Ele ordenou que eu fosse cuidadosamente banhado. Estava excitado demais para temer as mãos rudes dos ajudantes de cozinha, apesar de eles terem sido tão cruéis quanto sempre.

"Meu pênis já endurecera só de avistar o meu senhor cavalariço, mas ele me disse rapidamente que eu deveria concentrar-me para mantê-lo sempre dessa forma ou seria severamente castigado.

"Concordei com um movimento de cabeça vigoroso e excessivo. Ele então tirou minha mordaça e a substituiu por outra, ornada.

"Como posso descrever o que senti naquele momento? Nem ao mesmo ousava sonhar com a rainha. Estava tão desolado que qualquer trégua era uma bênção. Ele então me conduziu pelo castelo e eu, que havia me rebelado contra quem quer que fosse, corria apressado atrás dele pelos corredores de pedra, passando pelas sandálias e as botas dos lordes e damas que se viravam, sem exceção, para me olhar e nos lançar alguns cumprimentos. O cavalariço estava muito orgulhoso.

"E, por fim, entramos em um imenso salão de teto alto. Parecia que nunca em minha vida eu vira veludo cor de creme, folhas de ouro, estátuas nas paredes, ou buquês de flores frescas espalhadas por todos os cantos. Senti que havia renascido sem nem ao menos pensar em minha nudez e subserviência.

"E lá estava a rainha, sentada em uma cadeira de espaldar alto, resplandecente com seu vestido de veludo púrpura e o manto de pele sobre os ombros. Corri na direção dela com ousadia, sem me importar de ofendê-la com meu servilismo, e cobri a bainha de seu vestido e os sapatos com beijos.

"Imediatamente a rainha puxou meu cabelo e ergueu minha cabeça. 'Você já sofreu o suficiente por sua teimosia?', perguntou e, aproveitando que ela não tirou as mãos de mim, beijei-as, beijei as palmas macias e os dedos quentes. O som da risada dela me soava bonito. Vi de relance as colinas formadas pelos seios brancos e o espartilho apertado ao redor da cintura. Beijei suas mãos, até que ela me conteve, segurou meu rosto, abriu minha boca com os dedos e removeu a mordaça, dizendo que eu não deveria falar. Sem demora, assenti com um movimento de cabeça.

"'Hoje será um dia de testes para você, meu voluntarioso e jovem príncipe', disse ela. E, então, colocou-me em um paroxismo de prazeres delicados ao tocar meu pênis. Sentiu sua dureza. Tentei impedir meus quadris de projetarem-se para frente, em direção a ela.

"Ela aprovou. E, em seguida, ordenou quais seriam minhas punições. A rainha afirmou que ouvira a respeito do castigo severo que recebi nos jardins, antes de perguntar se meu jovem pajem, o cavalariço, poderia, por gentileza, punir-me para a diversão dela.

"Fui imediatamente colocado sobre a mesa de mármore redondo diante da rainha, agachando-me, obediente. Lembrei-me de que as portas estavam abertas. Vi as figuras distantes de lordes e damas atravessando-as. Sabia que havia outras damas naquela mesma sala. Podia ver as cores suaves dos vestidos e até mesmo o brilho dos cabelos. Mas nenhum pensamento passava pela minha cabeça além de agradar à rainha, e eu apenas esperava ser capaz de permanecer agachado, em uma posição desconfortável, por quanto tempo ela desejasse, não importando o quão cruéis fossem os golpes da palmatória. Considerei os primeiros golpes mornos e bons. Senti minhas nádegas hesitarem e enrijecerem, e parecia que eu nunca havia experimentado um prazer tão intumescente em meu pênis, tão insatisfeito o órgão se encontrava.

"É óbvio que logo eu estava gemendo graças aos golpes e, ao perceber meus esforços para conter o som, a rainha beijou meu rosto e disse que, apesar de meus lábios deverem permanecer lacrados, eu deveria demonstrar para ela o quanto eu sofria por minha rainha. Compreendi imediatamente suas palavras. Minhas nádegas estavam então machucadas e pulsando dolorosamente. Arqueei as costas, os joelhos se afastaram ainda mais, as pernas encontravam-se rígidas e doíam graças ao esforço do agachamento e eu me lamentava sem reservas, minhas lamúrias tornando-se mais audíveis a cada estalo da palmatória. Entenda, não havia nada para me conter. Eu não estava preso, nem amordaçado.

"Toda a minha rebeldia havia evanescido. Quando, logo em seguida, a rainha ordenou que eu recebesse os golpes da palmatória enquanto corria pela sala, eu me encontrava simplesmente repleto de desejo. Ela lançou um punhado de bolas douradas do tamanho de grandes uvas roxas pelo aposento e ordenou que eu trouxesse cada uma delas de volta para suas mãos, exatamente da mesma forma com que lhe deram ordens para buscar as rosas, Bela. O cavalariço, meu pajem, como a rainha o chamara, não poderia me desferir mais do que cinco golpes de palmatória antes que eu devolvesse uma das bolas às mãos dela, ou ficaria muito desapontada comigo. Essas bolas de ouro rolaram para todos os lados e você não conseguiria imaginar o quanto tive de correr para reuni-las. Tentava escapar da palmatória como se ela me queimasse. É óbvio que, a essa altura, eu me encontrava fragilizado, ferido e alquebrado pelos golpes fartos e vigorosos, entretanto, era para agradar à rainha que eu corria.

"Trouxe a primeira bola com apenas três golpes. Eu estava muito orgulhoso. Mas, quando pus a prenda nas mãos da rainha, percebi que ela colocara uma luva negra, cujos dedos eram cravejados por pequenas esmeraldas. Ela ordenou que eu me virasse e abrisse minhas pernas, deixando meu ânus à mostra para ela. Obedeci sem demora e imediatamente o choque daqueles dedos cobertos por couro abriram meu ânus.

"Como eu lhe disse, fui estuprado e banhado repetidamente por meus cruéis captores na cozinha. Ainda assim, essa era uma nova exposição para mim, ser aberto, ainda mais pela rainha, e de forma tão simples e impensada, sem a violência do estupro. Isso fez com que eu me sentisse abrandado, fraco e totalmente em poder dela. Logo percebi que ela forçava em meu ânus a bola de ouro a qual eu resgatara. E, em seguida, instruiu-me para mantê-la dentro de mim, a não ser que eu quisesse lhe causar um feroz desprazer.

"Em seguida, tive de buscar outra prenda. A palmatória caiu rapidamente sobre mim. Eu corri, trouxe outra bola de ouro, fui obrigado a me virar e o objeto foi enfiado dentro de mim.

"A brincadeira prosseguiu por um longo tempo. Minhas nádegas estavam mais feridas que nunca. Tinha a impressão de que estavam enormes. Estou certo de que você conhece a sensação. Sentia-me inchado, imenso e muito nu, e cada golpe da palmatória era como uma ferroada. Eu me encontrava cada vez mais ofegante e desesperado com a possibilidade de falhar, enquanto tinha de correr cada vez mais para longe da rainha para resgatar as bolas de ouro. Mas havia aquela nova sensação de preenchimento, a obstrução de meu ânus, o qual eu então precisava contrair com força para que as prendas não fossem expelidas contra a minha vontade. Logo senti que meu ânus estava expandido e aberto, ao mesmo tempo em que cruelmente obstruído.

"A brincadeira tornou-se cada vez mais frenética. Então vislumbrei outras pessoas observando das portas o que acontecia dentro da sala. Com frequência, eu esbarrava nas bainhas dos vestidos de uma ou de outra dama que se encontrava por ali, à espera.

"Esforcei-me com muito afinco, sendo constantemente preenchido por aqueles dedos revestidos de couro. E, apesar das lágrimas que começavam a escorrer pelo meu rosto e de eu estar com a respiração acelerada e arfante, consegui completar o jogo com não mais que quatro golpes da palmatória a cada rodada.

"A rainha me abraçou. Beijou-me na boca e disse que eu era seu escravo leal e o seu preferido. Houve uma onda de aprovação na corte e ela me deixou repousar sobre seus seios por um instante enquanto me envolvia em seus braços.

"É claro que eu estava sofrendo. Lutava para reter as bolas de ouro e também para não deixar que meu pênis roçasse o vestido dela e, por esse motivo, fosse castigado.

"Ela então estendeu o braço e pegou um pequeno urinol. Eu sabia o que era esperado de mim. E sabia que provavelmente havia corado com fúria. Teria de me abaixar sobre o objeto e expelir os brinquedos que reuni, o que, é claro, eu fiz.

"Após isso, o dia foi uma interminável sequência de provas.

"Não devo lhe contar como foram todas elas, salvo que tive a atenção e a concentração absolutas da rainha, e eu tencionava, com todo o meu coração, cumprir bem todas. Eu ainda não tinha certeza de que poderia ser enviado novamente para a cozinha. A qualquer momento, poderia ser mandado de volta para lá.

"Lembro-me de muitas coisas. Ficamos no jardim por um longo tempo, a rainha andando entre suas rosas, da maneira como ela tanto gosta, e conduziu-me com aquela vara com um falo de couro em uma das pontas. Parecia às vezes que ela quase erguia minhas nádegas com a vara. Meus joelhos necessitavam terrivelmente do alívio da grama macia depois do assoalho do castelo. E, naquele momento, eu estava tão machucado e fragilizado que o mais leve toque em minhas nádegas já trazia dor. Mas ela apenas me conduzia. E, então, ela chegou a um pequeno caramanchão com treliças e vinhas, e fez com que eu entrasse à frente dela, seguindo o caminho de ladrilhos.

"Ela ordenou que eu me erguesse e um pajem surgiu, não lembro se era Felix, e algemou minhas mãos atrás da minha cabeça de forma que meus pés mal tocassem o chão. A rainha sentou-se bem diante de mim. Deixou a vara com o falo de lado e ergueu outra vara que estava presa por uma corrente em sua cinta. Era uma mera tira de madeira longa e fina coberta por couro.

"'Agora você deve falar comigo', disse a rainha. 'Você deve chamar-me de Vossa Majestade e responder às minhas perguntas muito respeitosamente.' Senti uma excitação quase incontrolável ao ouvir essas palavras. Eu teria permissão para falar com ela. Claro que eu nunca havia feito aquilo. Em minha rebelião, eu sempre ficara amordaçado e não sabia como iria me sentir quando as palavras me fossem permitidas. Eu era o cachorrinho da rainha, seu escravo mudo e, agora, deveria falar com ela. A soberana brincou com meu pênis, ergueu meus testículos com a vareta de couro e começou a puxá-los para frente e para trás.

"'Você gostou de servir os cruéis cavalheiros e damas da cozinha', ela me perguntou em tom de brincadeira, 'ou prefere servir sua rainha?'

"'Quero servir apenas a senhora, Vossa Majestade, ou como a senhora desejar', respondi com rapidez. Minha própria voz soava-me estranha. Ainda era a minha voz, mas eu não a ouvia fazia tanto tempo que, quando pronunciei essas palavras de subserviência, foi como se houvesse acabado de descobri-la. Ou como se eu a descobrisse novamente, e isso produziu uma extraordinária efusão de emoção dentro de mim. As lágrimas escorriam por meu rosto e eu esperava não irritar a rainha.

"Ela então levantou-se e ficou de pé muito próxima a mim. Tocou meus olhos e lábios. 'Tudo isso me pertence', disse ela. 'E isso', ela tocou meus mamilos, os quais os rapazes da cozinha nunca haviam poupado, e tocou minha barriga e meu umbigo. 'E isso', continuou, 'isso também me pertence', e envolveu meu pênis com uma das mãos, as longas unhas arranhavam suavemente a ponta dele. Meu órgão soltou um pouco de fluido e a rainha recuou, segurando meus testículos, e também reivindicou seu direito por eles. 'Abra as pernas', ela ordenou e virou-me na corrente que me mantinha preso. 'E isso é meu', a rainha tocou meu ânus.

"Ouvi-me responder-lhe: 'Sim, Vossa Majestade.' A rainha então informou-me que, para mim, havia punições piores do que a cozinha, caso eu tentasse escapar dela novamente, me rebelasse ou a irritasse. Mas, por ora, estava mais do que satisfeita comigo, mas seria severa comigo, já que isso lhe traria prazer. Disse ainda que eu possuía uma resistência tão grande para os divertimentos dela que o príncipe Gerald nunca tivera e que testaria essa força até o seu limite.

"Todas as manhãs, a rainha me espancaria na senda dos arreios. Ao meio-dia, eu a acompanharia em suas caminhadas pelo jardim. No final da tarde, eu participaria de jogos de sedução para ela. À noite, deveria ser espancado para entretê-la enquanto ela jantava. Havia várias posições que eu deveria assumir. Ela gostava de me ver completamente aberto, de cócoras, entretanto havia posições ainda melhores nas quais preferia estudar-me. Ela então apertou minhas nádegas e disse que, acima de tudo, elas lhe pertenciam, já que se deleitava em punir aquela parte de meu corpo mais do que qualquer outra. Mas, para completar o regime diário que vigoraria em breve, eu deveria despi-la antes que se deitasse e dormir nos seus aposentos.

"Para tudo isso, concordei com um: 'Sim, Vossa Majestade.' Faria de tudo para conservar a preferência da rainha. Ela então informou-me que minhas nádegas seriam submetidas às maiores provocações para testar seus limites.

"A rainha me libertou das correntes e ela própria conduziu-me com a vara em forma de falo pelo jardim até o interior do castelo. Entramos nos aposentos dela.

"Soube então que sua intenção era me pôr em seu colo e espancar-me com tanta intimidade quanto fizera com o príncipe Gerald. Fiquei nervoso por antecipação. Não sabia como evitar que meu pênis descarregasse sua semente. A rainha me examinou e disse que minha taça necessitaria ser esvaziada para que eu pudesse enchê-la mais uma vez. Não que isso significasse que eu seria recompensado. Ainda assim, fui enviado à presença de magnífica princesinha. A jovem imediatamente envolveu meu órgão com a boca e, assim que começou a sugá-lo, minha paixão explodiu sobre ela. A rainha observou tudo isso; acariciou meu rosto e examinou meus olhos e lábios e, então, ordenou que a princesa me despertasse novamente o mais depressa possível.

"Aquela era a forma com que torturavam aquela princesa. Mas logo eu estava tão insatisfeito quanto antes e pronto para que a rainha desse início aos seus testes de resistência. Fui colocado sobre o colo dela exatamente da maneira como suspeitava de que seria.

"'Você foi sonoramente espancado pelos cavalariços e pelos cozinheiros. Acha que uma mulher pode espancar com tanto vigor quanto um homem?' As lágrimas já escorriam pelo meu rosto. Não sou capaz de descrever a emoção que senti. Talvez você, Bela, tenha sentido o mesmo quando esteve sobre o colo dela mais cedo esta noite. Ou quando o príncipe fez com que se deitasse na mesma posição. Não é pior do que ser atirado sobre os joelhos de um pajem, amarrado com as mãos para cima ou até mesmo ser acorrentado em uma cama ou mesa. Não consigo explicar. Mas um escravo se sente muito mais atado quando está no colo de seu senhor ou de sua senhora."

Bela concordou com um movimento de cabeça. Sentira aquilo quando esteve no colo da rainha, toda a sua compostura a abandonara.

– Somente nessa posição, toda a obediência e submissão podem ser ensinadas, eu acho – disse o príncipe Alexi. – Bem, foi assim que aconteceu comigo. Deitei-me no colo dela, a cabeça pendendo, as pernas esticadas. Ela, então, as quis levemente abertas e obviamente tive de arquear as costas e manter as mãos juntas no dorso exatamente da mesma forma com que você foi instruída a fazer. Tinha de cuidar para que meu pênis não tocasse o tecido de seu vestido, apesar de desejá-lo com todas as forças. E, então, começaram os espancamentos. Ela me mostrou cada uma das palmatórias, expondo seus defeitos e virtudes. Havia uma que era leve; capaz de dar verdadeiras ferroadas, e era rápida. Outra mais pesada, quase fina, causava mais dor e deveria ser manuseada com cuidado.

"Ela começou a me espancar com absoluto rigor. E, como ocorreu com você, ela poderia massagear minhas nádegas e beliscá-las se assim o quisesse. Entretanto, era muito cuidadosa na tarefa. Espancava com força e por muito tempo até que eu me encontrasse rapidamente sofrendo de uma dor terrível e sentindo-me tão paralisado como nunca me sentira em toda a minha vida.

"Minha impressão era de que o choque de cada golpe se espalhava pelos meus membros. Obviamente, minhas nádegas o absorviam primeiro. Elas se tornaram o centro de mim mesmo graças à sua dor e maciez. Mas a dor atravessava minhas nádegas e todo o meu corpo e tudo que eu podia fazer era estremecer após cada golpe, tremer a cada som de espancamento e gemer cada vez mais alto, mas sem jamais ousar pedir por misericórdia.

"A rainha estava bastante alegre com essa demonstração de sofrimento. Como já lhe disse, ela encorajava isso. Constantemente, levantava meu rosto, enxugava minhas lágrimas e recompensava-me com beijos. Às vezes, fazia com que me ajoelhasse, ereto, no chão. Ela inspecionava meu pênis e perguntava se era ou não dela. Eu deveria dizer: 'Sim, Vossa Majestade, tudo em mim é seu. Sou seu escravo obediente.' Ela adorava essa resposta e afirmou que eu não deveria hesitar em dar-lhe respostas longas e devotadas.

"Mas ela era muito determinada. Depressa, pegou novamente a palmatória, pressionou-me contra o seu colo e deu início a um espancamento sonoro e vigoroso. Logo eu estava gemendo em alto e bom som, mesmo entre os dentes. Não tinha orgulho, nenhum vestígio da dignidade que você ainda demonstra, a não ser que a tenha perdido em alguma ocasião que fuja completamente de meu conhecimento. Por fim, a rainha concluiu que minhas nádegas estavam da cor perfeita.

"Ela odiava ter de punir-me após admirar a cor que alcançara, mas precisava conhecer meus limites.

"'Você lamenta ter sido um principezinho tão desobediente?', ela me perguntou. 'Lamento muito, Vossa Majestade', respondi em lágrimas. Mas ela continuou com a surra. Eu não era capaz de evitar que minhas nádegas se contraíssem ou de movê-las de forma a sentir menos dor, e ouvia as risadas dela, como se esses meus gestos a alegrassem muito.

"Eu gemia tão freneticamente quanto qualquer jovem princesa quando a rainha terminou e obrigou-me a ficar de joelhos mais uma vez, ordenando que eu me abaixasse e me ajoelhasse encarando-a.

"A rainha secou meu rosto, esfregou meus olhos e deu-me um beijo generoso com uma grande dose de lisonja. Eu poderia ser seu valete, disse ela, o senhor de seu guarda-roupa. Apenas eu poderia vesti-la, escovar seus cabelos e, de todas as formas, cuidar dela. Eu teria muito o que aprender, e ela iria ensinar-me pessoalmente. Eu deveria ser muito puro.

"É claro que, naquela noite, pensei que houvesse passado pelo pior, o insulto de soldados comuns em meu caminho até o castelo, os abusos assustadores na cozinha. Fui profundamente humilhado por um cavalariço grosseiro e era, agora, o escravo do prazer abjeto da rainha, com uma alma que a ela pertencia totalmente, assim como todas as partes de meu corpo. Entretanto, eu era muito ingênuo naquela época. O pior ainda estava por vir."

O príncipe Alexi fez uma pausa e olhou para baixo, para Bela, que repousara a cabeça no peito dele.

Bela lutou para esconder seus sentimentos. Não sabia verdadeiramente o que sentia, exceto que aquela história a estimulara. Podia vislumbrar cada humilhação descrita por Alexi e, apesar de seu medo ter sido desperto, a paixão também tomou conta de seu corpo.

– Não tenho certeza de que isso é exatamente verdade – disse o príncipe Alexi. – Veja bem, após as torturas que sofri na cozinha quando fui tratado como algo mais desprezível que um animal por meus captores, fui libertado ao mesmo tempo que me tornei o escravo obediente da rainha. Você não teve uma libertação tão imediata.

– Então é isso que querem dizer quando falam de submissão – Bela murmurou. – E eu devo chegar lá através de um caminho diferente.

– A não ser... a não ser que você faça algo para ser odiosamente punida – disse Alexi –, mas isso exigiria muita coragem. E pode ser desnecessário que sua dignidade seja desnudada, nem que seja por um pequeno intervalo de tempo.

– Não demonstrei dignidade alguma esta noite – Bela protestou.

– Ah, sim, demonstrou. Você estava coberta de dignidade. – Alexi sorriu. – Entretanto, continuando, até aquele dia, fui submisso apenas a meu senhor cavalariço e à rainha. A partir do momento em que estava nas mãos dela, me esqueci completamente do rapaz dos estábulos. Eu era propriedade da rainha. Pensei em meus membros, minhas nádegas, meu pênis, como sendo dela. Mas, para me submeter por completo, ainda teria de experimentar maior exposição e disciplina.

# E A EDUCAÇÃO DO PRÍNCIPE ALEXI PROSSEGUE

"Não lhe contarei os detalhes de meu treinamento com a rainha, como aprendi a ser o valete dela e a evitar que ela se aborrecesse. Tudo isso você aprenderá com o príncipe, pois, em seu amor por você, ele pretende claramente transformá-la em aia. Entretanto, essas coisas não são nada quando se é devotado ao seu senhor ou senhora.

"Eu precisei aprender a permanecer sereno diante das humilhações que divertem os outros, e isso não é fácil.

"Meus primeiros dias com a rainha foram passados, em sua maioria, com treinamentos no quarto onde ela dormia. Flagrei-me correndo tão diligentemente quanto o príncipe Gerald para obedecer ao mais leve capricho da soberana e, provando-me muito desajeitado com as roupas dela, era constantemente punido com severidade.

"Mas a rainha não me queria apenas para realizar essas tarefas prosaicas para as quais outros escravos haviam sido treinados para executar com perfeição. Ela queria me dissecar, domesticar, transformar-me em um brinquedo para sua completa diversão."

– Um brinquedo – Bela sussurrou. Ela se sentira exatamente como um brinquedo nas mãos da rainha.

– E a rainha divertiu-se imensamente nas primeiras semanas, ao me ver servindo outros príncipes e princesas para o prazer dela. O primeiro a quem servi foi o príncipe Gerald. Naquela época, ele já se aproximava do fim de seu período de servidão, mas não sabia disso e enfrentava um paroxismo de ciúmes diante de minha visível mudança. A rainha, entretanto, possuía ideias esplêndidas para recompensá-lo e tranquilizá-lo, e, ao mesmo tempo, educar-me de acordo com os seus desejos.

"Diariamente ele era trazido aos aposentos da rainha e amarrado contra uma parede com as mãos acima da cabeça de forma que pudesse me observar enquanto eu me esforçava para realizar minhas tarefas, e isso era um tormento para ele, até que percebeu que uma de minhas incumbências era dar-lhe prazer.

"Eu me distraía com a palmatória da rainha, suas implacáveis mãos e o esforço para aprender a ter graça e habilidade. Todos os dias, eu corria para pegar coisas, amarrava cadarços, atava espartilhos, escovava cabelos, polia joias e executava qualquer outro serviço comum que a soberana desejasse. Minhas nádegas estavam sempre feridas, as coxas e panturrilhas, marcadas pela palmatória, o rosto, manchado pelas lágrimas como o de qualquer outro escravo do castelo.

"E, quando a rainha percebia que o ciúme de príncipe Gerald havia endurecido seu pênis ao extremo, quando ele estava prestes a descarregar sua paixão sem a ajuda de um estímulo, ela então ordenava que eu o banhasse e o satisfizesse.

"Você não imagina o quanto isso foi degradante para mim. O corpo dele não passava de um inimigo. E, ainda assim, eu tinha de trazer uma tigela de água quente e uma esponja, e, com apenas os dentes para segurá-la, lavava os genitais do jovem.

"O príncipe Gerald foi colocado em uma mesa baixa para eu realizar minha tarefa. Ajoelhando-me obedientemente da mesma forma com que me ajoelhei para lavar as nádegas dele, mergulhei a esponja mais uma vez, banhei seus testículos e, por fim, o pênis. Mas a rainha queria mais que isso. Eu deveria secá-lo com a língua. Fiquei horrorizado e derramei lágrimas como uma princesa qualquer. A rainha, entretanto, era teimosa. Com minha língua, lambi o pênis, os testículos e aprofundei-me na fenda entre as nádegas, entrando até mesmo no ânus, que possuía um gosto azedo, quase salgado.

"Fiz tudo isso enquanto o príncipe Gerald demonstrava prazer e desejo visíveis.

"As nádegas dele estavam feridas, é claro. E senti uma imensa satisfação ao pensar que a rainha, naquela época, raramente o espancava com as próprias mãos como costumava fazer antes, tendo passado a incumbência ao pajem de Gerald, que o fazia antes de levá-lo à sua presença. Sendo assim, não era ela quem lhe infligia o sofrimento. Em vez disso, ele padecia no salão dos escravos, ignorado por todos. Apesar disso, era mortificante para mim ver que as carícias de minha língua nas marcas avermelhadas deixadas pelos golpes da palmatória davam-lhe prazer.

"Finalmente, a rainha ordenou que ele se ajoelhasse com as mãos nas costas e disse que eu deveria recompensá-lo de forma completa. Sabia o que a soberana queria dizer com essas palavras, ainda que fingisse não ter compreendido. Ela mandou que eu colocasse o pênis de príncipe Gerald em minha boca e o drenasse até a última gota.

"Não sou capaz de explicar quais foram meus sentimentos naquele momento. Senti que não seria capaz de fazê-lo. Mesmo assim, obedeci em segundos, pois tinha muito medo de desagradar a ela, e engoli o pênis grosso do príncipe Gerald até o fundo da minha garganta, meus lábios e minha mandíbula doíam enquanto eu tentava sugar da maneira correta. A rainha me dava instruções de como chupar devagar, como usar a língua e depois acelerar. Ela me espancava sem demonstrar nenhuma misericórdia enquanto eu obedecia, os golpes ruidosos acompanhando com perfeição o ritmo de minha sucção. Por fim, o sêmen do príncipe encheu minha boca. Recebi ordens para engoli-lo.

"A rainha, entretanto, não ficou nem um pouco satisfeita com minha reticência. Disse que eu não deveria demonstrar aversão por absolutamente nada."

Bela assentiu com um movimento de cabeça, lembrando-se das palavras que o príncipe lhe dissera na estalagem, que até mesmo os mais humildes deveriam ser servidos se isso lhe causasse prazer.

– A rainha então mandou chamar os outros príncipes que haviam sido torturados durante o dia no salão das punições e conduziu-me até uma sala ao lado dos aposentos dela.

"Quando seis rapazes foram trazidos de joelhos, implorei por sua misericórdia da única maneira com que era capaz: com gemidos e beijos. Não sou capaz de expressar a maneira como a presença deles me afetou. Eu havia sido maltratado por camponeses na cozinha; obediente, submisso e ávido, às ordens de um cavalariço rude. Mas aqueles jovens pareciam mais degradantes e ao mesmo tempo mais dignos que os outros. Eles eram príncipes com a mesma posição que eu ocupava no mundo, soberbos e orgulhosos em seus próprios reinos, e também eram escravos abjetos, tão reles quanto eu.

"Não conseguia entender minha própria infelicidade. Percebi então que passaria por variações infinitas de humilhação. Não era uma hierarquia de punições o que eu teria de enfrentar, e sim *mudanças* intermináveis.

"Entretanto, eu temia muito desapontar a rainha para nutrir esses pensamentos. Mais uma vez, perdi a noção de passado e futuro.

"Quando me ajoelhei aos pés dela, chorando silenciosamente, ela ordenou que todos aqueles príncipes que estavam doloridos, machucados e famintos graças às torturas no salão das punições pegassem palmatórias na prateleira que ela mantinha para esse fim.

"Os príncipes formaram uma fila à minha direita, todos de joelhos, os pênis endurecidos tanto pela visão de meu sofrimento quanto por qualquer prazer que em breve esperava por eles.

"Recebi ordens para me ajoelhar com as mãos unidas nas costas. Enquanto passava por aquele corredor polonês, não recebi nem ao menos permissão para ficar de quatro, uma posição mais fácil e que possibilitaria que eu me ocultasse. Em vez disso, eu deveria me esforçar para permanecer com as costas retas, os joelhos separados, meu próprio membro à mostra, meu progresso era lento e eu tentava escapar das palmatórias. Eles também podiam ver o meu rosto. Senti-me mais exposto do que quando fui aprisionado na cozinha.

"O jogo da rainha era simples. Eu seria obrigado a atravessar o corredor polonês e o príncipe cuja palmatória mais agradasse a ela, ou seja, aquele cuja palmatória me atingisse com mais força e violência, seria recompensado antes que eu atravessasse novamente o corredor e assim sucessivamente.

"Fui encorajado pela rainha para acelerar minhas travessias; fui informado de que, se eu falhasse, se meus punidores conseguissem acertar muitos golpes, seria entregue a eles por uma hora para os mais rudes esportes longe dos olhos da rainha. Isso me aterrorizou. Ela nem ao menos estaria lá. Aquilo não seria feito em nome do prazer dela.

"Comecei imediatamente. Sentia todos os golpes da mesma forma, ruidosos, violentos, e a risada dos príncipes preenchia meus ouvidos enquanto eu lutava desastradamente em uma posição em que fazia muito eles já haviam aprendido a se manter com facilidade.

"O descanso vinha apenas durante as sessões rápidas, nas quais eu satisfazia o príncipe que me havia marcado com maior severidade. Eu tinha de me dirigir até onde ele estivesse ajoelhado. Os outros ficavam livres para assistir e era o que faziam até que lhes dessem permissão para me oferecer instruções.

"Passei a ter diversos senhores ávidos para orgulhosamente ensinarem-me como satisfazer aquele que seguravam com os braços enquanto fechava os olhos e desfrutava as sugadas que eu lhe proporcionava.

"É claro que todos eles prolongavam o ato ao máximo para uma satisfação mais completa e a rainha, que estava sentada ali por perto com o cotovelo apoiado no braço da cadeira, assistia a tudo com ar de aprovação.

"Mudanças estranhas ocorreram em mim enquanto executava minhas tarefas. Poderia ser devido ao frenesi de suportar sucessivas palmatórias. Minhas nádegas que sofriam uma dor lacinante, meus joelhos machucados, meus genitais à mostra e, acima de tudo, a dor que todos ali podiam perceber tão facilmente em meu rosto.

"Mas, enquanto sugava um membro, flagrei-me perdido contemplando-o em minha boca, seu tamanho, forma, o sabor, até mesmo o gosto salgado e azedo dos fluidos que eram despejados em mim. O ritmo da sucção chamava tanto a minha atenção quanto todo o resto. As vozes ao meu redor eram um coro que, em um determinado momento, transformou-se em um ruído, e um sentimento estranho, que fazia com que me sentisse fraco e abjeto, tomou conta de mim. Aquilo foi muito parecido com o que experimentei com meu imenso senhor cavalariço quando ficamos sozinhos no jardim e ele me fez agachar-me sobre a mesa. Naquelas circunstâncias, senti a excitação até mesmo na superfície de minha pele e o mesmo acontecia naquele momento, sugando vários órgãos e ficando empanturrado com seus sêmens. É impossível explicar o que aconteceu. Aquilo começou a se tornar prazeroso, pois era um ato repetitivo e eu não tinha saída. E o ato se repetia sempre como uma pausa para as palmatórias, o frenesi. Minhas nádegas podiam estar pulsando, mas me proporcionavam uma sensação quente; podiam estar latejando, mas eu estava degustando aquele pênis delicioso que bombeava sua força para dentro de mim.

"Descobri que *gostava* de ter tantos olhos me observando. Mas não admiti isso para mim mesmo de imediato. Não estava mais *gostando* tanto de sentir aquela fraqueza mais uma vez, aquela hesitação em meu espírito. Estava *perdido* em meus sofrimentos, meus conflitos, minha ansiedade em agradar.

"Bem, seria assim com todas as novas tarefas atribuídas a mim. A princípio, eu resistia com terror, agarrando-me à rainha com todas as forças; depois, em algum momento durante humilhações inenarráveis, eu sentia tamanha tranquilidade que minhas punições tornavam-se doces para mim.

"Via-me como *um* daqueles príncipes, um daqueles escravos. Quando eles me instruíam a sugar melhor um pênis, eu os ouvia. Quando me espancavam com a palmatória, eu recebia os golpes, inclinando meu corpo como forma de resposta.

"Talvez seja algo impossível de explicar. Eu caminhava rumo à submissão.

"Quando por fim os seis príncipes foram dispensados, todos muito bem recompensados, a rainha tomou-me nos braços e premiou-me com beijos. Enquanto eu me deitava sobre o colchão de palha ao lado da cama dela, senti a mais deliciosa exaustão. Parecia que até mesmo o ar que rodopiava ao meu redor dava-me prazer. Sentia-o contra a pele, como se minha nudez estivesse sendo acariciada. E caí no sono, contente por ter servido a rainha da maneira correta.

"Mas meu próximo grande teste de resistência ocorreria em uma tarde, quando a rainha, muito zangada comigo por minha inaptidão para escovar seu cabelo, enviou-me para servir de brinquedo às princesas.

"Mal pude acreditar no que ouvia. Ela própria não iria nem mesmo dignar-se a testemunhar o que aconteceria. Chamou lorde Gregory e lhe deu ordens para levar-me ao salão das punições especiais, onde eu seria entregue às princesas ali reunidas. Por uma hora, elas poderia fazer o que bem quisessem comigo. E, então, fui amarrado no jardim e minhas coxas foram açoitadas por uma correia de couro. Abandonaram-me lá fora até a manhã seguinte.

"Essa foi minha primeira separação longa da rainha. E não consegui imaginar-me nu, indefeso e destinado apenas a punições de princesas. Eu havia deixado a escova da rainha cair duas vezes. Derrubara um pouco de vinho mais cedo. Tudo isso parecia estar além de meu controle e de meus mais admiráveis esforços.

"Quando lorde Gregory me infligiu inúmeros espancamentos severos, fui tomado pela vergonha e o medo. E, à medida que nos aproximávamos do salão das punições especiais, senti que não tinha forças nem para me mexer.

"Ele colocara uma tira de couro em volta do meu pescoço e me puxava pelo caminho, espancando-me apenas levemente, enquanto dizia que as princesas sem dúvida iriam se divertir muito em minha companhia.

"Antes de entrarmos na sala, lorde Gregory pôs uma pequena fita no meu pescoço que serviria como um sinal. Antes, mostrara-me a fita e senti um calafrio ao perceber que aquilo sinalizava que eu era um escravo desajeitado, voluntarioso e mau, que necessitava de uma correção.

"Ele trocou minha coleira de couro por outra, com vários anéis de metal, cada pequeno elo tendo apenas o tamanho exato para um dedo. Dessa forma, disse ele, as princesas poderiam me puxar para onde bem quisessem e castigar-me se eu demonstrasse o menor sinal de resistência.

"Algemas com os mesmos anéis foram colocadas em meus pulsos e tornozelos. Sentia que mal era capaz de me mexer enquanto arrastava-me até a porta.

"Não sabia como avaliar minhas emoções. Enquanto a porta era aberta, vi todas elas, umas dez princesas, um harém de jovens nuas a esmo sob os olhos atentos de um pajem, todas sendo recompensadas por bom comportamento com aquela hora de lazer. Descobri depois que, sempre que alguém necessita ser severamente punido, é enviado a elas, mas, naquele dia, as jovens não esperavam por visitas.

"Elas gritaram de felicidade batendo palmas e imediatamente consultando-se umas com as outras. Tudo que via ao meu redor eram seus longos cabelos ruivos, louros, pretos, com ondas e cachos grossos, os seios e ventres nus, e aquelas mãos que apontavam para mim e ocultavam sussurros tímidos e obscenos.

"As princesas juntaram-se ao meu redor. Eu me encolhi, tentando me esconder. Mas lorde Gregory ergueu minha cabeça pela coleira. Senti as mãos delas sobre mim, tocando minha pele, estapeando meu pênis e tocando meus testículos enquanto gritavam e riam. Excluindo seus senhores, que possuíam domínio total sobre elas, aquelas jovens nunca haviam visto um homem tão de perto.

"Eu tremia violentamente. Não permiti que as lágrimas escapassem de meus olhos e o que eu mais temia era que acabasse me virando e tentasse fugir, para receber apenas uma punição ainda pior. Tentei com desespero manter-me frio, indiferente. Entretanto, aqueles seios redondos e nus estavam me enlouquecendo. Podia sentir as coxas roçando em mim, até mesmo os pelos pubianos úmidos enquanto elas se acotovelavam para me examinar.

"E eu era o perfeito escravo daquelas princesas, que elas desdenhavam e admiravam. Quando senti os dedos tocando meus testículos, pesando-os, acariciando meu pênis, fiquei louco.

"Aquilo era infinitamente pior do que o tempo que eu passara com os príncipes, pois já podia ouvir as vozes das jovens repletas de um falso desprezo com o desejo de disciplinar-me, devolver-me à rainha tão obediente quanto elas. 'Ah, você é um principezinho mau, não é?', disse uma delas em meu ouvido. Era uma morena adorável com orelhas adornadas com brincos de ouro. Seu cabelo fazia cócegas em meu pescoço e, quando os dedos torceram meus mamilos, senti que perdia o controle.

"Temia me descontrolar e acabar tentando fugir. Nesse meio-tempo, lorde Gregory retirou-se para um dos cantos da sala. Os pajens poderiam auxiliar as princesas se elas assim o desejassem, disse ele, e as encorajou a fazerem bem seu trabalho, em nome da rainha. Essas palavras provocaram gritos de regozijo. Fui imediatamente estapeado por diversas mãos ligeiras.

Minhas nádegas foram puxadas de forma que ficassem abertas. Senti pequenos dedos forçando a entrada.

"Eu me contorcia e me revirava tentando manter-me imóvel, tentando não olhar para elas.

"E, quando fui erguido e minhas mãos, amarradas acima da cabeça por uma corrente que pendia do teto, senti-me imensamente aliviado, pois assim não poderia mais tentar escapar caso fraquejasse.

"Os pajens lhes deram as palmatórias que elas pediram. Algumas escolheram longas tiras de couro que testaram primeiro nas próprias mãos. No salão das punições especiais, elas não precisavam ficar de joelhos e podiam ficar na posição que bem entendessem. Logo, o cabo redondo de uma palmatória foi forçado em meu ânus. Minhas pernas foram puxadas para que ficassem completamente abertas. Eu tremia e, quando o cabo da palmatória começou a estuprar-me com estocadas para dentro e para fora como qualquer pênis que eu já houvesse recebido, sabia que meu rosto estava vermelho e que minhas lágrimas me poriam em risco. Em meio a tudo isso, vez ou outra sentia lábios gelados pressionados contra minha orelha; meu rosto era beliscado; meu queixo, acariciado e, então, elas atacavam meus mamilos novamente.

"'Belos mamilos', disse uma delas. Os cabelos da princesa pareciam fios de linho, idênticos aos seus, Bela. 'Quando eu tiver terminado meu trabalho, eles irão parecer seios', e começou a puxá-los e golpeá-los.

"Durante tudo isso, para minha vergonha, meu pênis estava rígido, como se conhecesse suas senhoras até mesmo quando eu me recusava a notá-las. A garota com o cabelo de linho repousou as coxas contra mim, demonstrando uma crescente crueldade enquanto puxava meus mamilos. Sentia o sexo dela contra o meu. 'Você se considera bom demais para sofrer em nossas mãos, príncipe Alexi?', ela sussurrou. Eu não respondi.

"As investidas do cabo da palmatória em meu ânus tornaram-se então mais rudes e severas. Meus quadris foram empurrados para frente com tanta crueldade quanto na ocasião em que estive com meu senhor cavalariço e as estocadas quase faziam com que eu fosse erguido do chão. 'Você acha que é bom demais para ser punido por nós?', a jovem perguntou novamente. As outras riam e a observavam enquanto ela começou a estapear meu pênis da esquerda para a direita com força. Eu recuei, não conseguia mais me controlar. Desejei mais que tudo no mundo estar amordaçado, mas não estava. Ela correu os dedos sobre os meus lábios para fazer com que eu me lembrasse disso e ordenou que eu lhe respondesse de forma respeitosa.

"E, quando eu não o fazia, ela pegava a palmatória e, retirando o instrumento que me estuprava, mantendo o rosto junto ao meu, os cílios dela fazendo cócegas em minha bochecha, espancava-me sonoramente. É claro que eu já estava ferido como todos nós sempre estamos e os golpes da princesa eram muito severos e sem um ritmo definido. Ela me pegou com a guarda baixa e, quando comecei a recuar e gemer, todas as meninas riram de prazer.

"Meu pênis era estapeado por todas. Elas torciam meus mamilos, mas a outra princesa demonstrava claramente sua supremacia. 'Você deve implorar por minha misericórdia, príncipe

Alexi. Não sou a rainha, mas você deve implorar para mim, por todo o bem que posso fazer a você.' Elas consideravam tudo isso muito divertido e a garota continuou a me espancar com cada vez mais severidade. Rezei para que ela rasgasse minha pele antes que meu desejo irrompesse, mas a jovem era esperta demais para isso. Ela começou a espalhar mais os golpes. Fez com que as meninas abaixassem levemente as correntes, de forma que eu pudesse abrir ainda mais minhas pernas.

"Ela segurou meu pênis com a mão esquerda, apertando, com rudeza, correndo a palma aberta sobre a ponta para me atormentar e, em seguida, apertando os dedos novamente enquanto me espancava com fúria.

"Quando estapeou meus mamilos e meu pênis e ergueu meus testículos envolvendo-os com as mãos, senti as lágrimas brotando e, superando a vergonha, gemi para escondê-las. Aquele foi um impressionante momento de dor e prazer. Minhas nádegas estavam em carne viva.

"Mas ela havia apenas começado. Ordenou que as outras princesas erguessem minhas pernas diante de mim. Senti terror ao flagrar-me pendendo das correntes que vinham do teto. Elas não amarraram meus tornozelos em meus braços. Em vez disso, simplesmente ataram-nos no alto enquanto a outra garota me desferia seus golpes do chão, com tanta violência quanto antes. Cobrindo meus testículos com a mão esquerda, ela me espancou com a palmatória com tanta força quanto era capaz enquanto eu me debatia e gemia incontrolavelmente.

"Enquanto isso, as outras jovens regalavam os olhos comigo, ainda me tocando e desfrutando imensamente meu sofrimento.

Elas chegavam até mesmo a beijar a parte de trás de minhas pernas, as panturrilhas, os ombros.

"Os golpes, entretanto, tornaram-se mais rápidos e violentos. Ela me pôs sentado mais uma vez, totalmente escancarado, e começou a trabalhar a sério. Pensei que sua intenção fosse rasgar minha pele se pudesse, mas eu estava extremamente nervoso e chorava incontrolavelmente.

"Era isso o que ela queria e aplaudiu quando me entreguei. 'Muito bem, príncipe Alexi, muito bem, deixe que todo esse orgulho rancoroso o abandone, muito bem, você sabe muito bem que merece tudo isso. Assim é melhor, é exatamente o que quero ver', disse ela, quase com afeição. 'Lágrimas deliciosas', a jovem tocou-as com os dedos. A palmatória não cessava.

"A princesa então libertou minhas mãos. Fui forçado a ficar de quatro e ela me conduziu pelo salão, ordenando que eu me movesse em círculos. Ela obviamente me conduzia cada vez mais depressa. Eu ainda não percebera que não estava mais preso. Ou seja, eu ainda não havia nem mesmo reparado que poderia ter desistido e fugido. Estava sendo vencido. E, por fim, aconteceu o que sempre ocorre quando uma punição funciona, não conseguia pensar em mais nada além de escapar de cada um dos golpes da palmatória. E como eu poderia fazer isso? Simplesmente me contorcendo, revirando, tentando evitá-la. Nesse meio-tempo, ela estava muito ocupada com os próprios comandos, conduzindo-me ainda mais rápido. Passei apressado pelos pés nus das outras princesas. Vi que davam um passo para o lado para que eu passasse.

"E então ela disse que rastejar também seria muito bom para mim, que eu deveria colocar os braços e o queixo no chão e deveria avançar desse modo com minhas nádegas voltadas para cima, para que a princesa pudesse golpeá-las com a palmatória. 'Arqueie as costas', ordenou a jovem, 'mais baixo, quero seu peito encostado no chão', e, com tanta habilidade quanto qualquer pajem ou senhora, obrigou-me a prosseguir enquanto as outras a elogiavam e maravilhavam-se diante de sua habilidade e vigor. Nunca fora posto em uma posição nem ao menos semelhante àquela. Tratava-se de algo tão infame que não queria nem imaginar como estava me saindo, meus joelhos ainda raspavam o chão, as costas estavam dolorosamente arqueadas, as nádegas empinadas ao máximo. E ela me dava as ordens de sempre para mover-me mais depressa enquanto minhas nádegas ficavam ainda mais em carne viva, pulsando da mesma forma com que o sangue em meus ouvidos. E minhas lágrimas me cegavam.

"E deu-se então o momento a respeito do qual lhe falei mais cedo. Eu pertencia àquela garota de cabelos de linho, uma princesa esperta e imprudente. Ela própria era punida tão vergonhosamente quanto eu estava sendo quase todos os dias, mas, por uma hora, poderia fazer de mim o que bem quisesse. Lutei durante todo o trajeto, vendo de relance as botas de lorde Greogory, as botas usadas pelos pajens, ouvindo as risadas das meninas. Lembrei-me de que deveria agradar à rainha, deveria agradar a lorde Gregory e, finalmente, deveria agradar à minha cruel senhora de cabelos de linho.

"Ela parou para respirar. Havia trocado a palmatória por uma tira de couro e começou a me chicotear.

"No início, achei os golpes mais fracos que os da palmatória e senti um misericordioso alívio. Mas a jovem logo aprendeu a impulsioná-lo com tanta força que o chicote deixou marcas em minhas nádegas. Ela então parou para que pudesse sentir essas marcas, beliscando-as, e, no silêncio, pude ouvir meu próprio choro baixo.

"'Acho que ele está pronto, lorde Gregory', disse a princesa e o homem concordou educadamente. Imaginei se essas palavras significavam que eu seria enviado de volta à rainha.

"Esses pensamentos foram uma tolice de minha parte.

"Aquilo queria dizer apenas que eu seria rapidamente chicoteado até o salão das punições. É óbvio que lá havia um punhado de princesas acorrentadas ao teto com as pernas amarradas para cima. Minha jovem senhora me levou até a primeira delas.

"Ela ordenou que eu me erguesse e abrisse bem minhas pernas enquanto ficasse de pé diante da princesa amarrada. Vi o rosto aflito da cativa, as faces que coravam e, então, o sexo nu e úmido que espreitava timidamente da grinalda dourada dos pelos pubianos, muito pronto para o prazer ou para mais dor após dias de torturas. A garota, entretanto, havia sido pendurada mais baixo, ficando com o sexo na altura de meu peito, acho eu, e era bem essa a posição que minha torturadora desejava.

"Ela ordenou que eu me inclinasse na direção do sexo da jovem, empinando meus quadris para trás. 'Dê-me suas nádegas', disse ela, pondo-se de pé atrás de mim. As outras garotas puxaram minhas pernas para que ficassem mais separadas do que eu seria capaz de abri-las por mim mesmo. Novamente recebi ordens para arquear a coluna e colocar os braços ao redor das correntes e vislumbrei uma imagem dupla da princesa escrava pendurada diante de mim.

"'Agora você irá satisfazê-la com a língua', disse minha torturadora, 'e assegure-se de que cumprirá direito a tarefa, pois essa garota já sofreu muito, mesmo não possuindo nem metade de sua falta de jeito.'

"Olhei para a princesa amarrada. Estava mortificada, embora desesperadamente sedenta por prazer. Pressionei minha face em seu pequeno sexo, doce e faminto, particularmente ávido para agradar a ela. Mas minha língua aprofundava-se em sua fissura inchada enquanto lambia o pequeno clitóris e os lábios intumescidos eram continuamente espancados pela correia. Minha senhora de cabelos de linho escolhia uma marca após outra para ser trabalhada, e eu sentia uma dor imensa quando a princesa amarrada finalmente estremeceu de prazer mesmo contra a própria vontade.

"É claro que lá havia outros que já tinham recebido punições suficientes e deveriam ser recompensados. Fiz o trabalho da melhor maneira possível, encontrando um refúgio naquelas tarefas.

"E, então, entrei em pânico ao ver que já recompensara todos os escravos ali presentes. Estava novamente nas mãos de minha captora com nada tão doce em meus braços quanto uma princesa amarrada.

"Mais uma vez, meu peito foi pressionado contra o chão, lutei para me manter de joelhos sob os golpes do chicote da garota enquanto fazia o caminho de volta até o salão das punições especiais.

"Todas as princesas, então, imploraram a lorde Gregory para que eu as satisfizesse, mas ele as silenciou imediatamente. Elas tinham seus senhores e senhoras a quem deveriam servir, e ele não ouviria mais nenhuma palavra, a não ser que quisessem ser penduradas ao teto como as outras do salão, como mereciam.

"Fui levado embora, indo para o jardim. Como a rainha ordenara, fui conduzido até uma árvore de tronco largo e minhas mãos foram amarradas tão alto que meus pés mal tocavam a grama debaixo deles. O sol se punha e fui deixado ali.

"Aquilo foi excruciante, mas eu tinha de obedecer, não devia fugir e, então, chegou o momento. Eu era atormentado agora pelas necessidades usuais, meu pênis dolorido que poderia não ser recompensado pela rainha no dia seguinte e até por mais tempo graças às imposições de sua raiva.

"Mas o jardim estava tranquilo, tomado pelos sons do crepúsculo. O céu estava púrpura e os troncos das árvores tornavam-se mais grossos devido às sombras. Logo depois, elas passaram a se assemelhar a esqueletos. O céu estava branco graças à noite que caía e, então, a escuridão tomou conta de tudo que estava ao meu redor.

"Resignei-me a dormir daquela maneira. Estava muito longe dos troncos das árvores para esfregar meu pobre pênis, caso contrário, teria realmente feito isso, atormentado como eu estava por qualquer prazer que a fricção pudesse me trazer.

"E, mais por hábito do que por condicionamento, a rigidez de meu membro não iria esmorecer. Permaneci rígido e tenso como se esperasse por algo.

"Foi então que lorde Gregory apareceu. Ele se materializou na escuridão vestido de veludo cinza, o ouro nas bordas do manto resplandecendo. Vi o brilho das botas e o brilho entorpecente da correia de couro que ele carregava. Mais punições, pensei exausto. Mesmo assim, tinha de obedecer. Eu era um príncipe escravo e não havia nada que eu pudesse fazer além de rezar para que eu tivesse graça suficiente para suportar tudo aquilo em silêncio e sem fazer nenhum tipo de esforço para escapar.

"Ele, entretanto, aproximou-se de mim e começou a falar. Disse-me que eu me comportei muito bem e perguntou se eu sabia o nome da princesa que me atormentara. 'Não, meu senhor', respondi respeitosamente, um tanto aliviado por ter-lhe agradado. Era muito difícil satisfazer lorde Gregory. Mais difícil que a rainha.

"Ele me disse que o nome dela era Lynette, que era nova no palácio e causou uma grande impressão em todos. Ela era escrava pessoal do grão-duque Andre. E o que tenho a ver com isso?, pensei, sou escravo da rainha. Mas lorde Gregory perguntou-me de forma bastante gentil se eu a havia achado bonita. Eu recuei. Como poderia evitar? Conseguia me lembrar muito bem dos seios dela quando os pressionou contra mim enquanto os golpes da palmatória faziam com que eu sentisse uma dor lancinante e suspirasse. Era capaz de me recordar dos olhos azul-escuros nos poucos instantes nos quais não estava envergonhado demais para olhar para eles. 'Não sei, meu senhor. Prefiro dizer que gostaria que ela não estivesse aqui, que ela não é bonita.'

"Por esta impertinência, lorde Gregory me deu pelo menos cinco cintadas rápidas. Estava machucado o suficiente para cair em lágrimas naquele momento. Ele às vezes dizia que, se fosse por sua vontade, manteria os escravos sempre feridos. Assim, as nádegas deles seriam tão macias que tudo que teria de fazer seria golpeá-las com uma pluma. Mas, enquanto eu estava ali com os braços dolorosamente esticados acima de meu corpo, sendo empurrado pelos golpes, perdendo o equilíbrio, tinha consciência de que ele estava particularmente enraivecido e fascinado comigo. Por qual outro motivo ele iria até ali para atormentar-me, tendo um castelo repleto de escravos para torturar? Isso fez com que eu sentisse uma satisfação estranha.

"Tinha consciência de meu corpo, de sua evidente masculinidade que, para alguns olhos, era certamente sua beleza... Bem, ele chegou ainda mais perto e disse que a princesa Lynette era insuperável em muitos aspectos e que seus atributos eram incendiados por um espírito incomum.

"Fingi que estava entediado. Deveria ficar a noite inteira pendurado naquela posição. Lorde Gregory era um inseto, pensei. Mas então ele me disse que havia estado com a rainha e contou-lhe como a princesa Lynette havia me punido, que a jovem apresentara grande talento para comandar e não recuava diante de absolutamente nada. Comecei a ficar com medo. Ele então assegurou-me de que a rainha ficara muito contente ao ouvir essas palavras.

"'O senhor da princesa Lynette, o grão-duque Andre, também estava presente', lorde Gregory continuou, 'e todos eles ficaram muito curiosos e, de certa forma, arrependidos por não terem testemunhado tal demonstração, que foi desperdiçada sendo vista apenas por outros escravos', ele esperou. 'Por isso, um pequeno entretenimento foi combinado', ele continuou, já que eu permaneci calado. 'Você irá atuar em um circo organizado para Sua Majestade. Certamente já viu os treinadores de animais de circo, que, com golpes hábeis de chicote, mantêm seus felinos sobre bancos, obrigam-nos a atravessar aros e a fazer outros truques para o divertimento do público.'

"Fiquei desesperado, mas não respondi. 'Bem, amanhã, quando suas belas nádegas estiverem sarado um pouco, um pequeno espetáculo será preparado com a presença da princesa Lynette e seu chicote, que o conduzirão ao longo da apresentação.'

"Sabia que meu rosto estava vermelho, tomado pela raiva e a indignação, ou pior, demonstrando meu furioso desespero, mas estava muito escuro para que lorde Gregory pudesse perceber algo. Eu podia apenas ver o brilho de seus olhos e não sei explicar como sabia que ele estava sorrindo. 'E você deverá executar seus pequenos truques de forma rápida e correta para a rainha', ele continuou, 'que está ávida para vê-lo saltar de uma banqueta para outra, ficar de quatro e pular através dos aros que, neste exato momento, estão sendo preparados para você. Por você ser um bichinho de estimação que anda sobre duas pernas, mas que possui tanto mãos quanto pés, também irá pendurar-se em um pequeno trapézio que está sendo igualmente preparado com a palmatória da princesa Lynette sempre o incitando e entreterá todos nós enquanto demonstra sua agilidade.'

"Aquilo parecia impensável para mim, apresentar-me daquela maneira. Não era como prestar um serviço, como vestir e adornar minha rainha, nem tentar encantá-la, demonstrando que eu aceitava seu poder e a cultuava. Nem sofrer por ela, recebendo seus espancamentos. Em vez disso, aquilo seria uma série de posições infames, deliberadamente executadas. Não podia suportar sequer pensar nisso. Mas o pior de tudo era que não conseguia me imaginar fazendo aquilo. Receberia humilhações terríveis se falhasse e seria sem dúvida arrastado para a cozinha novamente.

"Estava fora de mim de tanto medo e raiva, e essa ameaça, esse brutal lorde Gregory que eu tanto odiava sorria para mim. Ele segurou meu pênis e o esticou. É claro que o empunhou próximo da base e não junto à ponta, onde poderia me conceder algum prazer. E, enquanto puxava meus quadris de forma que eu perdesse o equilíbrio, disse: 'Será um grande espetáculo. A rainha, o grão-duque e os outros irão assistir a ele. E a princesa Lynette deve estar ávida para impressionar a corte. Tome cuidado para que ela não *eclipse* o seu próprio brilho.'"

Bela balançou a cabeça e beijou o príncipe Alexi. Ela então percebeu o que Alexi queria dizer quando disse que estava apenas no início de sua rendição.

– Mas, Alexi – disse ela com suavidade, quase como se pudesse salvá-lo daquele fardo, como se aquilo não houvesse acontecido havia tanto tempo –, quando eles o levaram das mãos do cavalariço até a presença da rainha, quando você teve de entregar as bolas de ouro para ela em seu trono, não foi a mesma coisa? – Ela parou. – Oh, será que algum dia terei de realizar essas mesmas tarefas?

– Mas você é capaz de cumpri-las, todas elas, esse é o motivo de minha história. Cada nova incumbência parece terrível simplesmente porque é nova, por ser uma variação. Mas, no fundo, todas as tarefas são as mesmas. A palmatória, a correia, a exposição, a contenção da vontade própria. Elas apenas variam infinitamente.

"Mas você fez bem em mencionar essa primeira sessão com a rainha. Foi parecido. Mas lembre-se de que eu estava machucado e abalado pelas experiências que tive na cozinha e agia por instinto. Fui readquirindo minhas forças desde então e elas precisavam ser quebradas novamente. Agora vejo que, se o pequeno circo houvesse sido armado quando eu já estivesse recuperado do que passei na cozinha, talvez eu também me sentisse ávido para conferir o que aconteceria durante o espetáculo. Mas não pensei assim. Aquilo envolvia uma exposição muito maior, muito mais vigor, uma rendição da vontade em posições e atitudes que pareciam muito mais grotescas e desumanas.

"Nem imagina que eles não precisavam de nenhuma crueldade real, nem fogo ou chicotes para ensinar suas lições ou se divertirem." Alexi suspirou.

– Mas o que aconteceu? O circo realmente foi armado?

– Sim, claro, apesar de lorde Gregory não ter mais necessidade alguma de falar comigo antes do evento a não ser para atrapalhar meu sono. Passei uma noite sofrida e inquieta. Acordei várias vezes, pensando que os outros se aproximavam, os cavalariços ou os ajudantes da cozinha, que haviam me encontrado sozinho e indefeso, prontos para me atormentar. Ninguém chegou perto de mim, entretanto.

"Durante a noite, ouvi conversas aos sussurros enquanto cavalheiros e damas caminhavam sob as estrelas. Vez por outra, ouvia um escravo sendo conduzido pelo caminho, chorando intermitentemente sob os inevitáveis golpes da correia de couro. Uma tocha tremeluzia debaixo das árvores e nada mais.

"Quando amanheceu, fui banhado e untado, e, durante todo esse tempo, meu pênis não foi tocado, salvo quando amoleceu, sendo habilmente desperto.

"No crepúsculo, o salão dos escravos foi tomado por conversas a respeito do circo. Meu pajem, Leon, contou-me que o picadeiro já havia sido armado em um salão espaçoso próximo aos aposentos da rainha. Lá haveria quatro fileiras de cavalheiros e damas ao meu redor, e eles trariam seus escravos também, para que vissem o espetáculo. O pânico espalhara-se entre os escravos, todos temendo serem obrigados a participar. Leon nada mais disse além disso, mas sabia o que pensava. Aquele era um cansativo teste de autocontrole. Ele escovou meu cabelo, espalhou bastante óleo em minhas nádegas e coxas, untou até mesmo meus pelos pubianos e os penteou de forma que ficassem radiantes.

"Fiquei quieto, pensando.

"E, quando finalmente fui levado até o salão, até as sombras próximas à parede de onde eu podia ver o picadeiro iluminado, entendi o que teria de fazer. Havia bancos de várias alturas e circunferências, trapézios pendurados em imensas cordas montados perpendicularmente ao chão. Velas queimavam por todos os cantos em candelabros altos posicionados entre as cadeiras onde os cavalheiros e as damas já estavam reunidos.

"E a rainha, minha cruel rainha, também estava sentada, nervosa, com o grão-duque Andre ao lado.

"A princesa Lynette ficou de pé no meio do picadeiro. Ela recebera permissão para erguer-se, pensei, enquanto eu deveria ser conduzido de quatro. Bem, eu teria de me conformar.

"E, enquanto esperava ajoelhado, decidi que resistir seria impossível. Se tentasse esconder as lágrimas e deixar a tensão tomar conta de mim, a humilhação seria apenas mais terrível.

"Deveria me conformar para fazer o que tinha de ser feito. A princesa Lynette estava deliciosa. Os cabelos de linho caindo soltos em suas costas, trançados apenas o suficiente para que suas nádegas ficassem completamente à mostra, onde não havia mais que uma marca cor-de-rosa causada pela palmatória, assim como nas coxas e panturrilhas, o que, longe de desfigurá-la, parecia torná-la mais bela. Aquilo era capaz de deixar qualquer um furioso. Em volta do pescoço da princesa, havia uma coleira de couro dourado e trabalhado que era um mero ornamento. Ela também usava botas pesadas, igualmente douradas e com saltos altos.

"E eu estava completamente nu, como não poderia deixar de ser. Eu não trazia nem ao menos uma coleira, o que significava que deveria controlar-me e obedecer às ordens da princesa. Não poderia nem ao menos ser conduzido de um lado para outro.

"Pude ver, então, o que exatamente deveria fazer. A princesa Lynette daria início a uma grande demonstração de inventividade. Estava pronta para descarregar sua raiva sobre mim através de comandos como 'mais rápido' e 'depressa', censurando-me e condenando-me à menor desobediência. Ela iria então ganhar os aplausos do público. E, quanto mais eu resistisse contra aquilo, mais a princesa brilharia, exatamente como lorde Gregory me alertara.

"A única maneira de eu triunfar seria através da obediência completa. Teria de executar todas as ordens com perfeição. E não deveria reagir de forma alguma, interna ou externamente. Teria de chorar, se assim me fosse ordenado, mas precisaria realizar tudo que a jovem mandasse, mesmo que o mais leve pensamento de revolta diante daquela situação fizesse com que meus pulsos e têmporas latejassem.

"Finalmente todos estavam prontos. Um grupo de princesas jovens e maravilhosas serviam vinho balançando seus pequenos quadris e lançando-me olhares repletos de deleite enquanto se curvavam para encher as taças. E elas também estavam ali para me ver sendo castigado.

"Toda a corte, pela primeira vez, viera para assistir.

"Então, com um bater de palmas, a rainha ordenou que seu bichinho de estimação, o príncipe Alexi, fosse trazido e que a princesa Lynette me 'domasse' e 'treinasse' diante dos olhos de todos.

"Lorde Gregory me lançou seus golpes usuais com a palmatória.

"Logo, eu estava no círculo de luzes, meus olhos doeram por um momento e vi as botas de salto alto de minha domadora se aproximando. Em um arroubo de impetuosidade, corri para beijar suas botas. A corte soltou um murmúrio de aprovação.

"Continuei a cobri-la de beijos e pensava: Minha diabólica Lynette, minha forte e cruel Lynette, você é minha rainha agora. Era como se minha paixão fosse um fluido que corria por todos os meus membros, não apenas em meu pênis intumescido.

Arqueei as costas e separei as pernas ainda que ligeiramente, mesmo sem ter recebido ordens para isso.

"Os espancamentos logo começaram. Demonstrando que realmente era um pequeno demônio, ela disse: 'Príncipe Alexi, você deve mostrar à sua rainha que é um bichinho de estimação muito perspicaz e deve executar todas as minhas ordens com obediência. E também deve responder com total cortesia a todas as perguntas que eu lhe fizer.

"Então, eu também teria de falar. Senti o sangue subir ao meu rosto. Mas ela não deu tempo para que eu sentisse terror e eu disse, com um rápido movimento de cabeça: 'Sim, minha princesa', o que gerou outro murmúrio de aprovação por parte da plateia.

"Como já lhe disse antes, ela era forte, capaz de espancar com muito mais potência do que a rainha e com tanta intensidade quanto os ajudantes da cozinha ou os cavalariços me espancaram. Sabia que a princesa no mínimo gostaria de me deixar ferido, pois imediatamente lançou diversos golpes sonoros contra mim e tinha, assim como alguns outros torturadores, de erguer as nádegas da vítima enquanto a espancava.

"'Para aquele banco, ali', ela ordenou sem demora, 'agachado, com os joelhos bem separados e as mãos atrás do pescoço, agora!' E ela me conduziu para que eu obedecesse enquanto eu saltava para cima do banco fazendo um imenso, ainda que rápido, esforço para me equilibrar. Fiquei agachado da mesma maneira miserável com que meu senhor cavalariço me punira. Toda a corte podia então ver meus órgãos genitais expostos como se eles nunca os houvessem visto.

"'Vire-se devagar', ela ordenou de forma que eu fosse exibido para todos os olhos, 'para que o distinto público possa ver o bichinho de estimação que se apresentará para ele esta noite!' E, mais uma vez, ela me deu numerosos e cortantes golpes de palmatória. Houve uma chuva de aplausos vinda da pequena multidão ali reunida e também o som de vinho sendo servido, e eu mal havia completado uma volta com os golpes da palmatória reverberando em meus ouvidos, e ela ordenou que eu desfilasse rapidamente pelo pequeno picadeiro de quatro e com o queixo e o peito no chão da mesma forma como eu havia me prostrado para ela anteriormente.

"Foi ali que me recordei de minhas intenções. Corri bem depressa para obedecer-lhe, arqueando as costas, com os joelhos separados, ainda que me movendo com rapidez enquanto os saltos da bota dela batiam no chão ao meu lado e minhas nádegas padeciam com os golpes. Não tentei manter meus músculos retesados, mas sim deixá-los tensos, deixei que meus quadris se erguessem e caíssem como deviam, contraindo-se com os golpes, mesmo que não pudesse evitar recebê-los. E, enquanto eu me deslocava pelo chão de mármore, a multidão sendo uma massa de rostos borrados, senti que aquele era o meu estado natural, aquilo era o que sou, não havia nada antes ou depois de mim. Podia ouvir a reação da corte; eles riam do meu sofrimento e havia uma excitação crescente em suas conversas. Eles estavam muito atentos àquela pequena apresentação, o que era notável diante de seu habitual ar entediado. Eu estava sendo admirado por meu abandono. Suspirava a cada golpe da palmatória sem nem ao menos pensar em conter esses sons. Deixei os gemidos fluírem livremente e arqueei ainda mais minhas costas.

"Quando a tarefa foi completada e fui mais uma vez encaminhado para o centro do picadeiro, ouvi os aplausos.

"Minha cruel domadora não fez nem ao menos uma pausa. Ordenou que eu pulasse imediatamente sobre outro banco e, deste, para outro ainda mais alto. Ajoelhei-me para executar cada um dos saltos e, quando os golpes me atingiram, meus quadris moveram-se para frente sem que eu parasse de gemer. O som de meus gemidos naturais soava surpreendentemente alto em meus ouvidos.

"'Sim, minha princesa', eu dizia após cada comando e minha voz me parecia trêmula, apesar de profunda e repleta de sofrimento. 'Sim, minha princesa', repeti quando ela finalmente ordenou que eu ficasse de pé diante dela, com as pernas bastante abertas e ajoelhando-me devagar até que atingisse uma altura a qual ela aprovasse. Eu deveria então saltar através do primeiro arco com as mãos atrás do pescoço e conseguir, de alguma forma, ajoelhar-me novamente diante dela. 'Sim, minha princesa', obedeci sem demora, atravessando diversos arcos com a mesma entrega. Eu era ágil e não demonstrava nenhuma vergonha, apesar de meu pênis e meus testículos moverem-se sem a menor graça ao sabor de meus esforços.

"Os golpes de Lynette tornaram-se mais fortes e menos regulares. Meus gemidos eram muito altos, repentinos e provocavam muitas risadas.

"Ela ordenou que eu saltasse e agarrasse com ambas as mãos a barra de um trapézio. Senti lágrimas de pura tensão e cansaço escorrerem pelo meu rosto. Pendia do trapézio enquanto ela me golpeava com a palmatória, conduzindo-me para frente e para trás. A princesa deu ordens para que eu me virasse e segurasse as correntes com os pés.

"Isso era quase impossível e, enquanto eu me esforçava para obedecer, as risadas ecoaram pelo salão. Felix deu um passo à frente e sem demora ergueu meus tornozelos até que eu ficasse pendurado da maneira que Lynette desejava e tive de suportar os espancamentos dela nessa posição.

"E, logo que a princesa ficou cansada disso, recebi ordens para voltar para o chão enquanto ela trazia uma longa tira de couro. Fiquei de joelhos e a jovem prendeu uma das extremidades em meu pênis, puxando-me em seguida para perto dela. Nunca havia sido guiado daquela forma antes, pela raiz de meu pênis, e as lágrimas fluíram copiosamente. Todo o meu corpo estava quente e tremia, e meus quadris eram puxados para frente de forma que nem ao menos pensamentos graciosos poderiam possivelmente existir, mesmo que eu tivesse a presença de espírito necessária para tal. Ela me puxou até os pés da rainha e então me virou, puxando-me pelo picadeiro, correndo com suas botas que faziam um ruído seco no chão, para que eu tivesse de lutar, gemendo e chorando por trás de meus lábios cerrados, para acompanhá-la.

"Eu caíra em desgraça. O picadeiro parecia interminável. A tira ao redor do meu pênis o contraía, e minhas nádegas estavam tão dolorosamente macias que ardiam até mesmo quando Lynette não as golpeava.

"Mas logo completamos a volta. Sabia que a criatividade de Lynette havia se esgotado. Ela contara com minha desobediência e relutância, e não conseguira sucesso. Sua apresentação careceu de qualquer atributo especial além de minha completa obediência.

"Ela deixou com que eu descansasse por alguns segundos, algo que me surpreendeu.

"Em seguida, ordenou que eu me erguesse, abriu minhas pernas e então colocou minhas mãos espalmadas no chão diante dela. Minhas nádegas estavam de frente para a rainha e o grão-duque, uma posição na qual, novamente, mesmo em meio a tudo aquilo, lembrava-me de minha nudez.

"Ela deixou a palmatória de lado e pegou seu brinquedo preferido, a tira de couro, e lançou uma severa chicotada em minhas coxas e panturrilhas, deixando que o couro se enroscasse em mim, e ordenou que eu me movesse alguns centímetros para frente para que pudesse colocar meu queixo sobre um banco alto. Minhas mãos deveriam permanecer nas costas, que, por sua vez, deveriam estar arqueadas. Fiz como fui ordenado e fiquei com as pernas separadas, a cintura torta e o rosto inclinado para o alto para que todos vissem minha expressão de dor.

"Como você pode imaginar, minhas nádegas estavam voltadas para cima, livres, e Lynette começou a cobri-la de elogios. 'Quadris muito belos, príncipe Alexi, belas nádegas, rígidas, redondas e musculosas, e verdadeiramente lindas quando você se contorce para escapar de meu chicote e de minha palmatória.' Ela ilustrou essas palavras imitando a forma como eu fugia do chicote e comecei a chorar baixinho.

"Foi então que Lynette deu uma ordem que me surpreendeu. 'A corte quer que você exiba suas nádegas. Que as movimente', disse ela. 'Não apenas para escapar da punição que você de fato merece e de que necessita, mas para demonstrar alguma real humildade.' Eu não sabia o que ela queria dizer com essas palavras. A princesa me espancou de forma severa, como se eu estivesse sendo propositalmente teimoso, enquanto eu dizia em meio às lágrimas: 'Sim, minha princesa.' 'Mas você não obedece!', ela gritou. Lynette havia começado com o que realmente queria e, assim que pronunciou essas palavras, comecei a soluçar contra a minha vontade. O que eu poderia dizer-lhe? 'Quero ver suas nádegas mexendo, príncipe', ela continuou. 'Quero vê-las rebolando enquanto seus pés permanecem imóveis.' Ouvi a rainha rir. E subitamente me submeti à vontade dela, coberto de vergonha e medo. Sabia que ela queria me apequenar, ridicularizar, e isso era demais para mim. Movi os quadris, balancei-os enquanto ela me espancava e meu peito tremeu com outra crise de choro que eu mal pude conter.

"'Não, príncipe, nada é tão simples assim. Essa deve ser uma verdadeira dança para a corte', disse ela, 'suas nádegas vermelhas e marcadas devem fazer algo além de ficarem dormentes com os meus golpes!', e ela colocou as mãos em meus quadris e lentamente moveu-os não apenas de um lado para outro, mas para cima e para baixo, de forma que eu tive de ficar de joelhos. Ela os girou. Parecia algo pequeno, como eu já disse. Mas, para mim, aquilo representava uma vergonha inenarrável, ter de pôr toda a minha força e presença de espírito naquela exibição aparentemente tão vulgar de minhas nádegas. E, ainda assim,

Lynette desejava que eu continuasse com aquilo, ela havia ordenado, e eu não podia fazer nada além de obedecer, minhas lágrimas escorriam e meus soluços ficavam presos na garganta enquanto eu girava minhas nádegas como Lynette mandara. 'Curve mais os joelhos, quero ver uma dança', disse ela com um sonoro golpe do chicote. 'Curve os joelhos e mexa mais esses quadris para o lado, mais para a esquerda!', a voz dela elevou-se furiosamente. 'Você resiste às minhas ordens, príncipe Alexi, não é divertido.' Ela lançou uma saraivada de sonoras chicotadas enquanto eu me esforçava para obedecer. 'Mexa-se', ela gritava. Lynette estava triunfante. Toda a minha compostura fora de fato perdida. Ela sabia disso.

"'Então você ousa demonstrar reservas na presença da rainha e sua corte?', ela me censurou e, com ambas as mãos, empurrou meus quadris de um lado para outro, realizando uma rotação ainda maior. Não conseguia mais suportar aquilo. Havia apenas uma maneira de superá-la e isso significava contorcer-me naquela posição vergonhosa, ainda mais freneticamente enquanto ela me guiava. E, tremendo para tentar engolir o choro, obedeci. Comecei a dançar e os aplausos encheram o salão, minhas nádegas rebolando de um lado para outro, para cima e para baixo, meus joelhos completamente tortos, as costas arqueadas, o queixo sobre o banco, causando-me dor, pois todos podiam ver as lágrimas escorrendo pelo meu rosto e a óbvia destruição de minha coragem.

"'Sim, minha princesa', eu me esforcei para articular essas palavras com minha voz suplicante e obedeci, reunindo todas as minhas forças, realizando uma performance tão boa que os aplausos continuaram.

"'Isso foi bom, príncipe Alexi, muito bom', elogiou Lynette. 'Abra as pernas ainda mais, bem separadas, e mexa os quadris mais depressa!' Obedeci de imediato. Comecei a requebrar os quadris e fui tomado pela maior crise de vergonha que conhecera desde que fui capturado e levado para o castelo. Nem mesmo ser despido pelos soldados nos campos, ou jogado sobre a sela do capitão, ou, ainda, estuprado na cozinha, comparava-se com a degradação que experimentei naquele momento, pois realizei tudo aquilo de forma grosseira e submissa.

"Enfim, ela deu por encerrada sua pequena exibição. As damas e cavalheiros conversavam entre si, tecendo comentários e trocando ideias a respeito dos mesmos assuntos sobre os quais sempre falavam em ocasiões como aquelas. Os murmúrios, entretanto, eram repletos de inquietação, o que significava que as paixões haviam sido despertadas, e eu não podia olhar para cima para ver que todos olhavam para o picadeiro, não importando o quanto quisessem simular uma atmosfera de tédio. A princesa Lynette ordenou então que eu me virasse devagar, mantendo o queixo no centro do banco, mas movendo minhas pernas em círculo, enquanto balançava as nádegas, de forma que toda a corte pudesse contemplar igualmente aquela demonstração de obediência.

"Meus próprios soluços me ensurdeciam. Lutei para obedecer sem perder o equilíbrio. Se eu esmorecesse na amplitude das rotações de minhas nádegas, a princesa teria uma nova oportunidade de menosprezar-me.

"Finalmente, ela ergueu a voz e anunciou para a corte que tinham ali um príncipe obediente, capaz de realizar façanhas até mesmo mais criativas no futuro. A rainha aplaudiu. O público poderia então levantar e dispersar-se, entretanto eles o fizeram muito devagar e a princesa Lynette, com o intuito de continuar com o espetáculo para os últimos espectadores, rapidamente ordenou que eu agarrasse o trapézio acima de minha cabeça e, enquanto me espancava com crueldade, recebi ordens para erguer o queixo e marchar para ela na ponta dos pés, sem sair do lugar.

"A princesa Lynette entregou a palmatória e o chicote a lorde Gregory.

"Continuei segurando o trapézio, meu peito pesava, meus membros formigavam. Tive o prazer de ver a princesa Lynette sendo despida das botas e da coleira por um pajem que a jogou sobre os ombros e carregou-a para fora do salão, mas não consegui ver o seu rosto e, portanto, não sabia o que estava sentindo. As nádegas dela estavam voltadas para cima sobre os ombros do pajem, seus grandes lábios eram compridos e finos e os pelos da vagina, ruivos.

"Eu estava sozinho, molhado de suor e exausto. Lorde Gregory estava por perto, de pé. Ele se aproximou, ergueu meu queixo e disse: 'Você é indomável, não é?' Fiquei surpreso. 'O miserável, orgulhoso e rebelde príncipe Alexi!', ele pronunciou com fúria. Tentei demonstrar minha consternação. 'Diga-me de que forma desagradei', implorei, já tendo ouvido o príncipe Gerald dizer o suficiente aquele tipo de coisa nos aposentos da rainha.

"'Você sabe que sentiu prazer com tudo que aconteceu aqui. Nada é deselegante demais, ou demasiadamente indigno ou difícil para você. Você brincou com todos nós!', ele afirmou. Novamente, fiquei surpreso.

"'Bem, você vai medir meu pênis agora', ele disse ordenando que o último pajem nos deixasse. Eu ainda segurava o trapézio como me havia sido ordenado. O salão estava escuro apesar da noite luminosa que atravessava as janelas. Ouvi-o abrir as roupas, fui cutucado pelo pênis dele. E, então, ele forçou-o entre minhas nádegas.

"'Principezinho deplorável', comentou ele enquanto abria caminho dentro de mim.

"Quando ele terminou, Felix me lançou sobre seus ombros sem nenhuma cerimônia, da mesma forma como o outro pajem carregara a princesa Lynette. Meu pênis intumescia contra o corpo dele, mas tentei controlá-lo.

"Quando ele me pôs no chão, nos aposentos da rainha, a soberana estava sentada à sua penteadeira lixando as unhas. 'Senti saudades suas', disse ela. Corri de quatro na direção dela e beijei suas sandálias. Ela pegou um lenço de seda e secou meu rosto.

"'Você me agradou muito', disse ela. Fiquei intrigado. O que lorde Gregory notara em mim que ela não havia percebido?

"Eu estava aliviado, entretanto, por poder refletir sobre isso. Caso ela houvesse me recebido com raiva ou ordenasse mais punições, eu ficaria tomado pelo desespero. Ela, entretanto, era toda beleza e suavidade. Ordenou que eu a despisse e deitasse na cama. Obedeci da melhor forma possível. Mas ela recusou a camisola de seda.

"E, pela primeira vez, ficou nua diante de mim.

"Não me disseram que eu poderia olhar para cima. Estava encolhido aos pés da rainha. Ela então me autorizou a contemplá-la. Como você pode imaginar, Bela, a soberana era de uma beleza inenarrável. Tinha um corpo firme, de alguma forma poderoso, com ombros apenas um pouco fortes demais para uma mulher, pernas longas, seios magníficos e o sexo era um ninho resplandecente de pelos negros. Flagrei-me sem ar.

"'Minha rainha', sussurrei antes de beijar seus pés e tornozelos. A soberana não protestou. Beijei-lhe os joelhos. Ela não protestou. Beijei-lhe as coxas e, num gesto impulsivo, enterrei meu rosto no ninho de pelos perfumados, encontrando-o quente, tão quente que ela me ergueu até que eu ficasse de pé. Ela ergueu meus braços e eu a abracei, experimentando pela primeira vez suas formas completamente femininas e também percebi que, independentemente do quão forte e poderosa fosse sua aparência, ela era pequena quando comparada a mim, e complacente. Movi-me para beijar os seios da rainha e, em silêncio, ela convidou-me a fazê-lo e suguei-os até ouvir os suspiros escapando de sua boca. O gosto dos seus seios era doce, e eles eram muito macios, ainda que rechonchudos e resistentes aos meus dedos respeitosos.

"A rainha mergulhou na cama e, de joelhos, enterrei meu rosto novamente entre as pernas dela. Mas a soberana disse que queria meu pênis naquele exato momento e que eu não deveria ejacular até que ela o permitisse.

"Gemi para demonstrar o quão difícil seria conter meu amor por ela. Mas ela se deitou de bruços sobre os travesseiros, abrindo as pernas, e vi, pela primeira vez, seus grandes lábios cor-de-rosa.

"Ela fez com que eu me abaixasse ainda mais. Quase não pude acreditar quando senti o invólucro daquela vagina quente. Havia um longo tempo desde que senti pela última vez aquele tipo de satisfação com uma mulher. Era a primeira vez em que sentia aquilo desde que fora aprisionado pelos soldados. Lutei para não consumir minha paixão imediatamente e, quando ela começou a mover os quadris, pensei que a luta estaria perdida. Ela estava tão molhada, quente e apertada, e meu pênis doía graças à punição. Todo o meu corpo doía e a dor era deliciosa para mim. As mãos dela acariciaram minhas nádegas. Ela beliscou as marcas dos espancamentos anteriores. Separou minhas nádegas e, enquanto aquele invólucro quente se contraía contra meu pênis e a aspereza dos pelos pubianos me golpeava e atormentava, ela colocou o dedo em meu ânus.

"'Meu príncipe, meu príncipe, você passou por todos esses testes por mim', a rainha sussurrou. Seus movimentos tornaram-se mais ligeiros, selvagens. Vi o rosto e os seios dela cobrirem-se de vermelho. 'Agora', ela ordenou e deixei que minha paixão explodisse dentro dela.

"Meu corpo tremeu, os quadris se movimentando loucamente da mesma forma com que no pequeno espetáculo circense. E, quando fiquei vazio e relaxado, me deitei, cobrindo o rosto e os seios da rainha com beijos lânguidos e sonolentos.

"Ela se sentou na cama e correu as mãos pelo meu corpo, dizendo-me que eu era sua posse mais adorável. 'Mas há muitas crueldades guardadas para você', ela afirmou. Senti que meu pênis endurecia novamente. A rainha explicou que eu seria submetido a uma disciplina diária muito pior do que qualquer uma daquelas que ela inventara antes.

"'Amo a senhora, minha rainha', sussurrei. E não pensava em mais nada além de servi-la. Mesmo estando com medo, é claro. Apesar disso, me sentia poderoso por tudo aquilo que havia suportado e realizado.

"'Amanhã', começou ela, 'irei inspecionar meus exércitos. Passarei diante deles em uma carruagem aberta, para que os soldados possam contemplar sua rainha e eu também possa vê-los e, depois disso, irei até as vilas próximas ao castelo.'

"Toda a corte irá comigo de acordo com a posição de cada um. E todos os escravos nus, exceto por coleiras de couro, marcharão descalços conosco. Você marchará ao lado da minha carruagem para que todos os olhos o vejam. Colocarei a melhor coleira em você e seu ânus deverá ser aberto por um falo também de couro. Você usará uma mordaça e eu segurarei as rédeas. Você marchará com a cabeça erguida à frente dos soldados, oficiais, as pessoas comuns. E, para o deleite de todos, exibirei você na praça principal de cada um dos vilarejos por tempo suficiente para que todos o admirem antes de continuarmos com o cortejo.'

"'Sim, minha rainha', respondi em um sussurro. Sabia que aquela seria uma provação terrível e, ainda assim, pensava naquilo com curiosidade e imaginava quando e como os sentimentos de desamparo e derrota iriam visitar-me. Eles aflorariam diante dos aldeões, ou dos soldados, ou enquanto eu trotasse com a cabeça erguida, meu ânus torturado pelo falo? Cada detalhe que a rainha descrevia me excitava.

"Dormi profundamente e muito bem. Quando Leon me despertou, tratou de mim cuidadosamente, da mesma forma como fizera ao me preparar para o pequeno circo.

"Havia uma grande comoção do lado de fora do castelo. Era a primeira vez em que eu via os portões frontais do pátio, a ponte levadiça, o fosso e todos os soldados reunidos. A carruagem aberta da rainha estava parada no pátio e ela já estava sentada lá dentro cercada pelos lacaios e os pajens que caminhariam ao seu lado, assim como os cocheiros com seus chapéus magníficos, as plumas e as esporas resplandecentes. Um grande grupo de soldados a cavalo estava a postos.

"Antes de ser conduzido para fora, Leon ajustou a mordaça a meu rosto, dando, ainda, mais uma última escovada perfeita em meu cabelo. Ele apertou a mordaça de couro bem no fundo de minha boca, secou meus lábios e disse-me que o mais difícil seria manter o queixo erguido. Nunca deveria deixar que ele caísse até a posição normal. As rédeas, que a rainha seguraria preguiçosamente em seu colo, poderiam, é claro, fazer com que eu mantivesse a cabeça erguida, entretanto eu nunca deveria abaixá-la. Ela perceberia se eu o fizesse e ficaria furiosa.

"Leon então me mostrou o falo de couro. O objeto não possuía nenhum tipo de correia ou sino preso a ele. Era tão grande quanto o pênis ereto de um homem e eu estava com medo. Como iria mantê-lo dentro de mim? Dele, pendia um rabo de cavalo feito de tiras finas de couro negro que serviam simplesmente como decoração. Leon pediu para que eu abrisse as pernas. Forçou o falo para dentro de meu ânus e disse que eu deveria mantê-lo no lugar, já que a rainha me faria sofrer se me visse sem nenhum tipo de cobertura. As tiras finas de couro do falo batiam em minhas coxas. Elas deveriam balançar como a cauda de um cavalo quando eu trotasse pelo caminho, entretanto, como eram curtas, não cobriam absolutamente nenhuma parte do meu corpo.

"Leon untou novamente meus pelos pubianos, o pênis e os testículos. Esfregou um pouco de óleo em minha barriga. Minhas mãos foram amarradas atrás de minhas costas e ele me deu um pequeno osso coberto de couro afirmando que aquilo tornaria mais fácil mantê-las unidas. Minhas tarefas, entretanto, eram manter o queixo erguido, manter o falo no lugar e o meu próprio pênis rígido e apresentável para a rainha.

"Fui então levado para fora, até o pátio, sendo puxado pelas rédeas curtas. O brilhante sol do meio-dia refletia nas lanças dos cavaleiros e dos soldados. Os cascos dos cavalos faziam um grande ruído ao baterem nas pedras.

"A rainha, entretida em uma conversa rápida com o grão-duque sentado ao seu lado, mal reparou em mim, apenas me lançou um sorriso apressado. As rédeas foram dadas a ela. Elas foram passadas por cima da porta da carruagem para manter minha cabeça completamente voltada para cima.

"'Mantenha os olhos respeitosamente voltados para baixo o tempo todo', disse Leon.

"E logo a carruagem foi puxada para fora dos portões, atravessando a ponte levadiça.

"Bem, você pode imaginar como foi aquele dia. Você mesma, Bela, foi trazida para cá nua, passando por todos os vilarejos de seu próprio reino. Sabe como é ser vista por todos, soldados, cavaleiros, plebeus.

"Ver que outros escravos nus seguiam atrás de nós serviu como um pequeno consolo para mim. Eu estava sozinho ao lado da carruagem da rainha e pensava apenas em lhe agradar e parecer o que ela desejava que eu parecesse diante dos olhos dos outros. Mantive a cabeça erguida, contraí as nádegas para manter o doloroso falo no lugar. E logo, enquanto eu passava por centenas e mais centenas de soldados, pensei mais uma vez: Sou servo da rainha, sou escravo dela e essa é minha vida. Não possuo outra existência.

"Talvez a mais excruciante parte do dia para mim foram as vilas. Você, Bela, já havia passado pelas vilas de seu reino. Eu nunca visitara os vilarejos dessas redondezas. Os únicos plebeus que eu vira foram os da cozinha.

"Mas aquele dia de parada militar coincidia com a abertura dos festivais das vilas. A rainha visitava cada um dos vários vilarejos e, após essa visita, o festival era considerado aberto.

"Havia uma plataforma no centro da praça de cada vila e, quando a rainha entrava na casa do senhor do vilarejo para tomar uma taça de vinho com ele, eu era exibido, exatamente da forma com que ela me disse que seria.

"Mas não consegui ficar de pé com toda a graciosidade que eu gostaria. E os aldeões, ao contrário de mim, perceberam isso. Quando chegamos ao primeiro vilarejo, a rainha se afastou e, assim que meus pés atingiram a plataforma, a multidão entoou um grande urro, pois sabiam que estavam ali para ver algo prazeroso.

"Abaixei a cabeça, agradecido pela oportunidade de mover os músculos rígidos do pescoço e dos ombros. E fiquei surpreso quando Felix removeu o falo do meu ânus. É claro que a multidão soltou um grito de animação ao ver essa cena. Fui então obrigado a me ajoelhar com as mãos atrás do pescoço em uma plataforma giratória.

"Felix fez isso com os pés. E, pedindo para que eu abrisse bem as pernas, girou a plataforma. Acho que talvez tenha sentido mais medo nesses primeiros minutos do que em qualquer outro momento, entretanto não senti mais o temor de me erguer e tentar escapar. Estava realmente indefeso. Nu, um escravo da rainha, estava em meio a centenas de pessoas comuns que poderiam capturar-me em poucos minutos, ficando até mesmo animados graças a toda a diversão que aquilo lhes proporcionaria. Foi então que percebi que escapar seria impossível. Qualquer príncipe ou princesa que fugisse do castelo seria aprisionado por aqueles aldeões. Eles não dariam abrigo a ninguém.

"Felix então ordenou que eu mostrasse à multidão todas as minhas partes íntimas, que estavam a serviço da rainha, demonstrando que eu era o escravo da soberana, seu animal. Não entendi aquelas palavras, que foram pronunciadas com cerimônia. Ele me pediu, com muita educação, para separar as faces de minhas nádegas enquanto ajoelhava-me para mostrar às pessoas meu ânus aberto. Obviamente, aquele era um gesto simbólico. Significava que eu já havia sido violado. E nada mais que aquilo poderia ser invadido.

"Mas, com meu rosto em chamas e minhas mãos tremendo, obedeci. Gritos animados vieram da multidão. As lágrimas corriam por minha face. Com uma longa bengala, Felix ergueu meus testículos para que o povo os visse e empurrou meu pênis de um lado para outro para demonstrar como meu órgão encontrava-se indefeso e, durante todo esse tempo, tive de continuar mantendo as nádegas separadas, mostrando o ânus. Em todas as ocasiões em que eu relaxava as mãos, ele ordenava com severidade para que eu separasse ainda mais as nádegas e me ameaçava com punições rígidas. 'Isso irá enfurecer Vossa Majestade', disse ele, 'e divertir imensamente a multidão.' Assim, despertando um alto brado de aprovação, o falo foi enfiado de volta com muita destreza em meu ânus. Fui obrigado a pressionar os lábios contra a madeira da plataforma giratória. E fui levado novamente para minha posição ao lado da carruagem da rainha. Felix puxava minhas rédeas sobre os ombros enquanto eu trotava atrás dele com a cabeça erguida.

"Quando atingimos a última vila, eu não estava mais acostumado àquilo do que no início de nossa jornada. Felix assegurou à rainha que eu havia demonstrado uma humildade bastante concebível. Minha beleza era incomparável à de qualquer outro príncipe que já houvesse passado pela corte. Metade dos jovens de ambos os sexos, de todas as vilas, estavam apaixonados por mim. A rainha beijou minhas pálpebras quando recebi aqueles cumprimentos.

"Naquela noite, houve um grande banquete no castelo, muito semelhante à festividade realizada em sua apresentação, Bela. Nunca vira aquilo antes. E tive minha primeira experiência servindo vinho para a rainha e para os outros a quem ela vez ou outra me enviava cerimoniosamente como um presente. Quando meus olhos cruzaram com os da princesa Lynette, sorri para ela sem pensar no que fazia.

"Sentia que era capaz de fazer qualquer coisa que me fosse ordenada. Não tinha medo de nada. E o mesmo posso dizer a respeito daqueles a quem eu me submetera. Entretanto, a mais verdadeira amostra de minha rendição era que tanto Leon quanto lorde Gregory – quando tiveram oportunidade – disseram-me que eu era teimoso e rebelde. Afirmaram que eu zombava de tudo. Quando tive a chance de responder, afirmei que aquilo não era verdade, no entanto, raramente tinha tal oportunidade.

"Muitas outras coisas têm acontecido comigo desde então, mas as lições que aprendi naqueles primeiros meses foram as mais importantes.

"A princesa Lynette ainda está aqui, é claro. Você irá saber quem ela é no momento certo. Eu pensei que poderia suportar qualquer coisa vinda de minha rainha, de lorde Gregory e de Leon, mas ainda achava difícil suportar a princesa Lynette. Mas eu estaria colocando minha vida em perigo se alguém descobrisse isso.

"Agora, já está quase amanhecendo. Devo levá-la de volta para o quarto de vestir e também banhá-la, para que ninguém desconfie de que estivemos juntos. Mas lhe contei minha história para que possa entender o que significa a rendição e que cada um de nós sempre acaba encontrando sua própria forma de aceitação.

"Há mais detalhes de minha história, entretanto, que irão revelar-se para você no momento certo. Mas, agora, deixe que eles se manifestem de forma simples. Caso precise suportar uma punição que lhe pareça intensa demais, pense com você mesma: Ah, mas, se Alexi suportou, então esse castigo pode ser suportado."

Bela não queria fazer com que o príncipe Alexi se calasse, mas não conseguiu evitar abraçá-lo. Ela estava tão faminta por ele naquele momento quanto estivera antes, mas já era muito tarde.

E, enquanto o príncipe Alexi a conduzia de volta ao quarto de vestir, Bela imaginava se ele poderia imaginar o verdadeiro efeito que suas palavras surtiram sobre ela. Será que ele sabia que a inflamou e fascinou, ampliando a compreensão da renúncia e da rendição que ela já possuía?

Enquanto o príncipe Alexi a banhava, apagando todas as evidências de seu amor, Bela permaneceu imóvel, perdida em pensamentos.

O que ela havia sentido mais cedo naquela noite, quando a rainha disse que queria mandá-la de volta para casa graças à devoção excessiva do príncipe da coroa? Ela gostaria de partir?

Um pensamento horrível a obcecava. Ela se via dormindo em um aposento empoeirado que havia sido sua prisão por cem anos, ouvia sussurros ao redor. A velha bruxa com a roca que furara o dedo de Bela gargalhava com as gengivas sem dentes; e, erguendo as mãos até os seios da princesa, sorveu uma sensualidade perversa.

Bela tremeu. Ela recuou e contorceu-se quando Alexi apertou as algemas.

– Não tenha medo. Ninguém descobrirá que passamos a noite juntos – ele assegurou.

Bela o encarou como se não o conhecesse, pois ela não temia ninguém no castelo, nem ele, nem o príncipe, nem a rainha. Era sua própria mente que a aterrorizava.

O céu empalidecia. Alexi a abraçou. Bela estava então amarrada à parede, o longo cabelo pressionado entre as costas e as pedras atrás de seu corpo. E ela não conseguia esquecer o aposento empoeirado de sua terra natal e parecia que ela viajava através de camadas e mais camadas de sono e aquele quarto de vestir que a cercava naquela nação cruel perdera a substancialidade.

Um príncipe entrou no aposento onde Bela dormia. Um príncipe que baixou os lábios na direção dela. Mas era apenas Alexi beijando-a, não era? Alexi beijando-a ali?

Mas, quando Bela abriu os olhos naquela cama ancestral e olhou para aquele que quebrou o feitiço, viu um semblante suave e inocente. Havia alguma alma pura semelhante à da própria princesa que permanecia de pé, surpresa, ao lado dela. Sim, ele era valente, bravo e sem nenhuma complexidade!

Bela gritou:
– Não!
Mas a mão de Alexi estava sobre a sua boca.
– Bela, o que é isso?
– Não me beije – ela sussurrou.
Mas, quando ela viu a dor no rosto dele, abriu a boca e sentiu os lábios de Alexi selando-os. A língua dele misturou-se à sua. Bela pressionou os lábios contra os dele.

— Ah, é você, apenas você... – Bela cochichou.
— E quem pensou que era? Você estava sonhando?
— Por um momento, pareceu que tudo isso era um sonho – ela confessou. Mas a pedra era muito real, tão real quanto os toques de Alexi.

Bela balançou a cabeça.

— Você adorou isso tudo, tudo isso, você simplesmente amou – sussurrou no ouvido dele. Viu os olhos de Alexi demorarem-se languidamente fixos nos dela para depois fluírem para outra direção. – E parecia um sonho porque todo o passado, o passado real, perdeu seu esplendor.

Mas o que ela estava dizendo? Que em poucos dias já não ansiava mais por sua terra natal, não desejava o que sua juventude havia sido e que dormir por cem anos não lhe dera qualquer tipo de sabedoria?

— Eu amo tudo isso. E detesto – disse Alexi. – Sinto-me humilhado e ressuscitado por tudo isso. E render-se significa sentir todas essas coisas ao mesmo tempo e, ainda assim, conservar a mente e o espírito.

— Sim – ela suspirou, apesar de acusá-lo hipocritamente. – Dor cruel, prazer cruel.

E Alexi lhe lançou um sorriso de aprovação.

— Estaremos juntos novamente em breve...
— Sim...
— ... esteja certa disso. E, até lá, minha querida, meu amor, pertença a todos.

# A VILA

Os dias seguintes passaram tão depressa para Bela quanto aqueles antes deles. Ninguém descobriu que ela e Alexi estiveram juntos.

Na noite seguinte, o príncipe lhe disse que ela ganhara a aprovação da rainha. Bela seria, então, treinada por ele para ser sua empregadinha, para varrer seus aposentos, manter sua taça de vinho sempre cheia e realizar todas as mesmas tarefas que Alexi executava para Sua Majestade.

E, a partir daquele dia, Bela passou a dormir nos aposentos do príncipe.

Ela percebeu que seria invejada por todos e que o príncipe, e apenas ele, poderia determinar quais seriam suas tarefas diárias.

Todas as manhãs, lady Juliana a conduziria pela senda dos arreios. Em seguida, Bela serviria vinho na refeição do meio-dia e sofreria diversos infortúnios caso derrubasse uma única gota.

Poderia dormir durante a tarde, para que estivesse revigorada para atender ao príncipe à noite. E, na próxima noite de festival, participaria da corrida de escravos na senda dos arreios, a qual o jovem soberano esperava que ela ganhasse graças ao seu treinamento diário.

Bela ouviu a tudo do início ao fim com rubores e lágrimas, inclinando-se diversas vezes para beijar as botas do príncipe enquanto ele lhe dava as ordens. Ele parecia ainda perturbado pelo amor que sentia pela jovem e, enquanto o castelo dormia, o jovem soberano frequentemente a acordava com abraços brutos. Nesses momentos, ela mal pensava no príncipe Alexi, de tanto que o príncipe a assustava e vigiava.

E, ao amanhecer de cada dia, ela era conduzida por lady Juliana, calçando as botas de couro com ferraduras.

Bela vivia apavorada, porém pronta. Lady Juliana era uma visão da delicadeza em seu vestido de montaria carmim, e Bela corria depressa sobre a macia pista de cascalhos, o sol muitas vezes fazia com que apertasse os olhos ao atravessar os galhos das árvores e, quando o treinamento chegava ao fim, as lágrimas escorriam por seu rosto.

Então, Bela e lady Juliana ficavam a sós no jardim. A dama trazia um chicote de couro, mas raramente o utilizava, e o jardim significava um momento de tranquilidade para a princesa. Elas se sentavam na grama, as saias de lady Juliana eram uma grinalda de seda bordada ao redor dela e logo a dama dava um penetrante beijo em Bela, o que aterrorizava e enfraquecia a jovem. Lady Juliana acariciava todo o corpo de Bela, enchia-na de beijos e elogios, e quando a golpeava com o chicote de couro, Bela chorava suavemente, resfolegando e gemendo, sentindo um lânguido abandono.

Logo Bela estava recolhendo pequenas flores para lady Juliana ou, com muita graciosidade, beijava a bainha das saias da dama, ou até suas mãos brancas. Todos esses gestos deleitavam a senhora de Bela.

Ah, estou me tornando o que Alexi queria que eu me tornasse, Bela pensou. Entretanto, durante a maior parte do tempo Bela não pensava em absolutamente nada.

Em todas as refeições, ela tomava muito cuidado para servir o vinho de forma graciosa.

Ainda assim, chegou um momento em que derrubou vinho e foi punida com golpes severos de um dos pajens, logo em seguida, Bela correu em direção às botas do príncipe para implorar silenciosamente por perdão. O príncipe ficou furioso e, quando ordenou que fosse espancada novamente, a jovem queimava de humilhação.

Naquela noite, ele a chicoteou com o cinto sem misericórdia antes de possuí-la. Ele disse que odiava vislumbrar até mesmo a mais leve imperfeição da parte dela. E ela estava acorrentada à parede para passar a noite inteira mergulhada em choros e na dor.

---

Bela temia punições novas e assustadoras. Lady Juliana deu a dica de que Bela não passava de uma virgem em muitos aspectos, que estava sendo experimentada muito devagar.

E Bela também temia lorde Gregory, que estava sempre a observando.

Uma manhã, quando tropeçou na senda dos arreios, lady Juliana a ameaçou com o salão das punições.

Bela imediatamente ficou de gatas, beijando as sandálias de lady Juliana. Embora a dama tenha logo demonstrado piedade através de um sorriso e um movimento de suas lindas tranças, lorde Gregory, que estava por perto, deixou clara sua desaprovação.

O coração de Bela batia dolorosamente no peito quando foi levada para ser limpa. Se pelo menos pudesse ver Alexi, pensou, ainda que, em seu íntimo, Bela sentia que ele havia perdido muito do encanto de antes, embora não soubesse bem o motivo. Mesmo quando se deitou em sua cama naquela tarde, lembrou-se do príncipe e de lady Juliana. "Meus senhores e mestres", sussurrou para si mesma, imaginando por que Leon não lhe dera nada para fazê-la dormir, já que não estava nem um pouco cansada e sentia-se torturada como sempre pela leve pulsação entre as pernas.

Mas Bela estava repousando havia apenas uma hora quando lady Juliana foi até ela.

– Eu não aprovo muito isso – disse a dama enquanto levava Bela até o jardim –, mas Sua Alteza deseja levá-la para ver os pobres escravos sendo mandados para a vila.

Mais uma vez, a vila. Bela tentou esconder a curiosidade. Lady Juliana a espancou vagarosamente com o cinto de couro, golpes leves, porém dolorosos, enquanto desciam juntas até o pátio.

Por fim, elas alcançaram um jardim murado repleto de árvores baixas com galhos floridos e, em um banco de pedra, Bela viu o príncipe conversando seriamente com um cavalheiro jovem e belo.

— Aquele é lorde Stefan — lady Juliana confessou com voz calma —, e você deve demonstrar por ele o máximo de respeito. Ele é o primo favorito do príncipe. Além disso, está bastante chateado hoje graças a seu precioso e desobediente príncipe Tristan.

Ah, se eu pudesse pelo menos ver o príncipe Tristan, Bela pensou. Não havia esquecido que Alexi o mencionara, um escravo incomparável que conhecia o significado da rendição. Então quer dizer que ele havia causado problemas? Não conseguia evitar que seus olhos notassem o quanto lorde Stefan era bonito. Com cabelos dourados e olhos cinza, o rosto jovem estava pesado graças às ruminações e à infelicidade.

Os olhos dele pousaram em Bela por apenas um segundo enquanto ela se aproximava e, apesar de parecer conferir os encantos da jovem, desviou novamente sua atenção para o príncipe, que o reprovava com severidade.

— Você lhe dispensou muito amor. O mesmo ocorre comigo e a princesa que está diante de seus olhos. Você deve conter seu amor assim como eu devo conter o meu. Acredite em mim, compreendo tanto sua situação quanto a condeno.

— Ah, mas a vila... — murmurou o jovem cavalheiro.

— Ele deve ir. Será melhor para ele.

— Oh, príncipe sem coração — sussurrou lady Juliana, empurrando Bela para que beijasse as botas de lorde Stefan enquanto tomava seu lugar ao lado dos dois rapazes.

O príncipe ergueu o queixo de Bela e inclinou-se para dar-lhe um beijo nos lábios, o que preencheu o corpo da garota com um tormento brando. Entretanto, ela estava muito curiosa sobre tudo aquilo que era dito e não ousava realizar nem o mais leve movimento que atraísse a atenção dele.

– Preciso perguntar-lhe – começou lorde Stefan. – Você enviaria a princesa Bela para a vila se sentisse que ela merecesse?

– Claro que enviaria – respondeu o príncipe, embora não parecesse muito convincente. – Faria isso no mesmo instante.

– Oh, mas você não pode! – lady Juliana protestou.

– Se ela merece ou não, isso não tem importância – o príncipe insistiu. – Estamos falando do príncipe Tristan e ele, por todos os abusos e punições que suportou, permanece sendo um mistério para todos. Ele necessita dos rigores da vila da mesma forma como o príncipe Alexi um dia precisou da cozinha para que o ensinassem a ser humilde.

Lorde Stefan estava profundamente preocupado. As palavras rigor e humildade pareceram perfurá-lo. Ele se ergueu e implorou para que o príncipe compreendesse sua situação e fizesse um julgamento melhor.

– Eles irão amanhã. O tempo já está bem quente e os aldeões já estão se preparando para o leilão. Eu o mandei para o pátio dos escravos para que esperasse lá. Venha, Bela. – O príncipe se ergueu. – Seria bom que você visse isso para que compreenda o que se sucede.

Bela estava intrigada e seguiu-o avidamente. Entretanto, a frieza e a severidade do príncipe fizeram com que ela se sentisse desconfortável. Tentou permanecer próxima a lady Juliana enquanto seguiam por um caminho de pedras até saírem dos jardins, passaram pela cozinha e os estábulos até chegar a um pátio de terra simples, onde Bela viu uma carroça sem os cavalos, virada com as rodas para cima e encostada contra os muros que cercavam o castelo.

Havia soldados comuns ali, servos. Bela sentiu sua nudez enquanto era obrigada a seguir o trio com suas vestes resplandecentes. As marcas deixadas pelos golpes e os cortes doíam assustadoramente mais uma vez. Ela olhou para cima e viu um pequeno cercado, feito com grades de madeira rude, no qual príncipes e princesas nus e amordaçados, com as mãos amarradas atrás do pescoço, andavam em círculos como se isso fosse mais exaustivo que ficar de pé por uma hora.

Um soldado comum desferiu um golpe através da cerca com um pesado cinto de couro que lançou um príncipe que gritava até o meio do grupo em busca de cobertura. E, atingindo outra nádega nua, a golpeou igualmente, fazendo com que um príncipe que se virou para ele com raiva soltasse um gemido.

Bela ficou furiosa ao ver aquele soldado abusando de pernas e nádegas tão brancas e adoráveis. Ainda que não conseguisse manter os olhos longe dos escravos que se afastavam de uma extremidade da cerca apenas para serem atormentados do lado oposto por outro garoto ocioso e diabólico que os golpeava com muito mais força e deliberação.

Mas, então, os soldados viram o príncipe e imediatamente fizeram uma reverência, dedicando total atenção pelo jovem soberano.

E pareceu que, naquele mesmo momento, os escravos viram o pequeno grupo se aproximando. Gemidos e choramingos começaram a ser ouvidos daqueles que lutavam, apesar das mordaças, para tornar seus apuros reconhecidos e seus choros abafados transformaram-se em um lamento.

Eles pareciam tão bonitos quanto qualquer escravo que Bela já vira e, por estarem choramingando, muitos caíam de joelhos diante do príncipe, e ela via, aqui e ali, adoráveis sexos cor de pêssego entre cachos de pelos pubianos, ou seios tremendo graças ao choro. Muitos dos príncipes estavam dolorosamente eretos como se não pudessem controlar essa reação. Um deles pressionou os lábios contra o chão áspero quando o príncipe, lorde Stefan e lady Juliana, com Bela ao seu lado, ergueram a pequena cerca para inspecionar os cativos.

Os olhos do príncipe eram frios e chispavam de raiva, mas lorde Stefan parecia abalado. E Bela percebeu que o olhar dele estava fixo em um príncipe muito digno que não pranteava nem realizara nenhum tipo de reverência, muito menos implorara por misericórdia. Era tão belo quanto o jovem lorde, os olhos muito azuis e, apesar da pequena e cruel mordaça que distorcia sua boca, o rosto era sereno da mesma forma como o do príncipe Alexi. Ele olhava para baixo demonstrando suficiente submissão, e Bela tentou esconder seu fascínio com aqueles membros primorosamente esculpidos e o órgão intumescido. Ele parecia estar em grande agonia apesar de sua expressão de indiferença.

Lorde Stefan de repente virou-se de costas, como se não conseguisse se conter.

– Não seja tão sentimental. Ele merece passar algum tempo na vila – o príncipe ralhou com frieza. E, com um gesto altivo, ordenou que os outros príncipes e princesas que pranteavam se calassem.

Os guardas assistiram a tudo aquilo com os braços cruzados, sorrindo diante do espetáculo, e Bela não ousou olhar, com medo de que seus olhos se encontrassem com os deles, o que lhe proporcionaria ainda mais humilhação.

O príncipe, entretanto, ordenou que ela fosse para a frente do grupo e se ajoelhasse para ouvir instruções.

– Bela, contemple esses desafortunados – disse o príncipe com óbvia desaprovação. – Eles irão para a vila da rainha, que é a maior e mais próspera do reino. Ela abriga as famílias de todos aqueles que trabalham aqui; os artesãos de lá produzem nosso linho, nossos móveis mais simples, nos abastecem com vinho, comida, leite e manteiga. Lá, existe uma leiteria e as aves são criadas em pequenas fazendas. Na vila, há todos os elementos que constituem qualquer cidade, em qualquer lugar.

Bela encarou os príncipes e princesas cativos que, apesar de não poderem mais implorar com gemidos e choros, ainda faziam reverências diante do príncipe, que parecia indiferente a eles.

– Talvez seja a vila mais adorável do reino – o príncipe continuou –, com um senhor severo e muitas hospedarias e tavernas que são as favoritas dos soldados. Essa vila, entretanto, possui um privilégio de que nenhum outro vilarejo pode desfrutar, que é sediar, nos meses quentes, um leilão daqueles príncipes e princesas que necessitam de uma punição terrível. Qualquer um da vila pode arrematar um escravo se tiver ouro suficiente para isso.

Pareceu que alguns cativos não conseguiram conter-se e imploraram para o príncipe, que, com um estalar de dedos, ordenou que os guardas voltassem a trabalhar com os cintos e as longas palmatórias, causando uma baderna imediata. Os escravos miseráveis e desesperados aconchegaram-se juntos, voltando seus seios e órgãos vulneráveis na direção de seus torturadores, como se a todo custo devessem proteger as nádegas feridas.

O alto e louro príncipe Tristan, entretanto, não fez nenhum movimento para se proteger, permitindo meramente que fosse empurrado pelos outros. Os olhos dele não abandonavam lorde Stefan até que, de forma lenta, voltaram-se para Bela e nela se fixaram.

O coração de Bela se contraiu. Ela sentiu uma leve tontura. Olhou fixamente para aqueles olhos azuis indecifráveis enquanto pensava: Ah, então é assim que é a vila.

– Esse é o serviço desgraçado – lady Juliana obviamente implorava para o príncipe. – O leilão em si acontecerá logo que os escravos chegarem e podemos supor muito bem que até mesmo os pedintes e os palermas que vivem pela vila testemunharão o acontecimento. Pois esse dia é declarado como feriado. E cada pobre escravo é tirado de seu senhor não apenas para degradar-se e ser punido, mas também para executar um trabalho doloroso. Imagine, as pessoas práticas e cruéis do vilarejo não arrematarão nem mesmo o mais adorável príncipe ou princesa apenas para meros prazeres.

Bela se lembrava da descrição dada por Alexi a respeito dessas exposições nas vilas, a alta plataforma de madeira no mercado, a multidão grosseira e como celebravam sua humilhação. A jovem sentiu secretamente o sexo doer de tanto desejo e, mesmo assim, ficou horrorizada.

– Ah, mas, por todas essas moléstias e crueldades – disse o príncipe, olhando, então, para o inconsolável lorde Stefan, que continuava de costas para os desafortunados –, é que se trata de uma punição sublime. Poucos escravos são capazes de aprender durante um ano passado no castelo o que aprenderão durante os meses quentes em que viverão na vila. E, é claro, não poderão ser realmente machucados, pelo menos não mais que os escravos que permanecem aqui. As mesmas regras severas se aplicam: nada de cortes, nada de queimaduras, nenhum ferimento real. E, uma vez por semana, são reunidos em um salão de escravos para ser limpos e untados. Quando retornarem para o castelo, entretanto, estarão mais amáveis e dóceis. Eles renascerão com resistência e beleza incomparáveis.

Sim, como o príncipe Alexi renasceu, Bela pensou com o coração apertado. Imaginava se alguém poderia notar sua perplexidade e excitação. Via o distante príncipe Tristan entre os outros, os olhos azuis calmamente fixos nas costas de seu senhor, lorde Stefan.

A mente de Bela estava repleta de visões pavorosas. E, de acordo com o que o príncipe Alexi narrara, aquela punição não havia sido misericordiosa e, se ela achava difícil aprender aos poucos, não deveria então cultivar para si alguma punição mais rígida?

Lady Juliana balançava a cabeça e emitia pequenos sons que demonstravam seu desagrado.

– Mas ainda estamos na primavera. Por que isso, se essas pequenas criaturas encantadoras estarão sempre por aqui? Ah, o calor, as moscas e o trabalho. Você não é capaz de imaginar como eles são utilizados, e os soldados lotam as tavernas e as hospedarias, capazes de comprar por algumas poucas moedas um príncipe ou princesa adorável que nunca na vida poderiam possuir em outras circunstâncias.

– Você exagera – o príncipe insistiu.

– Mas, então, você deveria enviar também sua própria escrava – lorde Stefan clamou mais uma vez. – Não quero que ele vá! – murmurou. – E, mesmo assim, condenei-o e, ainda por cima, diante da rainha.

– Então, você não tem escolha e, sim, enviarei minha própria escrava, embora nenhum cativo da rainha ou do príncipe da coroa tenha recebido uma punição tão drástica. – O príncipe virou as costas para os escravos com extremo desdém. Mas Bela continuou a olhar enquanto o príncipe Tristan começava a abrir caminho para frente.

Ele alcançou a cerca e, apesar de um guarda arrogante que estava se divertindo muito com o grupo que se debulhava graças aos golpes de seu cinto de couro, não se movia nem demonstrava o menor desconforto.

– Ah, ele suplica por você. – Lady Juliana suspirou e, no mesmo momento, lorde Stefan virou-se e os dois jovens encararam um ao outro.

Bela observou a cena como se estivesse em transe enquanto o príncipe Tristan se ajoelhava devagar e graciosamente para beijar o chão diante de seu senhor.

– É tarde demais – disse o príncipe – e esse pequeno sinal de afeição e humildade não servirá de nada.

O príncipe Tristan se ergueu com os olhos baixos e uma paciência perfeita. Lorde Stefan correu para frente e, alcançando a cerca, abraçou imediatamente o escravo. Apertou o príncipe Tristan contra o próprio peito e cobriu seu rosto e seu cabelo com beijos. O jovem cativo, com as mãos amarradas atrás do pescoço, silenciosamente retribuiu os beijos.

O príncipe estava tomado pela raiva. Lady Juliana gargalhava. O jovem soberano empurrou lorde Stefan e disse que deveriam deixar aqueles escravos miseráveis. No dia seguinte, eles seriam enviados para a vila.

Bela deitou-se em sua cama em seguida, incapaz de pensar em algo além do pequeno grupo naquele pátio que servia como prisão. Também já havia visto as ruas tortuosas das vilas pelas quais passara em sua jornada. Lembrava-se das hospedarias com suas placas pintadas sobre os portões, as casas parcialmente construídas com madeira, as janelas de treliça.

Nunca se esqueceria dos homens e das mulheres em calções grosseiros e aventais brancos, com as mangas enroladas até os cotovelos. A forma como ficaram boquiabertos com ela, desfrutando de seu desamparo.

Não conseguia dormir. Estava tomada por um novo e estranho terror.

---

Estava escuro quando o príncipe finalmente convocou-a e, assim que chegou à porta da sala de jantar privativa do jovem soberano, viu que ele estava com lorde Stefan.

Pareceu que, naquele momento, seu destino estava decidido. Bela sorriu ao pensar em toda a ostentação que o príncipe havia dispensado ao primo e queria entrar logo, mas lorde Gregory a puxou de volta para a soleira da porta.

Bela deixou que seus olhos ficassem encobertos. Não viu o príncipe em sua túnica de veludo glorificada por um brasão. Nem vira as ruas de pedra das vilas, as viúvas com suas vassouras de vime, os rapazes comuns na taverna.

Mas lorde Gregory a espancava.

– Não ache que eu não percebo a mudança em você! – ele sussurrou bem baixo em uma das orelhas de Bela, de forma que aquelas palavras pareceram fazer parte da imaginação da jovem.

As sobrancelhas de Bela se uniram em uma ruga de contrariedade e, então, ela baixou os olhos.

– Você está contaminada pelo mesmo veneno que o príncipe Alexi. Vejo-o dia a dia fazendo efeito sob você. Logo irá começar a zombar de tudo.

A pulsação de Bela se acelerou. Lorde Stefan, à mesa de jantar, parecia extremamente perdido. E o príncipe estava orgulhoso como sempre.

– Você precisa é de uma lição severa... – lorde Gregory continuou em um sussurro ácido.

– Meu senhor, não pode estar se referindo à vila. – Bela tremeu.

– Não, não falava sobre a vila! – Ele estava obviamente chocado. – E não seja petulante ou ousada para comigo. Você sabe o que quero dizer. O salão das punições.

– Ah, seus domínios, onde você é o príncipe – Bela sussurrou. Mas ele não a ouviu.

O príncipe, com um ar de indiferença, estalou os dedos para que ela entrasse.

Ela se aproximou de gatas. Entretanto, após dar apenas alguns passos para dentro da sala, parou.

– Continue! – lorde Gregory assobiou para ela raivosamente. O príncipe ainda não havia nem ao menos os percebido.

Mas, quando o príncipe se virou e olhou para ela, mal-humorado, Bela continuou parada, arqueou a cabeça com os olhos fixos nos dele. E, quando ela notou a raiva e o ultraje no rosto dele, virou-se subitamente e correu de gatas, passando por lorde Gregory e avançando pelo corredor.

– Contenham-na, contenham-na! – o príncipe gritou antes que pudesse impedir-se. E, quando Bela viu as botas de lorde Gregory ao seu lado, ergueu-se, ficando de pé, e correu mais depressa. Ele a pegou pelos cabelos, e Bela gritou enquanto era puxada para trás e jogada sobre os ombros dele.

Ela golpeou as costas de lorde Gregory com os punhos, chutou-o, enquanto ele prendia seus joelhos bem apertados. Bela chorava, histérica.

A jovem podia ouvir a voz raivosa do príncipe, embora não conseguisse distinguir o que ele falava. E, quando foi solta aos pés dele, correu novamente, de forma que dois pajens correram para encurralá-la.

Ela lutou enquanto era amordaçada e amarrada e não conseguiu descobrir para onde estava sendo levada. Estava escuro e os pajens desceram as escadas. Bela experimentou um momento pavoroso de arrependimento e pânico.

Eles poderiam pendurá-la no salão das punições e, se ela não era capaz de suportar nem mesmo aquilo, como suportaria a vila?

Entretanto, antes que seus captores chegassem ao salão das punições, uma estranha calma tomou conta de Bela e, quando foi jogada em uma cela escura para deitar no chão de pedras frias com as cordas cortando sua pele, sentiu um regozijo tranquilo.

Ainda que continuasse a chorar, seu sexo aparentemente pulsava com os soluços e, ao redor dela, havia apenas o silêncio.

---

Era quase de manhã quando Bela foi acordada. Lorde Gregory estalou os dedos e os pajens desfizeram os nós que a prendiam e ergueram-na para que ficasse de pé. Suas pernas estavam fracas e instáveis. Ela sentiu um golpe do cinto de lorde Gregory.

– Princesa mimada e desafortunada – ele sussurrou entre os dentes, mas Bela encontrava-se sonolenta, abrandada pelo desejo e sonhando com a vila. Soltou um pequeno grito quando sentiu os golpes raivosos do lorde, entretanto, percebeu, maravilhada, que os pajens a amordaçavam novamente e amarravam com rudeza suas mãos atrás do pescoço. Ela iria para a vila!

– Ah, Bela, Bela. – A princesa ouviu a voz de lady Juliana se aproximar, posicionando-se diante dela. – Por que ficou com medo, por que tentou correr? Você estava sendo tão boa e forte, minha querida.

– Mimada, arrogante – lorde Gregory praguejou novamente enquanto Bela era conduzida através de um portal. Podia ver o céu da manhã sobre a copa das árvores. – Você fez de propósito – lorde Gregory sussurrou no seu ouvido enquanto a chicoteava pelo pátio do jardim. – Bem, terá o dia inteiro para se arrepender, será duramente chicoteada e não haverá ninguém para ouvi-la.

Bela tentou evitar o sorriso. Mas será que eles poderiam vê-la sorrindo por trás da cruel mordaça de couro? Ela corria depressa, com os joelhos erguidos, por um dos lados do castelo enquanto lorde Gregory apontava o caminho, com golpes rápidos que lhe causavam uma dor lancinante, e lady Juliana chorava enquanto os acompanhava.

– Oh, Bela, não consigo suportar isso.

As estrelas ainda não haviam desaparecido, embora o ar estivesse quente e acariciante. Eles passaram pelo cercado vazio que servira como prisão, cruzaram o pátio por duas grandes portas e a ponte levadiça do castelo, que estava abaixada.

E, lá fora, havia uma carroça carregada de escravos, já amarrada às pesadas éguas brancas que os puxariam até a vila.

Por um momento, Bela reconheceu o terror. Mas um prazeroso abandono tomou conta dela.

Os escravos gemiam, aconchegando-se uns nos outros, e o condutor já tomara seu assento enquanto a carroça era cercada por soldados a cavalo.

– Mais uma – lorde Gregory gritou para o capitão da guarda e Bela ouviu o lamento dos escravos aumentar.

Ela foi erguida por braços fortes, as pernas, suspensas no ar.

– Vamos lá, princesinha. – O Capitão da Guarda riu enquanto a colocava na carroça e Bela sentiu a madeira áspera sob os pés. Esforçou-se para não perder o equilíbrio. Por um instante, olhou para trás e viu o rosto de lady Juliana coberto de lágrimas. Ela está sofrendo de fato... Por quê?, Bela pensou, impressionada.

E, lá no alto, de repente, ela viu o príncipe e lorde Stefan na única janela iluminada pelas tochas no castelo escuro. Parecia que o príncipe percebera que ela havia olhado para cima; e os escravos ao redor dela, vendo também a janela, entoaram um coro de súplicas vãs. O príncipe virou as costas, infeliz, exatamente da mesma forma com que lorde Stefan dera as costas para os cativos no dia anterior.

Bela sentiu a carroça começar a se mover. As grandes rodas rangiam e as ferraduras dos cavalos ecoavam nas pedras do calçamento. Em volta dela, os escravos nervosos caíam uns sobre os outros. A jovem olhou para frente e avistou os tranquilos olhos azuis do príncipe Tristan.

Tristan tentou aproximar-se de Bela enquanto a princesa se movia em direção a ele, embora, ao redor de ambos, os escravos acovardados se contorcessem para evitar os chicotes impetuosos dos guardas que cavalgavam ao lado da carroça. Bela sentiu um corte profundo na panturrilha causado por um chicote, mas o corpo do príncipe Tristan já estava encostado no seu.

Seus seios tocaram o peito quente do jovem e sua face pousou no ombro dele. O membro grosso e rígido passou por entre as pernas de Bela e pressionou rudemente o seu sexo. Esforçando-se para não cair, a princesa montou no órgão e sentiu-o escorregar para dentro de si. Pensava na vila, no leilão que logo teria início, todos os terrores que a aguardavam. E, quando pensou em seu querido e arrasado príncipe e sua pobre e pesarosa lady Juliana, sorriu novamente.

Mas o príncipe Tristan preencheu a mente dela enquanto parecia lutar com todo o corpo para penetrá-la e envolvê-la.

Mesmo em meio ao choro dos outros, a princesa ouviu-o sussurrar por trás da mordaça:

– Bela, você com medo?

– Não! – ela disse, pressionando seus lábios contra os dele. E, quando o príncipe Tristan a ergueu com suas estocadas, sentiu que os corações dos dois batiam no mesmo ritmo.

H C

Impressão e acabamento:
GRÁFICA STAMPPA LTDA.
Rua João Santana, 44 – Ramos – RJ